ସ୍ପର୍ଶ

ସ୍ପର୍ଶ

ଲିପିକା ମହାପାତ୍ର

BLACK EAGLE BOOKS
2022

BLACK EAGLE BOOKS

USA address:
7464 Wisdom Lane
Dublin, OH 43016

India address:
E/312, Trident Galaxy, Kalinga Nagar,
Bhubaneswar-751003, Odisha, India

E-mail: info@blackeaglebooks.org
Website: www.blackeaglebooks.org

First International Edition Published by
BLACK EAGLE BOOKS, 2022

SPARSHA
by **Lipika Mohapatra**

Cover & Interior Design: Ezy's Publication

ISBN- 978-1-64560-271-2 (Paperback)

Printed in the United States of America

ଉତ୍ସର୍ଗ

ମୋର ବାପା **ଜଗଦାନନ୍ଦ ମହାପାତ୍ରଙ୍କୁ**
ମୁଁ ବହିଟି ଉତ୍ସର୍ଗ କରୁଛି ।
ସେ ମୋ ଭିତରେ ସଦା ଜୀବିତ ।

ସୂଚିପତ୍ର

ଚିଠି

ସୂର୍ଯ୍ୟାସ୍ତ କାଳ। ନାରଙ୍ଗୀ ରଙ୍ଗର ଆକାଶ ଅନ୍ଧାରରେ ବୁଡିଯିବା ଆଗରୁ ପକ୍ଷୀଙ୍କର ବିଦାୟ କାଳୀନ ସଙ୍ଗୀତ ଶୁଣିବାକୁ ସତେ ଅବା ଦଣ୍ଡେ ଅଟକି ଯାଇଥାଏ। ରାସ୍ତା ବତି ଗୁଡିକ ଜଳି ଉଠିବା ସହ ଦାଣ୍ଡରେ ଖେଳୁଥିବା ଛୋଟ ପିଲେ ଘରକୁ ବାହୁଡି ଗଲେଣି ନିଶ୍ଚୟ। ସେମାନଙ୍କର କୋଳାହଳ ଆଉ ଶୁଭୁନାହିଁ। ମୁଁ ବାରଣ୍ଡାରେ ବସି ଦିଗବଳୟକୁ ଚାହିଁଥାଏ। ବୋଧହୁଏ ବୟସର ଅପରାହ୍ନରେ ହିଁ ସୂର୍ଯ୍ୟାସ୍ତ ମାତ୍ରାଧିକ ମନୋରମ ଦିଶେ। ଘର ବାହୁଡା ପକ୍ଷୀଙ୍କ କାକଳୀ ବିଦାୟ ବିଗୁଲ ଭଳି ଶୁଭେ। ଅଦୂରରେ କେଉଁ ମନ୍ଦିରରେ ସନ୍ଧ୍ୟା ଆଳତି ଶୁଭୁଛି। ଝଲକାଏ ଶୀତଳ ପବନରେ ମୁଁ ଶାଲଟିକୁ ଦେହ ଉପରେ ଜାକି ଆଣି ଘର ଭିତରକୁ ଉଠିଗଲା ବେଳକୁ ହିଁ ରଘୁ ଚା' କପ ସହ ବନ୍ଦ ଲଫାପାଟିଏ ମୋ ସାମ୍ନାରେ ରଖିଦେଇ କହିଲା, ବାବୁ ସେଇ ଯୋଉ ମିଲିଟାରି ବାଲା ସାମ୍ନା ଘରକୁ ଆସି ରହିଛନ୍ତି ତାଙ୍କ ବାବୁଆଣୀ ମୋତେ ଏଇ ଚିଠିଟି ଆପଣଙ୍କୁ ଦେଇଦେବାକୁ କହିଲେ।

ରଘୁ ବାରଣ୍ଡା ଲାଇଟ୍ ଜଳାଇ ଦେଇ ଚାଲିଗଲାଣି। ଆଖି ଉପରେ ଚଷମା ସଜାଡି ନେଇ ଚିଠିଟିକୁ ଓଲଟ ପାଲଟ କଲି। ନୀଳ ଲଫାପା ଉପରେ ବାମ ପାଖରେ ଛୋଟୋ ଛୋଟୋ ଅକ୍ଷରରେ ଲେଖା ହୋଇଛି- ଶିଳ୍ପୀ ଚୌଧୁରୀ। କିଏ ଏଇ ଶିଳ୍ପୀ ମୋ ନିଜ ପ୍ରଶ୍ନ ମୋତେ ଦ୍ୱନ୍ଦରେ ପକାଇଦେଲା। ଲଫାପାଟିକୁ ସନ୍ତର୍ପଣରେ ଖୋଲନ୍ତେ ଭିତରେ ଦେଖିଲି ଚାରି ଭାଙ୍ଗ ହୋଇ ଧଳା କାଗଜଟିଏ। ଆଶ୍ଚର୍ଯ୍ୟ ସେଥିରେ ଗୋଟିଏ ସୁଦ୍ଧା ଅକ୍ଷରର ଚିହ୍ନ ବର୍ଣ୍ଣ ନାହିଁ। ଏମିତି ରହସ୍ୟମୟ ଚିଠି ମୋତେ କିଏ କାହିଁକି ଅବା ଦେବ ? ରଘୁ ଖୁବ୍ ବିଶ୍ୱସ୍ତ। କାହାଠୁ ଚିଠିଟିଏ ଆଣି ଆଉ କାହା ନାଁ କହିବ ଏଭଳି ଦାୟିତ୍ୱ ହୀନ କାମ ସେ କରିବ ନାହିଁ। ଅତଏବ ଅକ୍ଷର ଶୂନ୍ୟ ଚିଠିଟି ଦେଇ କେହି ଜଣେ କିଛି ମେସେଜ୍ ମୋ ପାଖରେ ପହଞ୍ଚାଇବାକୁ ଚାହୁଁଛି କି।

ପାଖା ପାଖି ଦୁଇ ସପ୍ତାହ ହେଲାଣି ମୋ ଘର ସାମ୍ନାରେ ଘର କିଣି ଆମର ଯେ ନିରୋଳା ଅଞ୍ଚଳକୁ ଆପଣାଇ ନେଇଛନ୍ତି ରିଟାୟାଡ୍ ଆର୍ମୀ ଅଫିସର୍ ଗୌତମ ଚୌଧୁରୀ। ଦୁଇ ଦିନ ତଳେ ତାଙ୍କ ସହ ମୋର ଥରୁଟିଏ ମାତ୍ର ଭେଟ ହୋଇଥିଲା। ମର୍ଣିଂ ୱାକ ସମୟରେ ସମୟରେ ମୁହଁ ମୁହିଁ ହୋଇ ଗଲାରୁ ପରସ୍ପରକୁ ଅଭିବାଦନ ଜଣାଇ ଦୁହେଁ କିଛି ଦୂର ଗପସପ କରି ଆଗେଇ ଯାଇଥିଲୁ। ପରିଚୟର ଆଦାନ ପ୍ରଦାନ ପରେ, ଦୁଇବର୍ଷ ତଳୁ ମୋ ପତ୍ନୀଙ୍କର ବିୟୋଗ ଓ ଏକମାତ୍ର ପୁଅ ଆମେରିକାରେ ରହୁଚି ଶୁଣି, ଏକୁଟିଆ ଲାଗିଲେ ତାଙ୍କ ଘର ଆଡେ ଟିକିଏ ବୁଲି ଆସିବାକୁ ପ୍ରସ୍ତାବ ଦେଇଥିଲେ।

ତାଙ୍କ ସହଧର୍ମିଣୀ ସେଇ ସମ୍ଭ୍ରାନ୍ତ ନାରୀ ମୂର୍ତ୍ତିଙ୍କୁ ଥରେ ଦୁଇ ଥର କାର ଡ୍ରାଇଭ୍ କରି ଯିବା ଆସିବା କରିବା ଦେଖିଛି। ମାତ୍ର ମୁହଁଟି ଦେଖିପାରିନାହିଁ। ତା' ଛଡା କାଗଜ ଖଣ୍ଡେ ଲଫାପାରେ ପୁରାଇ ସେ ବା ମୋ ପାଖକୁ କାହିଁକି ପଠାଇବେ।

ତେବେ ସିଏ କ'ଣ ମୋର ଶିଳ୍ପୀ ?

ମୋ ଉପରେ ଅଜାଡି ହୋଇ ପଡିଲା ପରସ୍ତ ପରସ୍ତ ଅତୀତ। ସେଇ ନାଁ ଟିକୁ ଯେତେ ବାର ମୁଁ ନିଜ ଛାତି ତଳେ କବର ଦେଇଛି ସେତେଥର ସେ ଆହୁରି ଜୀବନ୍ତ ହୋଇ ମୋର ନିଶ୍ୱାସକୁ ଶିଥିଳ କରିଦେଇଛି। ସରଳ ଭାଷାରେ କହିଲେ, ମୁଁ ତାକୁ ଭଲ ପାଉଥିଲି। ଆଉ ସେ ମୋତେ ନିଃସ୍ୱାର୍ଥପର ଭାବରେ ତା'ର "ସ୍ୱାମୀ" ବୋଲି ଶ୍ରଦ୍ଧା ଗ୍ରହଣ କରି ନେଇଥିଲା।

ମୋ ମା' ଶିଳ୍ପୀକୁ ବୋହୂ କରିବ ବୋଲି ନାନା ସ୍ୱପ୍ନ ସଜେଇଥିଲା। ଶିଳ୍ପୀ ତା'ର ବିବାହ ବୟସର ଶେଷ ପାହାଚରେ ଥାଇବି ଧୈର୍ଯ୍ୟର ସହିତ ମୋର ଚାକିରୀ ପାଇଁ ଅପେକ୍ଷା କରିଥାଏ ଏବଂ ତାଙ୍କ ଘରେ ତା' ନିମନ୍ତେ ପ୍ରସ୍ତାବ ଆସୁଥିବା ଯୋଗ୍ୟ ବରପାତ୍ର ମାନଙ୍କୁ ବିଭିନ୍ନ ଆଳରେ ମନା କରିଦେଉଥାଏ। ଏହିପରି ଥିଲା ତା'ର ମୋ ଉପରେ ଅଗାଧ ବିଶ୍ୱାସ। ଆଉ ମୋର ଭଲ ପାଇବା ଉପରେ ଭରସା।

ଯାଡେ ମୁଁ ଉପଯୁକ୍ତ ଚାକିରୀ ନପାଇ ହତାଶ ହେଲାବେଳକୁ ବିଦେଶରେ ଏକ ଉଚ୍ଚ ଦରମାର ଚାକିରୀ ପ୍ରଲୋଭନ ମୋ ପଥ ଭ୍ରାନ୍ତ କଲା। ମୋ ଜୀବନରେ ଗୋଟିଏ ଅଧ୍ୟାୟକୁ ପରିସମାପ୍ତି କରି ମୁଁ ମାଡି ଚାଲିଲି ଉଚ୍ଛୃଙ୍ଖଳ ବଢି ପାଣି ପରି। କିଛି ପାଇବାକୁ ହେଲେ କିଛି ହାତଛଡା କରିବାକୁ ହୁଏ ଏହା ହିଁ ମୋ ମୁଣ୍ଡରେ ସବାର ହୋଇ ରହିଲା।

ପାଇବାର ବିପୁଳତା ସାମ୍ନାରେ ହରାଇବା ମାତ୍ରା ଏତେ ଇତର ମନେ ହେଲା ଯେ ବାହା ହୋଇ ଜଞ୍ଜାଳରେ ପଶିବାକୁ ମନା କରି ଦେଇ ମୁଁ ବିଦେଶ ମୁହାଁ ହେଲି।

ଗଲାବେଳେ ଶିଳ୍ପୀକୁ ବେପାର୍ଓ୍ୱା ଭାବରେ କହିଦେଇଥିଲି ସେ ଆଉ କାହାକୁ ବାହା ହୋଇଯାଉ।

ଯଦିଓ ମୋରି ନିର୍ଭର ପ୍ରତିଶ୍ରୁତିରେ ସେ ତା' ଭବିଷ୍ୟତ ମୋ ଉପରେ ଛାଡିଦେଇଥିଲା। ତଥାପି ମୋ ଯିବା ଖବରରେ ସେ ବିଦ୍ରୋହ କଲାନାହିଁ। କିମ୍ବା ତାକୁ ଛାଡି ନଯିବାକୁ ନେହୁରା ହେଲାନାହିଁ। ତା'ର ଏହି ସ୍ୱାଭିମାନ ହିଁ ମୋ ଆତ୍ମାକୁ ଛିନ୍ ବିନ୍ କରିଦେଉଛି ତାହା ମୁଁ କିଛିଦିନ ପରେ ଅବଶ୍ୟ ବୁଝିପାରିଲି। ସେତେବେଳେ ମୁଁ ସମ୍ପୂର୍ଣ୍ଣ ଉପାୟହୀନ।

କିଛିଦିନ ପରେ ମା'ଠାରୁ ଶୁଣିଲି ତା'ର ବାହାଘର ହୋଇଯାଇଛି। ତା'ପରେ ମୁଁ ଆଉ ଶିଳ୍ପୀର ଖବର ରଖି ନଥିଲି। ଜୀବନ ତା'ବାଟରେ ଗଡି ଚାଲିଲା। ମୁଁ ଯଥା ସମୟରେ ବିବାହ କରି ସଂସାରରେ ମଜ୍ଜିଗଲି।

କିନ୍ତୁ ବେଳେ ବେଳେ ଅତୀତ ମନେ ପଡିଯାଏ। ସେତେବେଳେ ପାଣିବିହୁନେ ମାଛଟିଏ ପରି ମୁଁ ଛଟପଟ ହୁଏ। ଶିଳ୍ପୀର ପବିତ୍ର ନିଷ୍କପଟ ଭଲପାଇବା ଓ ବିଶ୍ୱାସକୁ ପ୍ରତାରଣାର ବିଷଦେଇ ହତ୍ୟା କରିବାର ଅପରାଧ ବୋଧ ମୋତେ ଖାଇ ଗୋଡାଏ। ସେତେବେଳେ ଆକଣ୍ଠ ହୁଇସ୍କି ହିଁ ମୋତେ ବଞ୍ଚିରହିବାରେ ସାହାଯ୍ୟ କରେ।

ଯା ଭିତରେ ଅନେକ ବର୍ଷ ବିତି ଗଲାଣି। ବିଦେଶ ଛାଡି ମୁଁ ସ୍ୱଦେଶକୁ ପ୍ରତ୍ୟାବର୍ତ୍ତନ କରିଥାଏ। ପତ୍ନୀଙ୍କ ଇଚ୍ଛା ପୁଅକୁ ଅମର ଦଶ ବର୍ଷ ବୟସ ହେଲା ଏଥରକ ଜନ୍ମଦିନ ଖୁବ୍ ଧୁମଧାମରେ ପାଳନ ହେବ।

ସେଦିନ ଘରେ ବନ୍ଧୁ ପରିଜନଙ୍କ ଭିଡ। ଅନେକ ଆୟୋଜନ, ହଠାତ୍ ଏକ ଫୋନ ଆସିଲା। ସେପଟୁ ଥରେ ଦୁଇଥର ହାଲୋ ଶୁଣି ଏତେ କୋଳାହଳରେ ମଧ୍ୟ ମୁଁ ବାରି ପାରିଲି ଶିଳ୍ପୀ ସ୍ୱର। ମୁଁ ସବୁ ଭୁଲିଯାଇପାରେ ମାତ୍ର ଶିଳ୍ପୀ ସ୍ୱରକୁ କେବେ ନୁହେଁ। ସେ ଜଣେ ଶୁଭାକାଂକ୍ଷୀ ବନ୍ଧୁ ଭଳି କଥା ହେଲା। ଫୋନ୍ ନମ୍ବର ମୋର ଜଣେ ବନ୍ଧୁଙ୍କ ଠାରୁ ପାଇଥିବା କଥ କହିଲା।

କଥା ପ୍ରସଙ୍ଗରେ ମୁଁ କହିଲି, "ଯାହା ହେଲା ସେଥିରେ ମୋର କିଛି ଭୁଲ୍ ନଥିଲା, ପରିସ୍ଥିତି ସେଇମିତି ହୋଇଥିଲା। ବର୍ତ୍ତମାନ ପୂର୍ବ କଥାକୁ ନେଇ ଅନୁଶୋଚନାରେ ସମୟ ନଷ୍ଟ ନକରି ଦୁହେଁ ପରସ୍ପର ସାନିଧ୍ୟରେ ଆନନ୍ଦ ସାଉଁଟିବା ଉଚିତ ହେବନାହିଁ କି? ତୁମ ସହ କେବେ ଦେଖା ହେଲ ଭଲ ହୁଅନ୍ତା। ତୁମ ସ୍ୱାମୀ କିମ୍ବା ମୋ ସ୍ତ୍ରୀ କେହି ଜାଣିବେନାହିଁ ଆମେ ଗୋପନରେ ଆମ ସମ୍ପର୍କ ଜାରି ରଖିବା।"

"ତୁମେ ଅନ୍ୟାୟ କରିଛ! ଯଦି କହୁଚ ଭେଟହେବାକୁ ତେବେ ଭେଟହେବା, ମାତ୍ର ବୟସର ଅପରାହ୍ନରେ। ଏବେ ନୁହେଁ।", ସେ କହିଲା ସ୍ପଷ୍ଟ ଏବଂ ନମ୍ର କଣ୍ଠରେ।

ଯା ପରେ ମୁଁ କ'ଣ କହିବି ଜାଣି ପାରୁନଥିଲି ଆଉ ସେ ମୋ ଉତ୍ତର ଅପେକ୍ଷାରେ ନିରବ ଥିଲା।

ଆଜିର ଯୁଗରେ ପାପ ପୁଣ୍ୟ କିଏ ଖାତିର କରୁଛି। ଯିଏ ମୋତେ ଦିନେ ସ୍ୱାମୀ ଆସନରେ ବସାଇ ଥିଲା ଆଜି ମୋତେ ଏପରି ବନ୍ଧୁ ସୁଲଭ ବ୍ୟବହାର କରିବାଟା ମୁଁ ସହଜରେ ଗ୍ରହଣ କରିପାରୁନଥାଏଁ। ମୁଁ ତା' ପ୍ରତି ଅନ୍ୟାୟ କରିଛି, ସେ ମୋତେ ଗାଳି ଦେଉ, ଅଭିମାନ କରୁ, ମାତ୍ର ଆମ ଭିତରେ ଏପରି ଏକ ଶୂନ୍ୟତା ସୃଷ୍ଟି ନକରୁ।

ଶିଳ୍ପୀ ନିଜେ ଟାଣିଥିବା ଏକ ଲକ୍ଷ୍ମଣ ରେଖା ପାରିହେବାକୁ ଚାହୁଁନଥିଲା। ଆଉ ମୁଁ ଚାହୁଁଥିଲି ମୋଠିଁ ତା'ର ପୂର୍ଣ୍ଣ ସମର୍ପଣ ଠିକ୍ ପୂର୍ବପରି।

ଯା ପରେ ତା'ଠାରୁ ଆଉ ଫୋନ୍ ପାଇ ନଥିଲି। ମୋ ପାଇଁ ଯଦି ତା' ପରିବାରେ କିଛି ଅଶାନ୍ତି ଉପୁଯେ, ଏଇ ଆଶଙ୍କାରେ ମୁଁ କୌଣସି ଯୋଗାଯୋଗ ରଖିନଥିଲି।

ଭିତରେ ଭିତରେ କିନ୍ତୁ ମୁଁ ତାକୁ ଝୁରୁଥାଏ !

ତାକୁ ସବୁ ବେଳେ ମନେ ପକେଇବା ମୋର ଏତେ ଅଭ୍ୟାସଗତ ହୋଇଗଲା ଯେ ସେଇ ଝୁରିବାରେ ହିଁ ମୁଁ ଅମାପ ଶାନ୍ତି ପାଉଥିଲି। ତା' ସ୍ମୃତି ମୋ ଠାରୁ ଇଞ୍ଚେ ବି ଦୂରେଇ ନଥିଲା। ତା' ସ୍ୱାଭିମାନ ଆଗରେ ମୋ ଭଲପାଇବା ହାରିଗଲା ସିନା। ମୋର ସକଳ ପ୍ରାୟଶ୍ଚିତ ସେ ସ୍ୱାଭିମାନର ନିଆଁରେ ପାଉଁଶ ହୋଇଗଲା ସିନା ହେଲେ ମୋର ଗୋଟିଏ ମାତ୍ର ଅବଶୋଷ- ମୁଁ ତାକୁ ଛାଡି ଚାଲିଯିବାଟା ଥିଲା ମୋର ମୁର୍ଖାମି। କିନ୍ତୁ ତା 'ପ୍ରତି ମୋର ପ୍ରେମ ଥିଲା ସୂର୍ଯ୍ୟଙ୍କ ପରି ସତ। ଶିଳ୍ପୀ ସେ ପ୍ରେମକୁ ସନ୍ଦେହ ନକରୁ।

ଆଜି ଚିଠିଟି ପାଇ ମୋର ବିସ୍ମୟର ସୀମା ଟପିଯାଇଥିଲା। ଭାବିଲି ସନ୍ଧ୍ୟାରେ ଚୌଧୁରୀ ବାବୁଙ୍କ ଘରକୁ ଯିବି ଏବଂ ଚିଠିଟିର ରହସ୍ୟ ଉନ୍ମୋଚନ କରିବି। ହୁଏତ ଆଉ କାହା ଉଦ୍ଦେଶ୍ୟରେ ବାହାରିଥିବା ଚିଠିଟିଏ ବାଟ ହୁଡି ମୋ ହାବୁଡେ ପଡି ଯାଇଛି। ସନ୍ଧ୍ୟାବେଳେ ୱାକିଂରୁ ଫେରି ଚୌଧୁରୀ ବାବୁଙ୍କ ଘରକୁ ଯିବି ବୋଲି ମନସ୍ଥ କଲି।

ସତରେ କ'ଣ ଶିଳ୍ପୀ ମୋର ପଡୋଶୀ ହୋଇ ମୋରି ଘର ସାମ୍ନାରେ ଆସି ରହୁଚି। ଏହି ପରି ଏକ ଦୁର୍ଲଭ ଭାବନାରେ ଦିନ ତମାମ ମୋ ମୁହଁରେ ଖୁସି ଭଳି କିଛି ହାଲକା ଅନୁଭବ ଲେସି ହୋଇଥାଏ। ଗୋଟାଏ ଆଶଙ୍କା ଘାରୁଥାଏ ମୋତେ, ଯଦି ସତରେ ଶିଳ୍ପୀ ମୋ ପଡୋଶୀ ହୋଇ ଆସିଥାଏ ତେବେ ଯେ ଚଉଷଠି ବର୍ଷ ବୟସର ବୃଦ୍ଧକୁ ଦେଖିଲେ ଶିଳ୍ପୀ ଚିହ୍ନି ପାରିବ ତ। ଯଦି ମୋତେ ଦେଖି ଭାବିବ ହେଃ

କିଏ ଏ ବୁଢାଟା। ତା'ର ହେୟ ଭାବ ସହି ହେବ ତ? ତା' ଛଡା ସମୟ ବି ମୋ ଶିଳ୍ପୀ ଚେହେରାରେ କେଉଁପରି ନିର୍ଦ୍ଦୟ ଛାପ ଛାଡିଦେଇଥିବ?

ଏପରି ଅନେକ ଆଶଙ୍କା, ଉତ୍କଣ୍ଠା, ଉତ୍ସାହ ଆଦି ଫେଣ୍ଟା ଫେଣ୍ଟି ଭାବ ସହ ସନ୍ଧ୍ୟା ଉପନିତ ହେଲା। ମୁଁ ଦର୍ପଣ ସାମ୍ନାର୍ ଠିଆ ହୋଇ ଏପରି ଅନ୍ୟ ମନସ୍କ କେବେ ହେଲା ପରି ତ ମନେ ପଡୁନାହିଁ। ରଘୁ କେତୋଟି ଇସ୍ତ୍ରୀକରା ସାର୍ଟ୍ ଆଣି ରଖିଦେଇ ଗଲା ବେଳେ ମୋ ପ୍ରିୟ ଧଳା ଟି'ସାର୍ଟ୍ ଟା ନଦେଖି ରଘୁ ଉପରେ ଅଯଥା ବିରକ୍ତ ହେଲି କାହିଁକି। ସେ ସାର୍ଟ୍ ଟି କାଢି ମୋତେ ଦେଲାବେଳେ ନମ୍ର ଭାବରେ କହିଲା, "ବାବୁ, ଏଇଟା ତଳକୁ ରହିଯାଇଛି ଆପଣ ଦେଖିପାରିନାହାନ୍ତି।"

ମୋ ଭିତରେ କ'ଣ ହେଉଛି ମୁଁ ନିଜେ ସୁଦ୍ଧା ବୁଝିପାରୁ ନଥିଲି।

ମୁହଁରେ ଯଥା ସମ୍ଭବ ସହଜ ଭାବ ଟିଏ ଫୁଟାଇ ମୁଁ ପହଞ୍ଚିଲି ଚୌଧୁରୀ ବାବୁଙ୍କ ଦରଜା ସାମ୍ନାରେ। ଘଣ୍ଟି ବଜାଇବା ଅବ୍ୟବହିତ ପୂର୍ବରୁ ଚୌଧୁରୀ ବାବୁ କବାଟ ଖୋଲି ସାଦର ସମ୍ଭାଷଣ କଲେ, " ନମସ୍କାର ଆଜ୍ଞା, ଆସନ୍ତୁ।" ମୋତେ ଭିତରକୁ ଶାଙ୍କୋଳି ନେଲେ।

"ଆପଣ କିପରି ଜାଣିଲେ ମୋର ଆଗମନ?"

"ଦେଖୁ ନାହାନ୍ତି କ୍ୟାମେରା ଲଗା ହୋଇଛି ପରା। ଆପଣ ନିଜ ଗେଟ୍ ଖୋଲି ଆମ ଦରଜା ସାମ୍ନାକୁ ଆସିବା ପର୍ଯ୍ୟନ୍ତ ସବୁ ସେଇ କ୍ୟାମେରାରେ କଏଦ୍," କହି ଏକ ଖୋଲା ହସ ହସିଲେ ଚୌଧୁରୀ ମହାଶୟ।

ମୁଁ ମନେ ମନେ କହିଲି, କଏଦ୍ ତ ମୁଁ ବହୁକାଳୁ, ଆପଣଙ୍କ ପତ୍ନୀଙ୍କ ପାଖରେ।

ସତ କହିଲେ ଆଜ୍ଞା। ମୋଟ ଉପରେ ଆଜିର ସମାଜରେ ଆମେ ସମସ୍ତେ ଟେକନୋଲଜିର ବନ୍ଦି। ଏଇ ସାମାନ୍ୟ ଗୋଟିଏ ଫୋନ୍ ଉପରେ ଆମେ କେତେ ପରିମାଣରେ ନିର୍ଭରଶୀଳ। ନହେଲେ ମୁଁ ଆପଣଙ୍କ ବାସଭବନକୁ ଆସୁଛି ବୋଲି ଜଣାଇଥା'ନ୍ତି କିପରି। କହିଲି ମୁଁ।

ଉଚ୍ଚସ୍ୱରରେ ହସି ଉଠିଲେ ଦୁହେଁ ପୁରୁଣା ବନ୍ଧୁ ପରି।

ଡ୍ରଇଂ ରୁମରେ ରୁଚି ସମ୍ପୂର୍ଣ୍ଣ ସାଜ ସଜ୍ଜା। ସୋଫାରେ ଡେକୋରେଟି ପିଲୋର ଶୁଭ୍ର ସିଲ୍କ୍ କଭର ଠୁଁ ଆରମ୍ଭକରି ପୂର୍ବ ପାଖ କାନ୍ଥରେ ବିଶାଳ ଏକ ମନ୍ଦିରର କଳା ଧଳା ଛବି ଖୁବ୍ ସୁନ୍ଦର ମ୍ୟାଚ କରୁଛି। ଦ୍ୱାର ମୁହଁରେ ଲମ୍ବା କାନଭାସରେ ଗୋଟିଏ ପଦ୍ମ କଢର ବ୍ଲାକ ଆଣ୍ଡ ୱାଇଟ୍ ତୈଳଚିତ୍ର ଦେଖି ମୁଁ ବୁଝିଗଲି ଏହା ଶିଳ୍ପୀ ହିଁ ଆଙ୍କିଚି।

ଥରେ ତାକୁ ପଚାରିଥିଲି, "କେଉଁ ଫୁଲ ତୋର ବେଶି ପସନ୍ଦ ଶିଳ୍ପୀ।"

"ଫୁଲମାତ୍ରେ ହିଁ ଶିଶୁ ଭଳି ପବିତ୍ର ଆଉ ସୁନ୍ଦର, ହଁ ତୁମେ ଯଦି ତୁମ ପ୍ରଶ୍ନର

ଉତ୍ତର ଚାହୁଁଚ ତେବେ ମୁଁ କହିବି -ପଦ୍ମ। ପଦ୍ମ କଢଟିଏ ଦେଖ, ଫୁଟିବା ପୂର୍ବରୁ ସତେ ଯେମିତି ଯୋଡ ହସ୍ତରେ ଈଶ୍ୱରଙ୍କ ଶରଣରେ ଯିବାକୁ ଉଦ୍ୟତ।"

ଘର ଭିତରକୁ ଚୌଧୁରୀ ବାବୁଙ୍କ ପତ୍ନୀଙ୍କ ପ୍ରବେଶ ସହଜ ଥିଲା। ଚାହା ସହ ଟ୍ରେଟି ଯତ୍ନରେ ଟେବୁଲ୍ ଉପରେ ରଖିଦେଇ ସେ ମୋ ଆଡେ ଚାହିଁ ଈଷତ ଅଭିମାନ ଭରା କଣ୍ଠରେ କହିଲେ, ଆମର ଅତି ନିକଟ ପଡୋଶୀଙ୍କ ପାଦ ଆମ ଘରେ ପଡିବାକୁ ଏତେଦିନ ଲାଗିଗଲା।

ଏଇ ଯେ ମୋ ଶିଳ୍ପୀ ମୁଁ ସ୍ପଷ୍ଟ ହେଲି।

ମୁଁ ତାକୁ ଦେଖୁଥାଏଁ।

ବୟସର ଛାପ କାହା ଚେହେରାକୁ ଆହୁରି କମନୀୟ କରିପାରେ ଦେଖି ମୋତେ ଆଶ୍ଚର୍ଯ୍ୟ ଲାଗିଲା। ବେକ ଯାଏ ଝରି ଆସିଚି କେଶ ରାଶି। ଦୁଇ ଭୃଲତା ମଝିରେ ବିନ୍ଦିଟିଏ ସାଧବ ବୋହୁ ପରି ଗାଢ ନାଲି। ମଥାରେ ସେଇମିତି ବିନ୍ଦି ସେ ଦିନେ ଲଗଉଥିଲା ମୋ ଲାଗି, ଆଜି କ'ଣ କେବଳ ଚୌଧୁରୀ ବାବୁଙ୍କ ଲାଗି ? ମୋ ପ୍ରଶ୍ନ ଶାଣିତ ଛୁରିକା ପରି ମୋରି ହୃଦୟରେ ଆଘାତ ଦେଲା। ବାଇଗଣୀ ସୁତା ଶାଢୀଟିଏରେ ସେ କିପରି ଦିଶୁଥିଲା ମୁଁ ବର୍ଣ୍ଣନା କରିପାରିବି ନାହିଁ, କିନ୍ତୁ ମୋର ମନ ହେଉଥିଲା ତା' କୋଳରେ ମୁଣ୍ଡ ରଖି ଦଣ୍ଡେ ଶୋଇରହନ୍ତି କି। ଏତେ ଶାନ୍ତ, ଉଦାର ଘର ପରିବେଶରେ କେବଳ ଚୌଧୁରୀ ବାବୁଙ୍କ ଅନୁପସ୍ଥିତିରେ ହିଁ ମୁଁ ନିଶ୍ଚୟ ଶିଳ୍ପୀ କୁ ଯୋଡ ହସ୍ତରେ ଏହି ଅନୁମତି ମାଗିଥାନ୍ତି।

ଚୌଧୁରୀବାବୁ ମୋ ହାତକୁ ଚାହା କପଟି ବଢାଇଦେଲେ, ମୁଁ ନିଜ ଭାବନାରୁ ନିଷ୍କ୍ରାନ୍ତ ହେଲି। ଚୌଧୁରୀବାବୁ ଖୁବ୍ ମଜାଦାର ଲୋକ। ଚମତ୍କାର ଢଙ୍ଗରେ ତାଙ୍କ ମିଲିଟାରି ସମୟର ଘଟଣା ସବୁ ବର୍ଣ୍ଣନା କରୁଥା'ନ୍ତି। ତାଙ୍କ କଥା ଶୁଣି ମୋର ମନେପଡିଗଲା ରିଡର୍ ଡାଇଜେଷ୍ଟ୍ ପତ୍ରିକାର ଏକ ସ୍ତମ୍ଭ "ହ୍ୟୁମର ଇନ୍ ୟୁନିଫର୍ମ୍"। ଯେଉଁଥିରେ ମିଲିଟାରୀ ବାଲାଙ୍କ ଦୈନନ୍ଦିନ ଜୀବନରେ ମଜାଳିଆ ସତ୍ୟ ଘଟଣା ମାନ ପ୍ରକାଶିତହୁଏ। ଗୋଟିଏ ଗୋଟିଏ ଘଟଣା ଚୌଧୁରୀବାବୁ ଏମିତି ବର୍ଣ୍ଣନା କରୁଥା'ନ୍ତି ଯେ ମୁଁ ହସ ରୋକି ପାରୁ ନଥାଏ। ଏତି ମଧ୍ୟରେ ମୁଁ କିନ୍ତୁ ଆଖି କୋଣରୁ ଦେଖୁଥାଏ ମୁଁ ନଦେଖିଲା ବେଳେ ଶିଳ୍ପୀ ମୋତେ ଚୁପି ଚୁପି ଦେଖୁଛି।

କ'ଣ ଦେଖୁଥିବ ସେ ମୋ ମୁହଁରେ ? ଅତିତରେ ଯାହାର ସ୍ୱରକୁ ସେ ଆତ୍ମାର ଆବାଜ ବୋଲି ମନେକରୁଥିଲା, ଯାହାର ଆଖିକୁ ସେ ଦିନେ ମୁହଁଟେକି ଚାହିଁବାର ସାହାସ କରିନଥିଲା। ଇଏ ସେଇ ଲୋକ ଯିଏ ତା'କୁ ଏତେବଡ ଧୋଖା ଦେଇଚି।

ୟା ଭିତରେ କେତେବେଳେ ସମୟ ବିତିଗଲା ଜାଣିହେଲା ନାହିଁ। ମୁଁ ଯିବାକୁ

ବାହାରିଲି। ରାତ୍ରି ଭୋଜନ ନିମନ୍ତେ ଦୁହେଁ ମୋତେ ବାଧ କରନ୍ତେ, ରଘୁ ଖାଦ୍ୟ ବନେଇ ଚାହିଁ ବସିଥିବ ଆଉ କେବେ ଆଜ୍ଞା କହି ବିନୟ ସହକାରେ ମୁଁ ଯିବାକୁ ଉଦ୍ୟତ ହେଲି।

ହାଲକା ଶୀତ ପଡିଥାଏ।

"ରୁହନ୍ତୁ ମୁଁ ଆପଣଙ୍କୁ ଫାଟକଯାଏ ବଳେଇ ଆସୁଛି। ଡିନର ପୂର୍ବରୁ ଅନ୍ତତଃ ଛୋଟିଆ ଓ୍ୱାକ୍ ଟିଏ ହୋଇଯିବ! କହି ଚୌଧୁରୀ ବାବୁ ଘର ଭିତରକୁ ପଶିଗଲେ ସମ୍ଭବତଃ ଶାଲଟିଏ ଆଣିବା ଲାଗି।

ଶିଳ୍ପୀ ମୋରି ଏତେ ନିକଟରେ ଠିଆ ହୋଇଥାଏ। ହାଲକା ଜହ୍ନ ଆଲୁଅ, ବଗିଚାର ଫୁଲଙ୍କ ବାସ୍ନା, ଆଉ ମୋର ମନ, ସମସ୍ତିଙ୍କର ସେଇ ଗୋଟିଏ ଇଚ୍ଛା- ଶିଳ୍ପୀକୁ ମୋ ଛାତି ଉପରକୁ ଟିକିଏ ଆଉଜାଇ ଆଣନ୍ତି!

ଏତିକିବେଳେ ଚିଠି କଥା ମନେ ପଡିଗଲା। ପଚାରିଲେ ଯଦି ସେ ପଠାଇ ନାହିଁ ବୋଲି କୁହେ? ହୁଏତ ଭାବିପାରେ ମୁଁ ତା' ଠାରୁ ଚିଠିଟିଏ ପାଇବାକୁ ଆତୁର ହେଉଛି। ଯେ ବୟସରେ ମୋ ଠିଁ ଏମିତି ପାଗଳ ପ୍ରେମିକ ଲକ୍ଷଣ ଆଦୌ ଶୋଭା ପାଇବନାହିଁ। ଏତେସବୁ ଚିନ୍ତା ଭିତରେ ବି ହଠାତ୍ ମୁଁ ତାର ହାତକୁ ମୋର କମ୍ପିତ ଛାତି ପାଖରେ ତୋଳି ଧରିଲି। ତା' ମୁହଁର ଭାବ ଦେଖିବାକୁ ମୋର ଆଦୌ ସାହାସ ନଥିଲା। କମ୍ପିତ କଣ୍ଠରେ ଏତିକି ମାତ୍ର ମୋ ମୁହଁରୁ ବାହାରିଗଲା- ମୋତେ କ୍ଷମା କରିଦିଅ ଶିଳ୍ପୀ!

ଚୌଧୁରୀ ବାବୁଙ୍କର ପ୍ରତ୍ୟାବର୍ତ୍ତନ, ବର୍ଷିବାକୁ ଥିବା ମେଘମାଳା ଜମାରୁ ନବର୍ଷି ଅପସରି ଗଲା ଭଳି ଆଉ ଯାହା ବି କହିଥା'ନ୍ତି ସେ ଶବ୍ଦ ସବୁ ମୋ ଭିତରକୁ ଲେଉଟିଗଲେ। କିଛି ପଚାରି ପାରିଲି ନାହିଁ। ସେଦିନ ରାତିରେ ଘରକୁ ଫେରି ଚିଠିଟିକୁ ଓଲଟପାଲଟ କରି ଭଲ କରି ଦେଖିଲି। ନା, ସମ୍ପୂର୍ଣ୍ଣ ସାଦା କାଗଜ! ଶିଳ୍ପୀ ଏମିତି ଚିଠି ପଠେଇ କ'ଣ ମଜା ଦେଖୁଛି? ମୋ ପ୍ରତାରଣାର ନୀରବ ଜବାବ ଦେଉଛି।

ପ୍ରଶ୍ନ ମାନ ଢେଉ ଭଳି ଉଠୁଥାଏ ମୋ ମନରେ ଏବଂ ମିଳେଇ ଯାଉଥାଏ ଉତ୍ତର ବିହୁନେ। ଚିଠିଟିରେ ମୁଁ ମନେ ମନେ ଶବ୍ଦ ସଜାଉଥାଏ ଓ ଲିଭାଉଥାଏ। ଏହି ପ୍ରକ୍ରିୟା ଭିତରେ ସତେକି ମୁଁ ସ୍ୱୟଂ ଶିଳ୍ପୀ ପାଲଟି ଯାଉଥିଲି। ମୋ ଆଖିରେ ନିଦ ମୋତେ ଚିଠିରୁ ଅଲଗା କରିବା ପୂର୍ବରୁ ନିଷ୍ପତ୍ତି ନେଲି କାଲି ସକାଳେ ନିଶ୍ଚୟ ତାକୁ ଫୋନ୍ କରି ଚିଠି କଥା ପଚାରିବି।

ପରଦିନ ସଂଧ୍ୟାରେ ଫୋନ୍ କରିବାଲାଗି ରିସିଭର ଉଠାଇଲି। ଚୌଧୁରୀବାବୁ ସନ୍ଧ୍ୟା ଭ୍ରମଣରେ ଯାଇଥିବେ। ମୋତେ ଇଣ୍ଟରଭିୟୁ ଦେବାକୁ ଯିବାଭଳି ଚିନ୍ତା

ଘାରିଥାଏ। ଯଦି ଚୌଧୁରୀବାବୁ ରିସିଭର ଉଠାଇବେ ତେବେ କ'ଣ କହିବି ଆଗରୁ ଭାବି ରଖିଥାଏ। କିନ୍ତୁ ସେପଟୁ ଶିଳ୍ପୀର ସ୍ୱର ଶୁଣି ନିଶ୍ଚିନ୍ତ ହେଲି। ସେ ବିନା ପ୍ରହେଳିକାରେ ପଚାରିଲା,

"ଚିଠି କଥା ପଚାରିବ ନା ?"

"ହଁ।"

"ଚିଠିରେ ମୁଁ ବ୍ୟକ୍ତ କରିବାକୁ ଚାହୁଁଥିଲି ତୁମ ପ୍ରତି ମୋର ଭଲ ପାଇବାର ଗଭୀରତା। ମୋର ଇଚ୍ଛା ଅନିଚ୍ଛା ସକାଶେ ଅତୀତରେ ତୁମ ପାଖରେ କେବେ ସ୍ଥାନ ନଥିଲା। ମୋର ସେହି ଅକୁହା ମନକଥା ତୁମ ଲାଗି ନିରର୍ଥକ ମାତ୍ର। ତେଣୁ ଭାବିଲି ତୁମକୁ ଅକ୍ଷର ବିହୁନ ଚିଠିଟିଏ ଦେବା ଯାହା ସେଥିରେ ପୁଳାଏ ଲେଖିବା ଏକା କଥା।" କିଛି କ୍ଷଣ ନିରବ ରହିଲା ସେ।

କୁହ, ଅଟକି ଗଲ ଯେ।

"ତଥାପି ମନ ବୁଝିଲାନି। ତେଣୁ ରଘୁ ହାତରେ ପଠାଇଦେଲି ଚିଠିଟିଏ। ତୁମେ ସେଥିରୁ ଯାହା ପଢିବ ଯାହା ବୁଝିବ ତାହା ଏକାନ୍ତ ଭାବେ ତୁମ ଉପରେ ନିର୍ଭର କରେ।"

ତା'ପରେ ରିସିଭର ଆରପଟୁ ମୋତେ କାନ୍ଦ ଭଳି କିଛି ଶୁଭିଲା। ଶିଳ୍ପୀ କାନ୍ଦୁଥିଲା। ସଙ୍ଗେ ସଙ୍ଗେ ନିଜକୁ ସଂଯତ କରି କହିଲା,

"ପ୍ରେମ ଏକ ଦିବ୍ୟ ଅନୁଭବ ଏହା କ୍ଷଣିକ ଉତ୍ତେଜନା କଦାପି ନୁହଁ। ମୁଁ କହିଥିଲି ନା ବୟସର ଅପରାହ୍ଣରେ ଭେଟ ହେବ ଆମର।! ମୁଁ ମୋ କଥା ରଖିଲି।" ସେ ପୁଣି କହିବାକୁ ଲାଗିଲା–

ଆମର ଏକମାତ୍ର ଝିଅ ଯେତେବେଳେ କାନାଡାରେ ପଢିବା ସକାଶେ ଯାଇ ସେଠାରେ ବିବାହ କଲା, ମୋ ସ୍ୱାମୀ କାନାଡା ସିଟିଜନସିପ୍ ନେଇଗଲେ। ସେଠାରେ ଆମର ରିଟାୟାରମେଣ୍ଟ୍ ଯୋଜନା ବନାଇଲ। ଝିଅର ବି ସେଇ ଇଚ୍ଛା। କିନ୍ତୁ ମୁଁ ଯାଙ୍କୁ କିଛି ଦିନ ଇଣ୍ଡିଆରେ ରହିବାକୁ ବାଧ୍ୟ କଲି। କହିଲି, ଯଦି ଆମ ଦେହରେ କାନାଡାର ୱିଣ୍ଟର୍ ଯିବନାହିଁ ତେବେ! ଅନ୍ତତଃ ଶୀତ ତମାମ ଆମେ ଏଠାରେ ବିତାଇ ପାରିବା। ଯାହା ହେଉ ପ୍ରସ୍ତାବ ମନକୁ ପାଇଲା ବାପ ଝିଅଙ୍କର।

ମନେ ଅଛି ତୁମର ? ସେ ପଚାରିଲା।

କୋଉ କଥା ?

ତୁମ ପୁଅ ଜନ୍ମଦିନ ସମୟରେ ମୋତେ ତୁମର ସ୍ଥାୟୀ ଠିକଣା କହିଥିଲ।

ହଁ। କହିଲି ମୁଁ।

ମୁଁ ତୁମର ଜଣେ ବନ୍ଧୁଙ୍କୁ ପଚାରି, ତୁମର ଆଉ ଠିକଣା ବଦଳି ନାହିଁ ଜାଣିବା ପରେ ବାସ ଏହି ଅଞ୍ଚଳରେ ଘର କିଣିବାକୁ ମନସ୍ଥ କଲି। ମୋ ସ୍ୱାମୀ ବି ଏଠାର ପାହାଡ ଘେରା ପ୍ରାକୃତିକ ପରିବେଶ ଦେଖି ବିହ୍ୱଳ ହେଲେ। ଚାଲିଆସିଲୁ ତୁମର ପଡୋଶୀ ହେବାକୁ।

ମୁଁ ମୂଢ ପରି ଶୁଣୁଥାଏ ହେଲେ ମୋ ପାଖରେ କହିବା ଲାଗି କିଛି ନାହିଁ। "ତୁମକୁ ହରାଇ ମୋ ପୃଥିବୀ ଶବ୍ଦ ଶୂନ୍ୟ", କହିଲି ମୁଁ।

ସେ ହସିଲା।

"ପ୍ରତାରଣାର ବିଷ ଜ୍ୱାଳାରେ ତୁମଠୁ ଅଧିକ ମୁଁ ଜଳୁଛି।" ଆହାତ କଣ୍ଠରେ କହିଲି ମୁଁ।

"ପ୍ରେମରେ କମ୍, ବେଶି ଏସବୁ ଶବ୍ଦର ପ୍ରଚଳନ ହୁଏନାହିଁ ମହାଶୟ", ସେ କହିଲା।

"ଅର୍ଥ ?"

"ଇଶ୍ୱର ବିଶ୍ୱାସରେ ଯେପରି କମ୍ ବେଶି ନଥାଏ ପ୍ରେମ ଠିକ୍ ସେହିପରି। ପ୍ରେମ ଶାଶ୍ୱତ। ଜୀବନ ସହ ମୃତ୍ୟୁ ପରି ପ୍ରେମ ସହ ଯନ୍ତ୍ରଣାର ସମ୍ପର୍କ ଖୁବ୍ ନିବିଡ ଓ ସତ୍ୟ। ଆମେ ଦୁହିଁଙ୍କୁ ସେହି କଠିନ ସତ୍ୟକୁ ସାମ୍ନା କରିବାକୁ ପଡିବ।"

ସେ କହୁଥାଏ ଆଉ ମୁଁ ତା'ର ସ୍ୱର ମାଧ୍ୟମରେ ତାକୁ ଦେଖୁଥାଏ। ତା' ସ୍ୱର କରୁଣତା ତା'ମୁହଁରେ ବାରି ହୋଇ ପଡୁଛି। କଜଳ ମଖା ଆଖି ଯୋଡିକ ତା'ର ଛଳ ଛଳ, ଲୁହ ଟୋପାଏ ସେ ଅଟକାଇ ରଖିଛି ବହୁ କଷ୍ଟରେ।

ଆମେ ଦୁହେଁ ନିରବ ଥିଲୁ।

ନିରବରେ କିନ୍ତୁ ଅନେକ କିଛି କଥା ପରସ୍ପରକୁ କହୁଥାଉ। କେତେବେଳେକୁ ସେ କହିଲା, ମୁଁ ଫୋନ ରଖୁଛି।

ସେଦିନ ରାତିରେ ମୁଁ ଚିଠିଟି ପୁଣି ଥରେ ପଢିବାପାଇଁ ଚେଷ୍ଟା କଲି। ଆରାମ ଚେୟାରରେ ଦେହକୁ ଲୋଟାଇ ଦେଇ ଚିଠିକୁ ଛାତି ଉପରେ ରଖି ଦେଖୁଥାଏ କାଳେ କାଗଜର କେଉଁ କନ୍ଦିରେ ଅକ୍ଷରଟିଏ ଦୃଶ୍ୟ ହୋଇଯିବ। ଯେଉଁ ଗୋଟାକ ମୋ ଶିଳ୍ପୀର ବ୍ୟଥାରୁ କିଞ୍ଚିତ ପରିବହନ କରୁଥିବ।

କେଡେ ବିକଳ ହୋଇ ସେ ଚାହୁଁଥିଲା ଆମର ଯୁଗ୍ମ ଜୀବନ, ଆଉ ମୁଁ କେଡେ କଠୋର ଭାବରେ ପ୍ରତ୍ୟାଖ୍ୟାନ କରିଥିଲି ତା'ର ପ୍ରେମ ଆବେଦନକୁ।

ମୁଁ ତା'କୁ ଛାଡି ଆସିଲା ପରେ ତା'ଲାଗି ଆସିଥିବା ବିବାହ ପ୍ରସ୍ତାବକୁ ତା'ର ବିବାହ ବୟସ ଗଡିଯିବାନେଇ କି କାରଣ ଦର୍ଶାଇଥିବ। ଏହାତ ଆଉ କହିନଥିବ ଯେ

ସେ ଯାହାକୁ ମନ ଭିତରେ ବିବାହ କରିସାରିଥିଲା ସେ ମହାଶୟ ତା'କୁ ଛାଡି ଚାଲିଗଲେ ।

ମୁଁ ଚିଠିଟିକୁ ନିରେଖି ଦେଖିଲି ।

କ୍ରମଶଃ ଅକ୍ଷର ମାନ ଆତ୍ମପ୍ରକାଶ କରିବାରେ ଲାଗିଲେ । ମୁଁ ଚିଠିର ପ୍ରତ୍ୟେକ ଶବ୍ଦ ବାରମ୍ବାର ପଢି ସୁଦ୍ଧା କ୍ଳାନ୍ତ ହେଲିନାହିଁ ।

ଶେଷରେ ଚଷମା କାଢି ମୁଁ ଆଖି ପୋଛିଲି ।

■

ଅନ୍ତର୍ଦ୍ୱନ୍ଦ୍ୱ

ମହାଭାରତରେ ଶିଖଣ୍ଡୀଙ୍କର ପରିଚୟ କାହାକୁ ବା ଅଜଣା। ଶାସ୍ତ୍ର ପୁରାଣରେ ଚରିତ୍ରଙ୍କର ଲିଙ୍ଗ ଗତ ପ୍ରଶ୍ନବାଚୀ ଚଳିବ। ଲୋକେ ଗ୍ରହଣ କରିନେବେ। କିନ୍ତୁ ଶ୍ରୀନିବାସ ବ ବୁଙ୍କର ବୁଢ଼ା ବୟସରେ ସ୍ତ୍ରୀଲୋକ ଭଳି ବେଶ ହେବା ଦେଖି ଲୋକେ କହିଲେ କଳି ଯୁଗ ଶେଷ ସମୟ ଆସିଗଲା।

ଶ୍ରୀନିବାସ ବାବୁ ଯଦି ପ୍ରଥମରୁ କିନ୍ନର ସମ୍ପ୍ରଦାୟରେ ଗୋଟାଏ ଲଢ଼କା ପରି ଖସି ପଡ଼ିଥା'ନ୍ତେ ତେବେ କଥା ଅଲଗା। ପରିଚୟ ହୀନ ମାମୁଲି ମଣିଷ କେବେ କ'ଣ ଲୋକଙ୍କର ଆଗ୍ରହ କିମ୍ବା ଆଲୋଚନାର ପାରିଧି ଭିତରେ ପଶିପାରିଲାଣି। କିନ୍ତୁ ଶ୍ରୀନିବାସ ବାବୁ ଜଣେ ବିଶିଷ୍ଟ ଇଂରାଜୀ ଅଧାପକ। ଯେ ବଣ ପାହାଡ଼ ମୁଲକଟି ପ୍ରକୃତି ମନସ୍କ ପର୍ଯ୍ୟଟକଙ୍କୁ ତା'ର ସବୁଜିମାରେ ବିହ୍ୱଳ କଲା ପରି ଏ ଅଞ୍ଚଳର ଏକମାତ୍ର କଲେଜଟି ଦୂର ଦୂରାନ୍ତରୁ ଇଂରାଜୀ ସାହିତ୍ୟରେ ଆଗ୍ରହୀ ଛାତ୍ର ଛାତ୍ରୀଙ୍କୁ ବାଟ କଢ଼ାଇ ଆଣେ କେବଳ ଅଧାପକ ଶ୍ରୀନିବାସଙ୍କ ଉଚ୍ଚମାନର ଶିକ୍ଷା ପ୍ରଣାଳି ଯୋଗୁଁ।

କେହି ଏହି କହନ୍ତି ଶ୍ରୀନିବାସ ବାବୁ ମା' ପେଟରୁ ଇଂରାଜୀ ଶିଖି ଆସିଛନ୍ତି। ସେ ଯେଉଁ ପିଲା ମୁଣ୍ଡରେ ହାତ ରଖିଦେବେ ସିଏ ରାତିରେ ବିଳିବିଳାଇଲେ ବି ମୁହଁରୁ ଶୁଦ୍ଧ ଇଂରାଜୀ ଓଗାଳିବ।

ଗୁରୁଦିବସ ଅବସରରେ ପୁରାତନ ଛାତ୍ର କେତେଜଣ ସେମାନଙ୍କ ସଫଳତା ବଖାଣିଲା ବେଳେ ଶ୍ରୀନିବାସ ସାରଙ୍କୁ ଅଜସ୍ର ଧନ୍ୟବାଦରେ ପୋତି ପକାନ୍ତି। ସେତେବେଳେ ଶ୍ରୀନିବାସବାବୁଙ୍କ ଆଖି ଜକେଇ ଆସେ ଖୁସିରେ।

ପାହାଡ଼ ଶିଖରରେ ଜଙ୍ଗଲ ଦେବୀଙ୍କ ମନ୍ଦିରଟିଏ। ପାହାଡ଼ି ଝରଣା, ଘଞ୍ଚ ଜଙ୍ଗଲ

ପ୍ରାକୃତିକ ଶୋଭାରେ ଭର ପୁର ଅଞ୍ଚଳକୁ ଦେଖିବା ଲାଗି ଏକାଧାରାରେ ଭକ୍ତ ତଥା ପ୍ରକୃତି ପ୍ରେମୀ ଧାଇଁ ଆସନ୍ତି।

ଆଜିକାଲି କିନ୍ତୁ କଲିକତି ଲୁଗା ବେପାରୀ, ଆନ୍ଧ୍ର କଦଳୀ ଆଉ ରାସ୍ତା କଡ ଖାଦ୍ୟ ବିକାଳୀଙ୍କ ସଂଘ ବଦ୍ଧ ଆକ୍ରମଣରେ ଏଠାର ପ୍ରାକୃତିକ ପରିବେଶ କିଛିଟା ବିକୃତ ହୋଇ ଗଲାଣି। ଝରଣା ଧାରରେ ଠାଏ ଠାଏ ପଡିଥିବା ପ୍ଲାଷ୍ଟିକ୍ ଜରି କି ବୋତଲ୍, ବଣ ଭୋଜିରେ ମଗ୍ନ ଟୁରିଷ୍ଟଙ୍କ ଉଚ୍ଚ ଭଲ୍ୟୁମରେ ଗୀତ ବାଦ୍ୟ ସତେ ଯେମିତି ରଡି ଛାଡି ଜଣାଉଚି ପ୍ରକୃତିର ପତନ ହେଉଛି ବୋଲି।

ତଥାପି ବି ଶୀତଋତୁ ଆସିଲା ମାତ୍ରେ ପର୍ଯ୍ୟଟକ ଧାଇଁ ଆସିଲା ପରି ନାମଲେଖା ସମୟ ଆସିଲେ ଏଠାକୁ ଧାଇଁଆସନ୍ତି ବିଦ୍ୟାର୍ଥୀ।

ଲୋକେ ଭାବୁଥିଲେ ଶ୍ରୀନିବାସ ବାବୁ ଅବସର ଗ୍ରହଣ ପରେ ଏଠାକୁ ଆସୁଥିବା ବିଦ୍ୟାର୍ଥୀଙ୍କ ସଂଖ୍ୟା କମିଯିବ। ସେମାନଙ୍କୁ ନେଇ କଲେଜ ଆଖପାଖରେ ଜମି ଉଠିଥିବା ଛୋଟିଆ ଭୋଜନାଳୟ ଆଉ ଖାତା ବହି ଦୋକାନ ବନ୍ଦ ହୋଇଯିବ।

କିନ୍ତୁ ଶିକ୍ଷାଦାନ ଯାହାର ନିଶା ତାକୁ କିଏ ଅଟକାଇବ। ଅବସର ପରେ ଅଦୂରରେ ଏକ କୋଚିଙ୍ଗ୍ ସେଣ୍ଟର୍ ରେ ପଢାଇବା ଆରମ୍ଭ କରିଦେଲେ ଶ୍ରୀନିବାସ ବାବୁ।

ଏବଂ ସେଇ ଅବସରରେ ଦିନେ ଛାତ୍ର ଛାତ୍ରୀ ସ୍ୱଚକ୍ଷୁରେ ଦେଖିଲେ ତାଙ୍କର ନୂଆ ରୂପ। ସୁତରାଂ ସେଦିନ ଶ୍ରୀନିବାସ ବାବୁ କାହାକୁ ଭ୍ରୂକ୍ଷେପ ନକରି ନାରୀ ରୂପରେ ପଢାଇବାକୁ ଆସିଥିଲେ। ସେ ନିଜ ଶରୀର ଭିତରେ ଆଉ ବନ୍ଦି ହୋଇ ରହି ପାରିବେ ନାହିଁ। ଯିଏ ଯାହା ଭାବିଲେ ଭାବୁ। ଅତଏବ କଥାଟା ଅରଣ୍ୟରେ ନିଆଁ ଲାଗିଲା ପରି ବ୍ୟାପିଗଲା କାନକୁ କାନ ହୋଇ।

ପିଲାଏ ସେଦିନ ତାଙ୍କୁ ସାର୍ ବଦଳରେ ମାଡମ୍ ବୋଲି ସମ୍ବୋଧନ କରନ୍ତେ ସେ ଟିକିଏ ହସି ଦେଇଥିଲେ। ତାଙ୍କ ଛାତି ତଳେ ଗୋଟେ ନିଆରା ସନ୍ତୋଷର ଅନୁଭବ ହୋଇଥିଲା ପ୍ରଥମ ଥର ପାଇଁ।

ପ୍ରକୃତରେ ତାଙ୍କ ଷ୍ଟୁଡେଣ୍ଟ ମାନେ ଶ୍ରୀନିବାସ ବାବୁଙ୍କୁ ସାର୍ କିମ୍ବା ମାଡମ୍ ଖୋଳପାରେ କିଛି ବିଶେଷ ପାର୍ଥକ୍ୟ ଦେଖିଲେ ନାହିଁ। ବରଂ ସେମାନେ ଅନୁଭବ କଲେ ଯେ ଏଇ ନୂଆ ରୂପରେ ଶ୍ରୀନିବାସ ବାବୁ ସେଦିନ ସେକ୍ସପିଅରଙ୍କର ସନେଟ୍ —ସମର୍ ଡେ, କୁ ବୁଝାଇଲାବେଳେ ଖୁବ୍ ଭାବ ବିହ୍ୱଳ ହୋଇ ପଡୁଛନ୍ତି। ପ୍ରାଞ୍ଜଳ ଭାବରେ କବିତାଟିକୁ ବୁଝାଇଲା ବେଳେ ସେଦିନ ସମୟ ତରଳି ପାଣି ପରି ବହିଗଲା। ସେମାନେ ତଥାପି ଅପେକ୍ଷା କରୁଥା'ନ୍ତି ଆଉ ଗୋଟିଏ କବିତା ପାଠ କରିବେ ଶ୍ରୀନିବାସ ନିଜର ସ୍ୱତନ୍ତ୍ର ଭଙ୍ଗିରେ।

ସେଦିନ ରାତିରେ ପୂର୍ଣ୍ଣମୀ ଜହ୍ନର ଆକୁଞ୍ଚିତ କିରଣ ଚାରିଆଡେ କିରଣ ବିଛାଇ ହୋଇ ପଡିଥାଏ। ପିଲାଏ ହଷ୍ଟେଲ କୁ ଫେରିଲା ବେଳେ ନୂଆ କରି ସିଗାରେଟ୍ ଟାଣୁଥିବା ପିଲାଟିଏ ଧୁଆଁ ଛାଡି ଖଣ୍ଡି କାଶଦେଇ କବିତା ପରି ଧାଡିଟିଏ କହିଲା, "ଆତ୍ମାକୁ ଉନ୍ମୁକ୍ତ କରିବାର ବେଳ ଯେ... !" ତା' ପର ଧାଡି ଆଉ ଗଢି ନପାରି ଚୁପ୍ ହେଇ ଗଲା।

ତା' କଡକୁ ଆଉ ଦିହେଁ ନିରବ ସମର୍ଥନ କଲା ପରି ମନେହେଲା। ସେଦିନ ରାତିରେ ନିଜ ପ୍ରିୟ ଶିକ୍ଷକଙ୍କ ଡ୍ରେସ୍ ଉପରେ ନିଜ ନିଜ ମଧ୍ୟରେ ପଦେ ଦି'ପଦ ମନ୍ତବ୍ୟ ଆଦାନ ପ୍ରଦାନ କରିଥିବେ।

ମୋଟ ଉପରେ ପିଲାମାନେ ଶ୍ରୀନିବାସ ବାବୁଙ୍କ ନୂଆ ରୂପକୁ ଆଦରରେ ଗ୍ରହଣ କରିନେଇଥିଲେ।

କିନ୍ତୁ ଲୋକେ ସହଜରେ ବୁଝିଲେନାହିଁ। ଶ୍ରୀନିବାସ ବାବୁଙ୍କର ନଖରେ ନେଲପଲିସ୍, ଓଠରେ ଲିପଷ୍ଟିକ୍, ଜିନ୍ ଉପରେ ଫୁଲ ପକା କୁର୍ତ୍ତି ଭାରି ଅସହ୍ୟ ହେଲା। ସେମାନେ ଖୋଜୁଥିଲେ ଇଂରେଜ ଅମଳର ଜଣେ କର୍ଣ୍ଣେଲ୍ ଭଳି ବେଶ ପୋଷାକ ପରିହିତ ଅଧ୍ୟାପକ ଶ୍ରୀନିବାସ ବାବୁଙ୍କୁ। କଲେଜ୍ ବାହାରେ ଅନ୍ୟମନସ୍କ ହୋଇ ସିଗାରେଟ୍ ଟାଣୁଥିବା ଶ୍ରୀନିବାସ ବାବୁଙ୍କୁ ସେମାନେ ଆଉ ଦେଖିଲେନାହିଁ।

ସେଦିନ ତାଙ୍କ ଇଂଜିନିୟର ପୁଅ ସମ୍ୟକ୍ ଘର ଛାଡି ଚାଲିଯିବାକୁ ଧମକ ଦେଲା।

ଦିଲ୍ଲୀରୁ ଝିଅ ସୋଭା ଫୋନ୍ ଯୋଗେ ନିଜର ଅସନ୍ତୋଷ ବ୍ୟକ୍ତ କଲା ତା ମାଆ ତଥା ଶ୍ରୀନିବାସ ବାବୁଙ୍କ ପତ୍ନୀ ଦେବକୀଙ୍କ ଆଗରେ।

"ଶୁଣ ମା', ତୋ ଜୋଇଁଙ୍କୁ ମୁଁ ଏଯାଏଁ କିଛି କହିନି। କ'ଣ ଭାବିବେ କହିଲୁ। ସୋମ୍ ବଡ ହେଲାଣି ତା' ଅଜାଙ୍କର ଯେ ରୂପ ତା' ଉପରେ କି ପ୍ରଭାବ ପକାଇବ? ବାପା ଆମ କଥା କେବେ ଭାବିଛନ୍ତି? ସବୁବେଳେ ନିଜ ଇଚ୍ଛାରେ କାମକରିବେ। ବୁଝିଲୁ ତାଙ୍କର ପାଗଳାମି ବାହାରିଛି ମୁଁ ଏଠି ଡାକ୍ତରଙ୍କ ସହ ଆଲୋଚନା କରିବି। କିଛି ଉପାୟ ନିଶ୍ଚୟ ଥିବ ଯେ ରୋଗ ପାଇଁ।"

ଦେବକୀ ଦିର୍ଘଶ୍ୱାସ ଛାଡି ଫୋନ୍ ରଖିଲେ। ସହାନୁଭୂତିର ଆଖିରେ ଚାହିଁଲେ ତାଙ୍କ ସ୍ୱାମୀଙ୍କୁ। ଶ୍ରୀନିବାସ ସେତେବେଳେ ସ୍ଲିପିଙ୍ଗ୍ ଗାଉନ୍ ପିନ୍ଧି ଶୋଇବାକୁ ପ୍ରସ୍ତୁତ ହେଉଥିଲେ।

କେଡେ ନିରୀହ ଶିଶୁଟିଏ ଭଳି ଦିଶୁଛନ୍ତି ତାଙ୍କ ସ୍ୱାମୀ। ଦୀର୍ଘ ଚାଳିଶି ବର୍ଷ

ଅତିକ୍ରାନ୍ତ ହୋଇଯାଇଛି ଯା ଭିତରେ। ଶ୍ରୀନିବାସଙ୍କର ପୁରୁଷତ୍ୱକୁ ନେଇ ମୁହୂର୍ତ୍ତେ ଲାଗି ମଧ୍ୟ ସନ୍ଦେହ ଉପୁଜିନାହିଁ ଦେବକୀଙ୍କର।

ତାଙ୍କ ଆଖି ଜକେଇ ଆସିଲା।

କେମିତି ବଞ୍ଚୁଥିବେ ସେ ଗୋଟିଏ ମୁଖା ପିନ୍ଧି ...ହେ ଭଗବାନ୍! ମନ କଥା କେବେ ଖୋଲି କହିନାହାନ୍ତି।

ବିବାହ ପରେ ପରେ ଯଦି ସ୍ୱାମୀ ତାଙ୍କର କହି ଦେଇ ଥାଆନ୍ତେ ତେବେ ସେ କ'ଣ ବୁଝି ପାରି ନଥାନ୍ତେ କି। ସ୍ୱାମୀ ତାଙ୍କୁ ନିଜ ମନ ବେଦନା କହିବାର ବି ଯୋଗ୍ୟ ମନେ କଲେନାହିଁ।

ବାଳକ ଶ୍ରୀନିବାସ ଯେତେବେଳେ ହାଇସ୍କୁଲ୍ ରେ ପଢୁଥିଲେ ଥରେ ବଡ ନାନିର ନାଲି କୁଙ୍କୁମକୁ କପାଳରେ ମାରି ଦର୍ପଣ ଦେଖୁଥିବା ବେଳେ ବାପାଙ୍କ ନଜରରେ ପଡିଗଲା। ସେ ବେତ ମାଡ ଆଜିବି ତାଙ୍କର ମନେ ଅଛି। ବୋଉର କାନିରେ ମୁହଁ ଲୁଚାଇ କାନ୍ଦିଲା ବେଳେ ବାପା ପ୍ରଚଣ୍ଡ ଭାବରେ ରାଗି ଉଠିଥିଲେ।

ବିଚାରୀ ବୋଉ ସେଦିନ ତାଙ୍କ ଲାଗି ଗାଳି ଶୁଣିଥିଲା। ନାନି ଦୁହେଁ ସେଇ କଥାକୁ ନେଇ କିଛି ଦିନ ତାଙ୍କୁ ଚିଡାଇ ଥିଲେ।

ଦୁଇ ବଡ ଝିଅଙ୍କ ପରେ ଏକମାତ୍ର ପୁଅ ହେବା ସୌଭାଗ୍ୟ କି ଦୁର୍ଭାଗ୍ୟ ଶ୍ରୀନିବାସ ବୁଝି ପାରନ୍ତିନାହିଁ। କଟକଣା ମଧ୍ୟରେ ବାପାଙ୍କ କଡା ନଜରରେ ରହିବା ତାଙ୍କର ଅଭ୍ୟାସ ଗତ ହୋଇଯାଇଥାଏ।

ଶ୍ରୀନିବାସଙ୍କ କଲେଜ ସମୟ କିଛିଟା ସ୍ୱାଧିନତା ଉପଭୋଗ କରିଥିଲେ। ସେତେବେଳେ ହିପି ମୁଭମେଣ୍ଟ ଆଡକୁ ଯୁବ ପିଢି ଢଳିବା ଆରମ୍ଭ ହୋଇଥାଏ। ଶ୍ରୀନିବାସ ହଷ୍ଟେଲରେ ରହୁଥାନ୍ତି। ସେ ସେତେବେଳେ ହିପିର ପରିଚୟ ଭିତରେ କିଛିଟା ଉନ୍ମତ୍ତ ହେବା ମିଛ ନୁହଁ। କାନରେ କୁଣ୍ଡଳ ଆଉ ଫୁଲପକା ସାର୍ଟରେ ସେ ବେଶ ସ୍ୱାଧୀନ ଆଉ ମୁକ୍ତ ଅନୁଭବରେ ବିହ୍ୱଳ ହୋଇଥିଲେ। ସେତେବେଳେ ରାତି ରାତି କବିତା ଲେଖା କି ଚର୍ଚ୍ଚା ଲାଗି କେତୋଟି ବନ୍ଧୁ ପାଇବା ସେ ନିଜର ସ୍ୱଭାଗ୍ୟ ବୋଲି ଭାବୁଥିଲେ। କିନ୍ତୁ ତାହାର ଆୟୁଷ ବେଶୀ ଦିନ ନଥିଲା।

ସେ ବର୍ଷ ଖରା ଛୁଟିରେ ଗାଁକୁ ଆସିଥାନ୍ତି ଶ୍ରୀନିବାସ, ନାନିର ବାହାଘର ଥାଏ। ଘରେ କୁଣିଆ ମଇତ୍ର ଭିଡ। ଏତିକିବେଳେ ଶ୍ରୀନିବାସକୁ ଦେଖି ବାପାଙ୍କ ପିତ୍ତ ଚଢି ଗଲା। ସେତେବେଳଯାଏଁ ଶ୍ରୀନିବାସ ଜାଣି ନଥିଲେ ଯେ ବାପା ତାଙ୍କ ବ୍ୟାଗ ତଲାସି କରି, ଫୁଲେ ମୁଣ୍ଡ ବନ୍ଧା ରବର, ଛୋଟିଆ କଜଳ ଡବାଟିର ସନ୍ଧାନ ପାଇ ସାରିଛନ୍ତି।

ସମସ୍ତେ ଚାହିଁଥାନ୍ତି, ବାପା ଶ୍ରୀନିବାସର ହାତକୁ ଭିଡିନେଇ କୁଆ ମୂଳେ ବସାଇ

ଦେଲେ। ବାରିକକୁ କହିଲେ, କେଶ କଟ୍ ଯାର। ବାରିକ ଦାନ୍ତ ନିକୁଟି ତା' କାମ ଆରମ୍ଭ କରିଦେଲା। କେଉଁ ଜନ୍ମରୁ ଶତ୍ରୁତା ଥିଲା ପରି ବେକ ମୂଳ ଯାଏଁ ଲମ୍ୱିଥିବା କଳା ମଚ ମଚ କେଶକୁ କାଟି ଏଡିକି ଟିକେ କରିଦେଲାବେଳେ ଶ୍ରୀନିବାସ ଆଖିରେ ଲୁହ ଜକେଇ ଆସିଲା। କିନ୍ତୁ ମୁହଁ ଖୋଲି ପାରିଲେ ନାହିଁ। ବାପାଙ୍କ ନାଲି ଆଖି ଆଗରେ ସେ ଦବି ଯାଆନ୍ତି। କେହି କେହି ମୁହଁ ଲୁଚାଇ ହସି ପକେଇଲେ। ମାଇଚିଆଟାଏ ବୋଲି ଟାହି ଟାପରା କାନରେ ପଡିଲା।

ସେଦିନ ରାତିରେ ବାରିପଟ ପୋଖରୀ କୂଳେ ବସି ବହୁତ୍ ରାତି ଯାଏଁ କ'ଣ ସବୁ ଭାବିଲେ ସେ। ଆତ୍ମହତ୍ୟା କରିବା କଥା ବି ମନକୁ ଆସିଛି। ହତାଶ, ଅଭିମାନ କି ଅପମାନରେ ଶେଷରେ ଗୋଟେ ସିଦ୍ଧାନ୍ତ ନେଲେ: ଏଣିକି ସମସ୍ତଙ୍କ ଇଚ୍ଛାନୁଯାୟୀ ବଞ୍ଚିବେ।

ସମୟ ଗଡିଗଲା। ତାଙ୍କ ବାହାଘର ଯଥାରିତି ଦେବକୀଙ୍କ ସହ ସମ୍ପୂର୍ଣ୍ଣ ହେଲା। ବାପା ନାତି, ନାତୁଣୀଙ୍କ ମୁହଁ ଦେଖି ଆଶ୍ୱସ୍ତ ହେଲେ। ବୋଧହୁଏ ଭୁଲିବି ଗଲେ ଏକଦା ଶ୍ରୀନିବାସଙ୍କ ଭିତରେ ଘର କରିଥିବା ସେଇ କୋମଳମତି ଝିଅଟାକୁ।

କିନ୍ତୁ ଶ୍ରୀନିବାସ ଭୁଲି ପାରିଲେ କି? ବିଗତ ଚାଳିଶ ବର୍ଷ ଧରି ଝିଅଟି ତାଙ୍କ ଭିତରେ ବିକଳ ହେଉଛି। ବଞ୍ଚିବାର ଗୋଟେ ପ୍ରଣାଳିକୁ ସେ ଯେତେ ଶୁଆ ପରି ଘୋଷିଲେ ବି ପ୍ରକୃତରେ କ'ଣ ସେ ବଞ୍ଚୁଛନ୍ତି। ବଞ୍ଚିବାର ଛଳନା କରୁଛନ୍ତି। ମନ୍ଦିର ମଧ୍ୟରେ ଠାକୁର ମୂର୍ତ୍ତି ନଥିବେ ଯଦି? ତାଙ୍କର ଦେହଟି ଅଛି ମାତ୍ର ଭିତରେ ସେ ନାହାନ୍ତି। ନିଜ ଦେହଟିକୁ ପ୍ରତିଦିନ ଦର୍ପଣରେ ଦେଖିବାର ଦୁଃଖ ଭୋଗ କରିଆସିଛନ୍ତି ଅଥଚ ନିଜକୁ ଯେମିତି ସେ ଚାହାନ୍ତି କେତେଥର ଅବା ମନଭରି ଦେଖିଛନ୍ତି।

ଏଇ କିଛିଦିନ ତଳେ ଦିନେ ସନ୍ଧ୍ୟାବେଳେ ଦେବକୀ ଚା' କପଟି ବଢାଇ ଦେଲାବେଳେ ଶ୍ରୀନିବାସ ନରମ କରି କହିଲେ, "ଟିକିଏ ବସ କଥା ଅଛି।"

ଦେବକୀ ଆଶ୍ଚର୍ଯ୍ୟ ହେଲେ। କୌଣସି ଗୁରୁତର କଥା ନଥିଲେ ଶ୍ରୀନିବାସ ଏମିତି ବସିବାକୁ କୁହନ୍ତିନାହିଁ। ସମ୍ୟକର ବିବାହ ବୟସ ହୋଇ ଗଲାଣି। ତା' ବାହାଘରଟା ସାରିଦେବାକୁ ତାଙ୍କ ସ୍ୱାମୀ ଏପରି ବ୍ୟସ୍ତ ହେଉଛନ୍ତି କି?

କିନ୍ତୁ ଶ୍ରୀନିବାସଙ୍କ ମୁହଁରୁ ଯାହା ଶୁଣିଲେ ସେ ହତବାକ୍ ହୋଇଗଲେ। ବିବାହ ପରଠୁଁ ଯେଉଁ ଲୋକକୁ ସେ କ୍ଷଣକ ଲାଗିବି ସନ୍ଦେହ କରି ନାହାନ୍ତି କେମିତି ଜାଣିପାରିଲେନାହିଁ ତାଙ୍କ ଭିତରେ ପ୍ରକାଣ୍ଡ ଆଗ୍ନେୟଗିରି ଲୁଚି ରହିଥିଲା। ତାଙ୍କ ସ୍ୱାମୀ ଜଣେ ମହିଳା ଭାବରେ ନିଜ ପରିଚୟ ଚାହାନ୍ତି?

ନିଜର ପ୍ରିୟ ମଣିଷ ତାଙ୍କୁ ଅଚିହ୍ନା ଦିଶିଲା ଦେବକୀଙ୍କୁ। ପୃଥିବୀ ଅଚିହ୍ନା ଦିଶିଲା।

ଏହି ଘଟଣା ପରେ ଦୁଇଟି ମାସ କିପରି କଟିଥିଲା ଦେବକି କହିପାରିବେ ନାହିଁ। କିନ୍ତୁ ତାଙ୍କୁ ଦୁଇ ବର୍ଷ ପରି ଲମ୍ବା ମନେହୋଇଥିଲା। ଅସହ୍ୟ ହୋଇଥିଲା ଘର ଭିତର ନିରବତା। ସେଦିନ ପ୍ରଥମ କରି ଦେବକୀ ନିଜ ନେଲପଲିସ୍ ଆଣି ସ୍ୱାମୀଙ୍କ ନଖକୁ ରଙ୍ଗେଇବାରେ ଲାଗିଲେ, ଘର ଭିତରେ ବିରାଜମାନ କରୁଥିବା ଅଦ୍ଭୁତ ନିରବତାକୁ ଭାଙ୍ଗି।

"ଇସଲାମ୍ ଟେଲର ପାଖରେ କୁର୍ତ୍ତି ଗୁଡିକ ତୁମ ମାପରେ ସିଲାଇ କରି ଆଣିଛି। ତୁମ ପସନ୍ଦର ରଙ୍ଗ ନୀଳ ଆଉ ବାଇଗଣୀ।" ତହିଁ ଉତ୍ତାରୁ ଶୁଭିଲା ଏଇ ପଦକ, "ତୁମେ ପିନ୍ଧି ଦେଖ ତ ମାପ ଠିକ୍ ହୋଇଛି କି ନାହିଁ।"

କାମବାଲି ବାଇ ଘର ଓଳାଇଲା ବେଳେ ଭୃକୁଞ୍ଚିତ କରି କଣେଇ ଚାହିଁଲା। ଦେବକୀ ଜାଣିଲେ ବି ସେ ଆଡକୁ ନଜର ଦେଲେନି।

ଶ୍ରୀନିବାସ କିନ୍ତୁ ମନ ଭିତରେ ଖୋଲିଗଲେ କଢି ଟିଏ ପରି। ହାଲକା ଲାଗିଲା ତାଙ୍କ ଚାରିପଟ ବାୟୁ ମଣ୍ଡଳ। ଆଖିରେ ଲୁହ ଜକେଇଗଲା ମାତ୍ର ତାହା ଇନ୍ଦ୍ରଧନୁ ରଙ୍ଗର। ତାଙ୍କୁ ମନ ହେଉଥାଏ, ଉଚ୍ଚ ସ୍ୱରରେ କୁହନ୍ତେ, "ମୁଁ ମୁକ୍ତ, ଆକାଶରେ ପକ୍ଷୀଟିଏ।"

ଦେବକୀ ଘୋଷଣା କଲେ କାଲିଠାରୁ ତୁମେ "ତୁମେ" ହୋଇ ପଢାଇବାକୁ ଯିବ ବୁଝିଲ।

ଯୁଗେ ଯୁଗେ ନାରୀର ମହାନତା ଆଗରେ ପୁରୁଷ ମୁଣ୍ଡ ନୁଆଁଇଛି, ଯେ ଉକ୍ତିର ସତ୍ୟତା ଉପରେ ଆଉ ସନ୍ଦେହ ନଥିଲା ଶ୍ରୀନିବାସଙ୍କର।

ଶୀତ ଦିନିଆ ସଂଧ୍ୟା। ପାହାଡରୁ ତରଳ ଅନ୍ଧାର ମାଡି ଆସିବା ପୂର୍ବରୁ ଅଙ୍କା ବଙ୍କା ରାସ୍ତାର ବିଜୁଳି ବତି ଗୁଡିକ ଏକ ସମୟରେ ଜଳି ଉଠେ। ରାସ୍ତା ମୋଡରେ ଛୋଟିଆ ଅଞ୍ଚଳର ଆହୁରି ଛୋଟିଆ ତଥା ଆଧୁନିକ ପରିପାଟିର ରେସ୍ତୋରାଁଟିଏ ପର୍ଯ୍ୟାଟକ ଏବଂ କଲେଜ ଷ୍ଟୁଡେଣ୍ଟଙ୍କ ଭିଡରେ ଚଳ ଚଞ୍ଚଳ ହୋଇଉଠେ।

ଠିକ୍ ସେତିକି ବେଳେ କୋଚିଙ୍ଗ୍ ସେଣ୍ଟରରୁ ଅଧ୍ୟାପକ ଶ୍ରୀନିବାସ ପହଞ୍ଚି ଯାଆନ୍ତି।

ରେସ୍ତୋରାଁର ମଳିନ ଆଲୋକରେ ଦେଖାଯାଏ ଡାହାଣ କୋଣକୁ ଗୋଟିକିଆ ଟେବୁଲ୍ ରେ ଜିନସ୍, କୁର୍ତ୍ତି, କପାଳରେ ବିନ୍ଦି, ଆଖିରେ କଜ୍ଜଳ, ଓଠରେ ହାଲକା ଲିପଷ୍ଟିକ୍ ଓ ହାତରେ ଏକ ଇଂରାଜୀ ନଭେଲ୍ ସହ ବସିଛନ୍ତି ଜଣେ ସମ୍ଭ୍ରାନ୍ତ ମହିଳା।

ସେଠାର ସମୁଦାୟ ଚାରି ଜଣ ୱେଟରଙ୍କୁ ଅଧ୍ୟାପକ ଶ୍ରୀନିବାସଙ୍କର ପସନ୍ଦ

ନାପସନ୍ଦ କହିବାକୁ ପଡେନାହିଁ। ବ୍ଲାକ କଫି ଆଣି ପହଞ୍ଚିଯାଏ ମିନା ନାମ୍ନୀ ତରୁଣି ଜଣଙ୍କ। ପରେପରେ ବ୍ରାଉନ୍ ବ୍ରେଡର ସାଣ୍ଡୱିଚ୍ ରଖିଦେଇ କୁହେ, ଆଜି ଓଟମିଲ୍ ବ୍ରେଡ ଦେଇଛି। ଆପଣ କୁହନ୍ତୁତ କେମିତି ଟେଷ୍ଟ୍?

ଥରେ ଥରେ ବିଦ୍ୟାର୍ଥୀଙ୍କ ଅନୁରୋଧରେ ଶ୍ରୀନିବାସ ବାବୁ ଇଂରାଜୀ କବିତା ଅନୁବାଦ କରି ଶୁଣାନ୍ତି।

ମନ୍ତ୍ର ମୁଗ୍ଧ ହୋଇଉଠେ ପରିବେଶ। ଶୁଣିବା ଲୋକ ନିଜକୁ ଭୁଲିଯାଏ, ପାଖ ଲୋକକୁ ଭୁଲି ଯାଏ।

ଋତୁ ବଦଳେ, ଗଛର ପତ୍ର ହଳଦିଆ ପଡେ, ପୁଣି ବର୍ଷା ପଡି ଥୁଣ୍ଟା ଗଛରେ ନୂଆ ପତ୍ର କଅଁଳେ କିନ୍ତୁ ବୃଦ୍ଧା ଶ୍ରୀନିବାସ ଙ୍କର ଅଭ୍ୟାସରେ ତିଳେ ମାତ୍ର ପରିବର୍ତ୍ତନ ହୁଏନାହିଁ।

ସମ୍ୟକ ଯା ମଧ୍ୟରେ କୋର୍ଟରେ ବିବାହ କଲା। ବାପା ତା' ଘରକୁ ଆସିବେନି ଏପରିକି ଅତିଥି ଭାବରେ ମଧ୍ୟ ନୁହେଁ ବୋଲି ଦେବକୀଙ୍କୁ ଚେତାବନୀ ଦେଲାବେଳେ ତା' ସ୍ୱରରେ ତିଳେ ମାତ୍ର କୁଣ୍ଠା ନଥିଲା।

ଶ୍ରୀନିବାସ ବାବୁ କେବେ ବୁଝାଇ ପାରି ନାହାନ୍ତି ପିଲାଙ୍କୁ ଯେ ସେ ଯଦି ନିଜ ଜିଦ୍ ରେ ଅଟଳ ରହି ଆଦୌ ବିବାହ କରି ନଥାନ୍ତେ ତେବେ ସମ୍ୟକ ଓ ସୋଭା ଆଜି ଏଇ ଧରା ପୃଷ୍ଠରେ ନଥାନ୍ତେ। ତା' ଛଡା ଦେବକୀଙ୍କ ଭଳି ସ୍ନେହ ମୟୀ ମାଆର ସ୍ନେହ ସାନିଧ୍ୟ ଆଉ ଗାଇଡାନ୍ସ ପାଇବା କ'ଣ କମ କଥା।

"ତୁମେ ବିବାହ କରି ଆମକୁ ଉଦ୍ଧାର କରିଦେଲ? ବରଂ ଓଲଟା ହୋଇଥିଲେ ଆଜି ଆମକୁ ଏଇ ଦିନ ଦେଖିବାକୁ ମିଳି ନଥାନ୍ତା। ସାଙ୍ଗ ସାଥିଙ୍କ ଆଗରେ ମୁହଁ ଦେଖାଇବାକୁ ଲଜ୍ଜା ଲାଗୁଛି। " କହିଥିଲା ସମ୍ୟକ୍।

"ତୁମ ମାନଙ୍କ ମା'ଙ୍କ କଥା ଟିକିଏ ଭାବ। ତୁମେ ଦୁହେଁ ତାଙ୍କର ଯେ ପ୍ରାଣ ପ୍ରିୟ।"

ନିରବ ରହିଥିଲା ସମ୍ୟକ।

କିନ୍ତୁ ହାୟ ପ୍ରିୟ ଜନର ସାନିଧ୍ୟ ଯଦି ସଂସାରରେ ଚିରସ୍ଥାୟୀ ହୋଇପାରନ୍ତା।

ସେ ବର୍ଷ ଗ୍ରୀଷ୍ମ ଆସିବା ପୂର୍ବରୁ ଦେବକୀ ହଠାତ୍ ଜ୍ୱରରେ ପଡିଲେ। ମାତ୍ର କେତେଟା ଦିନ ଯାଇଛି ଅକସ୍ମାତ୍ ତାଙ୍କର ଦେହାନ୍ତ ହେଲା। ପତ୍ନୀଙ୍କ ଦେହାନ୍ତରେ ଶ୍ରୀନିବାସ ଭାଙ୍ଗି ପଡିବା ଅସ୍ୱାଭାବିକ ନଥିଲା। କିନ୍ତୁ ସେ ଆଉ ଘରୁ ବାହାରିଲେ ନାହିଁ। କଥାବାର୍ତ୍ତା ହେଲେ ନାହିଁ।

ଦେବକୀଙ୍କ ମୋତି ହାରଟିକୁ ଗଳାରେ ଧାରଣ କରି ଦର୍ପଣ ଆଗରେ ଉଦାସ

ହୋଇ ବସି ରହିବା ତାଙ୍କ ଝିଅ ଦେଖିବା ପରେ ସେଥିରୁ ତାଙ୍କୁ ନିବୃତ କରିନପାରି ଅଗତ୍ୟା ସ୍ୱାମୀ ଗୃହକୁ ପ୍ରତ୍ୟାବର୍ତ୍ତନ କଲା।

ଅବଶ୍ୟ ବାପାଙ୍କର ଏପରି ଆଚରଣ ତା'ଲାଗି ରହିଗଲା ରହସ୍ୟ ଘେରରେ ଚିରକାଳ।

କିନ୍ତୁ କିଛି ଦିନ ଧରି ଶ୍ରୀନିବାସ ବାବୁଙ୍କୁ ରେଷ୍ଟୋରାଁରେ ନଦେଖି ତାଙ୍କୁ ଅତ୍ୟନ୍ତ ଶ୍ରଦ୍ଧା କରୁଥିବା ସନ୍ତାନ ସମ ତାଙ୍କ ଛାତ୍ର ଛାତ୍ରୀ ସମୂହ ତାଙ୍କ ଘରକୁ ଗଲେ। ସେମାନଙ୍କର ବିନମ୍ର ଅନୁରୋଧ ଥିଲା ଏହିପରି।

" ଆପଣଙ୍କ ଅନୁପସ୍ଥିତିରେ ଆମ ଶିକ୍ଷା ଯେ ସମ୍ପୂର୍ଣ୍ଣ ହୋଇ ପାରିବ ଏପରି ଧାରଣା ଆମର ହେଉନାହିଁ। ଏମିତି ଅଧା ରାସ୍ତାରେ ଆମ ହାତ ଛାଡନ୍ତୁ ନାହିଁ। ଦୟାକରି ଆପଣ କୋଚିଙ୍ଗ୍ ସେଣ୍ଟର ଏବଂ ରେଷ୍ଟୋରାଁକୁ ଆସିବା ଜାରି ରଖନ୍ତୁ ମାଡମ୍"

ଯିଏ ତାଙ୍କ ପରିଚୟକୁ ସ୍ୱେଚ୍ଛାରେ ଅନୁମୋଦନ ଦେଇଥିଲେ ସେ ଆଉ ନାହିଁ। ଯେଉଁ ଛାତ୍ର ଗଣ ତାଙ୍କ ପରିଚୟକୁ ଆଦରରେ ଗ୍ରହଣ କରିଛନ୍ତି ସେମାନଙ୍କ ମନରେ କଷ୍ଟ ଦେବା କେତେ ଦୂର ଯୁକ୍ତି ଯୁକ୍ତ? ଅନେକ ଭାବିଲେ ଶ୍ରୀନିବାସ ବାବୁ।

ଅଗତ୍ୟା ଦିନେ ସେ ଫେରିଲେ ରେଷ୍ଟୋରାଁକୁ ପୂର୍ବବତ୍।

ମଝିରେ ମଝିରେ ଝିଅ ଫୋନ ଯୋଗେ ଭଲ ମନ୍ଦ ପଚାରେ। ବାପ ଝିଅଙ୍କ ମଧ୍ୟରେ କେତୋଟି ମାତ୍ର ଧରା ବନ୍ଧା ଶବ୍ଦର ଆଦାନ ପ୍ରଦାନ ତ'ପରେ ପୁଣି ଦୁଇଟି ମଣିଷ ଭିନ୍ନ ହୋଇ ଯାଆନ୍ତି। ଲିନ ହୋଇଯା'ନ୍ତି ନିଜ ନିଜର ସ୍ୱତନ୍ତ୍ର ଦୁନିଆରେ।

କିଛି ଦିନ ପରେ ଥରେ ଶ୍ରୀନିବାସ ବାବୁଙ୍କର କେତେଜଣ ଛାତ୍ରଙ୍କ କାନରେ ପଡିଲା, ଶ୍ରୀନିବାସଙ୍କୁ କେନ୍ଦ୍ର କରି ସେ ଅଞ୍ଚଳର ମୁରବି ଭଳି କିଛି ବୟସ୍କ ଲୋକଙ୍କ କଥାବାର୍ତ୍ତା।

ଦେହ ପାଉଁଶ ହେଲା ପରେ ଆଉ କି ଥାଏ କିଓ। ପାଉଁଶ ତ ପାଉଁଶ ନାରୀର ଆଉ ପୁରୁଷର କ'ଣ ଅଲଗା କି।

ଲୋକଟା ତା' ମତେ ବଞ୍ଚୁ।

■

ଆସ୍ଥା

କ୍ରମାଗତ ଫୁଲି ଉଠୁଛି ସହର।

ସହରତଳି ଅପନ୍ତରା ଅଞ୍ଚଳରେ ଗୋରୁପଲଙ୍କୁ ତଡି ପ୍ରାଚୀର ପରି ଠିଆହୋଇ ଗଲେଣି ଦୁର୍ବଳ ଆପାର୍ଟମେଣ୍ଟ ଗୁଡିଏ - ପାରା ଭାଡି ପରି ଖୁନ୍ଦା ଖୁନ୍ଦି ଘର। ଉଡା ଚଢେଇର ପରିବାର। ନିଜସ୍ୱ ସ୍ୱପ୍ନ। ନିବିଡ ସଂସାର। ଶଙ୍କର ସେଇଠି ଦି'ବଖରିଆ ଭଡାଘରଟେ ନେଲା ବେଳେ ଢେର ସ୍ୱପ୍ନ ଦେଖିଲା। ଗାଁ ଛାଡିବାକୁ ଅମଙ୍ଗ ତା' ସ୍ତ୍ରୀକୁ ବୁଝାଇଲା -

"ଗାଁ ରେ ଅଛି କ'ଣ ଯେ ଛୋଟିଆ ବାରି ଖଣ୍ଡେ, ନିଆଁ, ଚୁଲିକୁ ଆଶ୍ରୟ କରି ପଡି ରହିବୁ। ଶେଷରେ ସେଇ ନିଆଁରେ ପୋଡିଯିବ ସ୍ୱପ୍ନ। ସେଇଆ ହେଲା ମା' ଆଉ ବଡ ଅପାର। ଝିଅ ସକାଶେ ଆଖି ବୁଜିଦେଇ ପାରିବି ନାହିଁ। ଝିଅ ଆମର ଏଠି କନଭେଣ୍ଟ୍ ରେ ପଢିବ, ମାଷ୍ଟ୍ରେଙ୍କ ସାଥିରେ ଇଂରାଜୀରେ କଥା ହେବ। ଧଳା ୟୁନିଫର୍ମ୍ ପିନ୍ଧି କରାଟେ କ୍ଲାସ୍ ଯିବ।"

ଜୀବନର ଅସୁମାରି ସ୍ୱପ୍ନ ଅଗଣିତ ଇଚ୍ଛାକୁ ସେମାନେ ବାଣ୍ଟି ଦିଅନ୍ତି ସହରର ପରିଧି ଭିତରେ। ସପ୍ତମ ଶ୍ରେଣୀରୁ ଟ୍ଟୋଘାକୁ ଟ୍ୟୁସନ୍ ଦେଲେ ଆଗକୁ ବାଟ କଢେଇନେବେ ସେଇ ମାଷ୍ଟ୍ରେ। କାହିଁ କେତେ ଦୂର। କଞ୍ଚା ମାଟିରୁ ଗଢି ଦିଅନ୍ତି ପରା ବଡ ମଣିଷ! ଦେଶ ବିଦେଶ, ବଡ ଚାକିରି ଆମ ଆଖି ପାଉ ନାହିଁ ଦେଖିବୁ ଝିଅ ସେଠି ପହଞ୍ଚିବ। ଏମିତି ଗୋଟାଏ ଆସ୍ଥା ଚେର ମାଡିଯାଏ ଶଙ୍କର ଭିତରେ।

ଶଙ୍କର ବି. ଏ ଯାଏଁ ପଢିଚି, କାଗଜରେ ପ୍ରମାଣ ଅଛି। କିନ୍ତୁ ମୁଣ୍ଡଟା ଧୂଆଁଳିଆ। ସହଜରେ କିଛି ମନେ ରହେନାହିଁ। ଧୂପକାଠି କମ୍ପାନୀରେ ଚାକିରୀଟି ତା'ର ଈଶ୍ୱରଙ୍କ ବରଦାନ ବୋଲି ସେ କୁହେ। ତା' ସ୍ତ୍ରୀ ସୁଚରିତା ଦୁଇବର୍ଷ କଲେଜ ଯାଇଛି। ପଢାପଢି ସକାଶେ ପ୍ରବଳ ଆଗ୍ରହ। ମଫସଲ ଅଞ୍ଚଳ ଅଭାବୀ ପରିବାର। ପାଞ୍ଚ ଝିଅରୁ ସୁଚରିତା

ବଡ଼। ବାପା ତାର କଲେଜକୁ ପଠାଇବା ଅପେକ୍ଷା ଶଙ୍କର ସାଥିରେ ଛନ୍ଦିଦେଇ ଯଥେଷ୍ଟ ନିରାପଦ ମଣିଥିବେ।

ନୂଆ ଘରେ ପହଞ୍ଚି ଶଙ୍କର ସାମାନପତ୍ର ଜଞ୍ଜାଳ ସଜାଡ଼ିଲା ବେଳେ ସୁଚରିତାକୁ କହିଲା, " ବୁଝିଲୁ, ଏଠା ସାଇପଡ଼ିଶା ଗପ କଲେ ଗାଁ ପରିକା ଶାଶୁଘର କି ସ୍ୱାମୀ କଥା ପଡ଼େନି। ପୁଅ ଝିଅଙ୍କ ପାଠ ପଢ଼ା, ଟ୍ୟୁସନ୍ ସାର୍, ସ୍କୁଲ୍ ହୋମୱାର୍କ୍, ବଜାର ଦର ଆଲୋଚନା ହୁଏ। ଗାଁ ସ୍କୁଲ୍ ଭଳି ମଳିଆ, ଫୁଙ୍ଗୁଳା ଛୁଆଙ୍କ ପାଇଁ ଏଠା କନଭେଣ୍ଟ୍ ରେ ସ୍ଥାନ ନାହିଁ। ଚକ୍ ଚକ୍ ଜୋତା, ଟାଇ ଭିଡ଼ି ସ୍କୁଲ୍ ଯିବ ଝିଅ। ସାମ୍ନା ଘର ପ୍ରତିମା ବୋଲି ସେଇ ଗେଡ଼ୀ ସ୍ତ୍ରୀଲୋକର ଝିଅ ମେଘା ଠୁଁ ତିନୋଟି କ୍ଲାସ୍ ଉପରେ ପଢୁଛି। ଆଉ କଡ଼ ଘରଟା ହେଉଛି ଆମ ଗାଁ ସୁରଭି ନାନିଙ୍କର, ତାଙ୍କ ପୁଅ ବାବୁନା ପଢୁଛି ମେଘା କ୍ଲାସରେ। କହିବା ବାହୁଲ୍ୟ ସେମାନଙ୍କ ଟ୍ୟୁସନ୍ ସାର ସନ୍ଧ୍ୟାରେ ଆସନ୍ତି ଇଂରାଜୀ ବିଷୟଟି ପଢ଼ାଇବାକୁ। ଏଠା ସ୍କୁଲରେ ସମସ୍ତେ ଇଂରାଜୀରେ କଥା ହୁଅନ୍ତି ନା। ଓଡ଼ିଆ ମିଡ଼ିୟମରୁ ଆସି ମେଘା କାଳେ ପଛେଇ ଯିବ। ଟ୍ୟୁସନ ମାଷ୍ଟ୍ରଙ୍କ ଫୋନ ନମ୍ବର ବୁଝି ଆସିବାକୁ ସୁଚରିତାକୁ କହିଦେଇଛି ଶଙ୍କର।

ମେଘାକୁ ପାଠ ପଢ଼ାଇବାକୁ ସୁଖ ପାଏ ସୁଚରିତା। ଆକାଶରେ କଳା ମେଘକୁ ଦେଖାଇ ଋତୁ ଚକ୍ର ବୁଝାଇଦିଏ। ବାରିରୁ ଚିକ୍କଣ ଗୋଡ଼ି ସଂଗ୍ରହ କରି ଖେଳ ଖେଳରୁ ପଣକିଆ। ଖରା ଛୁଟିରେ ଗପହୋଇ ପଶି ଆସନ୍ତି ପଞ୍ଚତନ୍ତ୍ର, ମହାଭାରତ, ରାମାୟଣ। ପ୍ରଭୁ ଶ୍ରୀ ରାମଙ୍କ ବନବାସ ଆଉ ଫଳ ଆହାର ଶୁଣି ମେଘା ପଚାରେ, ସେଠି ଜଙ୍ଗଲରେ ପିଜୁଲି ଗଛ ଥିବ ବୋଉ ?

ସେଦିନ ସନ୍ଧ୍ୟାବେଳେ ସାମ୍ନା ଘର ସ୍ତ୍ରୀଲୋକଙ୍କୁ ଦୁଆର ମୁହଁରେ ଦେଖି ପଚାରିଦେଲା ସେ, କ'ଣ କହୁଥିଲିକି ଅପା, ଆମେ ଏଠି ନୂଆ, ଜାଣିନୁ କିଛି। ଇଏ କହିଲେ ତମ ଘରକୁ ଯେଉଁ ଟିଉସନ୍ ସାର ଆସନ୍ତି ତାଙ୍କୁ ଆମ ଝିଅ ମେଘା ପାଇଁ କହନ୍ତନାହିଁ...।

ପ୍ରତିମା ଅପା ଘରକୁ ଡାକିଲେ। ଉତ୍ସାହିତ ହେଲା ସୁଚରିତା। ଡାଇନିଂ ରୁମ ରେ ଚଉକି ଦେଲେ ବସିବାକୁ, କହିଲେ, " ମୋହନ୍ ସାରଙ୍କର ବିଜନେସ୍ ବଢ଼ିଯିବ ଆମକୁ ବି କିଛିଟା ରିହାତି ମିଳିବ ନା। ଇଂରାଜୀ ପି.ଜି ଶେଷ ବର୍ଷ। ଚାରି ପାଞ୍ଚ ଘର ଟ୍ୟୁସନ୍ ପଢ଼ାଉଛନ୍ତି, ଭଲ ନାଁ ଅଛି।" ପ୍ରତିମା ଅପା ଚାହା ଆଣିବାକୁ ଉଠିଗଲେ।

ସୁଚରିତା ବୁଝି ପାରିଲାନାହିଁ, ଶିକ୍ଷା ଦାନ ସହ ବିଜିନେସ୍ ର କି ସାମଂଜସ୍ୟ ?

ଆହୁରି ବି ସେ ବୁଝେନି ସହରରେ ରାତି ପାହିଲେ ଏଡିକି ଟିକେ ପିଲା ପ୍ଲେ-

ସ୍କୁଲ୍ ଯିବାର କାନ୍ଦା କଟା କରୁଣ ଦୃଶ୍ୟ। ମା'ପରା ଶିକ୍ଷାଦାନ ବ୍ୟବସ୍ଥାର ପ୍ରଥମ ପାହାଚ। ଶିଶୁ ଟିଏ ସ୍କୁଲ୍ ରେ ଅଧିକା କ'ଣ ଶିଖିବ ଯେ ଘରୁ ଶିଖିପାରିବ ନାହିଁ?

ସେତେବେଳକୁ ତାଙ୍କର ଷୋହଳ ବର୍ଷର ଝିଅ ପ୍ରୀତି ପ୍ରସ୍ତୁତ ହେଉଥାଏ, ଟ୍ୟୁସନ୍ ସାର ଆସିବାର ବେଳ ହୋଇଗଲାଣି।

ପ୍ରୀତି ଦର୍ପଣ ସାମ୍ନାରେ ମୁଣ୍ଡ କୁଣ୍ଡାଉଛି। ଓଠରେ ଚକ୍ ଚକ୍ ଲିପଷ୍ଟିକ୍ ଘଷି ହାତରେ ଘଣ୍ଟା ବାନ୍ଧୁଛି, ଜିନ୍ ପ୍ୟାଣ୍ଟ ଉପରେ ଟାଇଟ୍ ଟପ। ଚୁମୁକିରେ ଲେଖା ହୋଇଚି "ମଡର୍ଣ୍ଣ ଗାର୍ଲ୍"। ପ୍ରୀତି ତା'ର ନୂଆ ଯୌବନକୁ ଦର୍ପଣରେ ହୁଏତ ଆହୁରି ଘଡିଏ ଦେଖି ବିହ୍ୱଳ ହେଇଥା'ନ୍ତା। ଏତିକିବେଳେ ତାର ମୋବାଇଲ୍ ବାଜି ଉଠିଲା। କଥା ହେଉ ହେଉ ପ୍ରଜାପତିଟିଏ ପରି ସେ ଉଡିଗଲା ସେ ପଢା ଘରକୁ।

ପ୍ରତିମା ଅପାଙ୍କ ମନ୍ତବ୍ୟ-

"ପ୍ରୀତିକୁ ଆମର ଶସ୍ତା ଜାମା ଖଣ୍ଡେ ଦିଅ। ତା' ଦିହରେ ବ୍ରାଣ୍ଡେଡ୍ ପରି ଦିଶିବ। ସତକଥା ହେଲା ଟ୍ୟୁସନ ସାରଙ୍କ ସାମ୍ନାରେ ପଇସା ଘର ପିଲା ପରି ନ ଦିଶିଲେ ସେମାନେ କ'ଣ ଯତ୍ନରେ ପାଠ ପଢାଇବେ। ଏଇ ଧର ଦୋକାନକୁ ଯିବ, ଭଲ ପୋଷାକ ପିନ୍ଧିଥିଲେ ଦୋକାନି ତୁମକୁ ଅଗ୍ରାଧିକାର ଦେବ, ତୁମେ ଚଟାପଟ ଜିନିଷ ନେଇ ଘରକୁ ଫେରିବ। ଦେଖିନ ରାସ୍ତାରେ ବଡ ଗାଡିବାଲାଙ୍କୁ ଲୋକେ ବାଟ ଛାଡିଦେବାର। ମୁଁ ଠିକ୍ କହିଲି ନା।"

ଫେରିଲା ସୁଚରିତା। କାଗଜରେ ଟିପି ଆଣିଥାଏ ମୋହନ୍ ସାରଙ୍କ ଫୋନ ନମ୍ବର।

ଦୁଇଟି ଦିନ ଉତ୍ତାରୁ ସାର ପହଞ୍ଚି ବହି ଖାତା ତାଲିକା ଦେଲେ। ସୁଚରିତା ଦାଣ୍ଡ ଘରେ ଚାହା ଦେଲାବେଳେ ମେଘା ତଳକୁ ମୁହଁ ପୋତି କ'ଣ ଲେଖୁଥାଏ। ସାର ମୋବାଇଲ୍ ଫୋନକୁ ଚାହିଁଥାନ୍ତି। ଗୋଟେ ବିହ୍ୱଳ ଭାବ ତାଙ୍କୁ ଏପରି ଘେରି ରହିଥାଏ ନା ସୁଚରିତାର ଉପସ୍ଥିତି, ନା ଟିପୟକୁ ଅଙ୍କ ଘୁଞ୍ଚାଇ କପ ରଖିବା ଶବ୍ଦ ତାଙ୍କ ପୃଥିବୀକୁ ଟିକିଏ ହେଲେ ଟହଲାଇ ପାରିଲା। ଛାଇ ପରି ସୁଚରିତା ସେ କକ୍ଷ୍ୟରୁ ଅପସରି ଗଲା ଯାହା।

"ମୋବାଇଲ୍ ରେ ଇଣ୍ଟରନେଟ୍ ଦେଖନ୍ତି ଆଜିକାଲିକା ସାର। ମୋ ମେନେଜର କହୁଥିଲା କାଲେ ଆମେରିକାନ୍ ସ୍କୁଲ୍ ର ପାଠ ପଢା ଶୈଳୀ ଇଣ୍ଟରନେଟରୁ ଶିଖି ପଢାନ୍ତି ଏଠା ମାଷ୍ଟ୍ରେ। ଅଯଥା ଚିନ୍ତା ଛାଡ।" କହିଲା ଶଙ୍କର।

ପରଦିନ ସେ ମନେ ପକାଇ ସାର୍ ଙ୍କ ବରାଦ ମୁତାବକ ବହି ଖାତା କିଣି ଆଣିଲା। ସୁଚରିତା ପୁରୁଣା ଖବର କାଗଜରେ ମଲାଟ ମଡାଇ ବହି ଥାକ

ସଜାଡ଼ିଦେଲା । ଏଣିକି ନିର୍ଜନ ଦି'ପହରରେ ଇଂରାଜୀ ଗ୍ରାମାର୍ ବହିର ପୃଷ୍ଠା ଓଲଟାଏ ସୁଚରିତା ଖୁବ ଏକାଗ୍ର ହୋଇ । ଇଂରାଜୀରେ ଜଟିଳ ବାକ୍ୟ ଅଭ୍ୟାସ କରେ । ଭୁଲିଯାଇଥିବା ବନାନ ମନେରଖେ । ଛୋଟ ଛୋଟ ରଚନା ଇଂରାଜୀରେ ଲେଖେ । ସଜାଡ଼ି ହେଇ ଯାଏ ଲମ୍ବା ଦି'ପହର । ସେତେବେଳେ ପ୍ରତିମା ଅପା, ସୁରଭୀ ନାନି, ପଡ଼ିଶା ଘର ସ୍ତ୍ରୀଲୋକେ ମଜ୍ଜିଥାନ୍ତି ଏଣୁ ତେଣୁ ଗପରେ, ଆୟୋଜନ କରୁଥାନ୍ତି କିଟି ପାର୍ଟିର କିମ୍ବା ନୁନ୍ ସୋ ସିନେମାର । କେହି କେବେ ସୁଚରିତାକୁ ସେ ଗହଣରେ ଦେଖନ୍ତିନାହିଁ ।

ପିଲାଏ ଟିକିଏ ଆଦର ପାଇଲେ ଲଟେଇ ଯାଆନ୍ତି । ଶିଖି ଯାଆନ୍ତି ହାତ ଧରି ଶିଖାଇ ଦେଲେ । ମେଘାକୁ ନୂଆ ସ୍କୁଲ୍ ଭଲ ଲାଗିଲାଣି ତେବେ ଟ୍ୟୁସନ୍ ସାରଙ୍କ ପାଠ ପଢ଼ା ବୁଝି ହେଉଛି କି ନାହିଁ ପଚାରିଲା ମାତ୍ରେ ପ୍ରସଙ୍ଗଟି ପ୍ରତି ବୀତସ୍ପୃହ ହୋଇ କୁହେ- ହଁ ଭଲ ।

ସନ୍ଦେହ ହୁଏ ସୁଚରିତାକୁ । କିଛି ଗୋଟେ ଲୁଚଉଛି ମେଘା । ସେଦିନ ସ୍କୁଲ୍ ହୋମଓ୍ୱାର୍କର ଇଂରାଜୀ ଖାତା ଦେଖି ହତବାକ୍ ହୋଇଗଲା । ପରିବେଶ ସଂରକ୍ଷଣ ଉପରେ ମାତ୍ର ଯୋଡ଼ିଏ ପୃଷ୍ଠାର ଲେଖା ଉପରେ ଏତେ ଗୁଡ଼ାଏ ନାଲି ଗାର ? ସାରଙ୍କୁ ପଚାରିଲାରୁ ବେପାରୁଆ ଢଙ୍ଗରେ କହିଲେ, "ଶୁଣନ୍ତୁ, ଗାଁ ସ୍କୁଲରୁ ଅଛ କେତେଦିନ ହେଲା ଆସିଛି ମେଘା । ମାସ ଛଅଟା ଯାଉ ଉନ୍ନତି ହେଉଛି କି ନାହିଁ ବଳେ ଦେଖିବେ ।"

ଦାନା କନା ପାଇଁ ସଙ୍ଘର୍ଷ ସହରୀ ଜୀବନ ସବୁ ଦିନ ଏକା ପରିକା; ସୂର୍ଯ୍ୟଙ୍କ ନିଆଁ ବର୍ଷା ଦିନ ଗୁଡ଼ିକରେ ସହର ଦିଶେ ସର୍ବହରାର ଫୁଙ୍ଗୁଳା ପାଦ ପରି, ରୁକ୍ଷ । ଭୋର ବେଳାରେ ରାସ୍ତା କର ଧୁଳି ମଖା ପତ୍ର ଉପରେ କାକର ଦିଶେ ଚିର ଦୁଃଖିନୀର ଲୁହ ପରି, ଉଦାସ ।

ଯା ଭିତରେ ମେଘାର ତିନିମାସ ବିତିଗଲାଣି ନୂଆ ସ୍କୁଲରେ । ସ୍କୁଲ୍ ପରୀକ୍ଷା ବି ସରିଲା । ପ୍ରଶ୍ନ ପତ୍ରରୁ କିଛି କିଛି ପଚାରି ଉତ୍ତରରେ ସନ୍ତୁଷ୍ଟ ହେଲା ସୁଚରିତା । ତେବେ ଇଂରାଜୀ ପ୍ରଶ୍ନପତ୍ରରୁ ସହଜ ପ୍ରଶ୍ନଟିଏର ଉତ୍ତର ନକହିପାରିବାରୁ ତାର ଆଶଙ୍କା ପନ୍ଦର ଦିନ ପରେ ଇଂରାଜୀ ପରୀକ୍ଷା ଫଳ ଦେଖି ଝଡର ରୂପ ନେଲା ଏବଂ ତା'ର କେନ୍ଦ୍ର ବିନ୍ଦୁ ଥିଲା ମେଘାର ପିଠି ।

ବୋଉ କେବେ ମାରେନି, କହେ ମନ ଦେଇ ପାଠ ପଢ ଦେଖିବୁ ଶ୍ରେଣୀରେ ତୁ ସବୁଠୁ ବେଶି ମାର୍କ ଆଣିବୁ । ସେ ବି ତ ଏତେ କମ୍ ମାର୍କ୍ ରଖିଛି । ଅଭିମାନରେ ମେଘାକୁ କାନ୍ଦ ମାଡ଼ିଲା ।

-"କେତେଥର ପଚାରିଲି ସାର କେମିତି ପଢ଼ାଉଛନ୍ତି । ସବୁବେଳେ କହିଲା,

ହଁ ଭଲ। ଇଂରାଜୀ ରେଜେଲ୍ଟ ଦେଖ ଝିଅର। ଏଇ ତୁମ ସହର ମାଷ୍ଟଙ୍କ ପାଠ ପଢାର ଫଳ।"

ଶଙ୍କର ଘରକୁ ଫେରିଲା ବେଳକୁ ଏତିକ କୁଢେଇ ହେଇ ପଡିଲା ତା' ଉପରେ ଅଦିନିଆ ବର୍ଷା ପରି। ସେ ଗାଧୁଆଘରେ ଗୋଡ ହାତ ଧୋଇଲା ଆଉ ଭାବିଲା, ପରୋକ୍ଷରେ ସୁଚରିତା ତାକୁ ଜଣେଇ ଦେଉଛି କି ଗାଁ ଛାଡିବାର ପରିଣାମ। ତା'କଥା ଶୁଣି ସହନ ନଆସିଥିଲେ ବରଂ ଭଲ ହୋଥା'ନ୍ତା।

"ଝିଅ ଏଇ ସ୍କୁଲ୍ ରେ ପଢୁରେ ଶଙ୍କର ଦେଖିବୁ ଆମ ଅଞ୍ଚଳର ନାଆ ରଖିବ ତୋର ବି।" ଗାଁ ସ୍କୁଲ୍ ହେଡ ପଣ୍ଡିତେ ଠିକ୍ କହୁଥିଲେ କି? ଏମିତି ଦ୍ୱନ୍ଦ ଜାବୁଡି ଧରିଲା ଶଙ୍କରକୁ।

ଗାଁରେ ଥିଲାବେଳେ କେବେ କେବେ ଜଣେ ଦୁଇଜଣ ସ୍କୁଲ୍ ପିଲ ଚାଲି ଆସନ୍ତି ମେଘା ଠାରୁ ଅଙ୍କ ବୁଝିବେ। ସେତେବେଳେ ମେଘା ଭିତରେ କିଛି ଗୋଟେ ଘଟିଯାଏ ଯେମିତି। ବାଳିକାର ଆବରଣ ପ୍ରସ୍ତ ପ୍ରସ୍ତ ହୋଇ ଖସି ଯାଏ। ତା' ମୁହଁରେ ଉତୁରି ଆସେ ଜଣେ ପୋଖତ ଗୁରୁମା। କରିଦିଏ ସମାଧାନ ଜଟିଳ ଗଣିତର। ନିଶ୍ଚୟ ମୋହନ୍ ସାରଙ୍କ ପାଠ ପଢାଇବାରେ ହେଳାକୁ ଲକ୍ଷ କରିଥିବ ମେଘା। ସେନେଇ ମୁହଁ ଖୋଲୁନଥିଲା କିପରି? ଅମିମାଂସିତ ଗଣିତ ପରି ଅଡୁଆ ବୋଧହେଉଥିଲା ସୁଚରିତାକୁ।

ସେଦିନ ରାତ୍ରି ଭୋଜନରେ ପରିବା ସନ୍ତୁଳା ଆଦୌ ଭଲ ପାଉନଥିଲେ ମଧ୍ୟ ମେଘା ଖାଇଦେଇ ଉଠିଗଲା। ଶଙ୍କର ସ୍ତ୍ରୀ ମନକୁ ଟିକିଏ ହାଲକା କରିବାକୁ ଅଇଁଠା ବାସନ ଉଠାଇନେଇ ରୋଷେଇ ଘରେ ମାଜିଦେଲା। ସୁଚରିତା ଶେଯ ଝାଡି ମଶାରି ପକାଉଛି। ମେଘା ମଶାରି ବାଡକୁ ଆଉଜିଛି। କେତେବେଳକୁ ତା' ଝାଉଁଳା ମୁହଁରୁ ଶୁଣାଗଲା ଗୋଟେ ଡରିଲା ସ୍ୱର, "ମୋହନ୍ ସାର ମନା କରିଥିଲେ କାହାରିକୁ କହିବାକୁ।"

ଆଶ୍ଚର୍ଯ୍ୟ ହେଲା ସୁଚରିତା।

"ସାର ପ୍ରୀତି ଦିଦି ସହ ଭାଗିଯିବେ ବୋଲି କହୁଥିଲେ। ସେମାନେ ଦିହେଁ ଆଜି ପଳେଇଲେ। ପ୍ରୀତି ଦିଦି ରାଣ ନିୟମ ପକେଇଥିଲା ଘରେ କହିବିନାହିଁ।"

ସ୍ତବ୍ଧ ହେଇଗଲା ସେ। ଏତେ ସବୁ ଘଟି ଗଲା ଅଥଚ ସେ ଠଉରାଇ ପାରିଲା ନାହିଁ। ଝିଅକୁ ଜାକି ଆଣିଲା ପକ୍ଷୀ ଟିଏ ଶାବକକୁ ଆବୋରି ଆଣିଲା ପରି। ସାରଙ୍କ ଭୟ, ପ୍ରୀତିର ଚାପ, ସନ୍ତୁଳି ହେଉଥିଲା ଝିଅ ତା'ର। ସାର ପାଠ ପଢାଇବା ବଦଳରେ...କ'ଣ ବା ବୁଝିଥିଲା ମେଘା ଭାଗିଯିବାର ଅର୍ଥ।

ଏତିକିବେଳେ କୁଆଡୁ ହାବୁକା ହାବୁକା ବିଷାଦର କୋଳାହଳ ଭାଗ କରିଦେଲା ରାତିକୁ। କ'ଣ ହେଲା ବୋଲି ସୁଚରିତା ପଦାକୁ ବାହାରିଗଲା ବେଳକୁ ପ୍ରତିମା ଅପାଙ୍କ ଦୁଆରେ ଲୋକ ଭିଡ଼।

-ପ୍ରୀତି ଯାଇଛି କି ତୁମ ଘରକୁ? କିଛି କହିଥିଲା କି? ଟିକିଏ ମନେ ପକାଅ ତ...।

ପ୍ରତିମା ଅପାଙ୍କର ସେ ଅସ୍ତବ୍ୟସ୍ତ ଲୁଗାପଟା। ଲୁହ ଜର ଜର ଆଖି। ଝିଅକୁ ଖୋଜୁଥିବା ଜଣେ ମା'ର ସ୍ୱର ଏଡେ଼ କରୁଣ ହୋଇପାରେ। ସୁଚରିତା ପାଣି ଗ୍ଲାସଟିଏ ବଢାଇଦେଇ କହିଲା, "ପାଣିମୁନ୍ଦେ ପିଇ ଦିଅ ଅପା। ବ୍ୟସ୍ତ ହୁଅନାହିଁ ସେ ଆସିବ।" ପ୍ରତିମା ଅପା ତାକୁ ଜାବୁଡିଧରି ଛୁଆଟିଏ ପରି କାନ୍ଦିବାକୁ ଲାଗିଲେ। କ'ଣ ସବୁ କହୁଥା'ନ୍ତି। କିନ୍ତୁ ତାହା ବି କାନ୍ଦ ପରି ଶୁଭୁଥାଏ।

ଗର୍ଜୁ ଥାଆନ୍ତି ଝିଅର ବାପା। ହାତରେ ଚିଠି ଖଣ୍ଡେ ଧରି ଭଦ୍ରଲୋକ ରାଗରେ କୁହୁଳୁଥା'ନ୍ତି।

"ଏତେ କାଂଡ ଘଟିଗଲା ଅଥଚ ଘରେ ମା'କୁ କିଛି ଜଣା ପଡିଲାନି। ନିଜେ ପଳେଇଲୁନାହିଁ ସେ ଲଫଙ୍ଗା ସହ।"

ଭିତରୁ କିଏ ନରମ କରି କହିଲା, ଲେଖିଛି ନିଜ ଇଚ୍ଛାରେ ଯାଇଛି, ତାକୁ ନଖୋଜିବାକୁ।

ଶଙ୍କର ଧାଇଁ ଗଲା ସାରଙ୍କ ଭଡା ଘର ଠିକଣାକୁ। ଦରଜା ଖୋଲିଗଲା, ଟୋକାଟାଏ କଇଁଚ ପରି ପଦାକୁ ମୁହଁ କାଢି ଦାନ୍ତ ନିକୁଟି କହିଲା, "ଏଠି ନାହିଁ ବିଶ୍ୱାସ ହେଉନି ଯଦି ଭିତରକୁ ଆସି ଦେଖି ଯା।"

ଶଙ୍କର ଫେରି ଆସିଲା ବେଳକୁ ପଛ ଆଡୁ ଟିପ୍ପଣୀ ଶୁଭିଲା, ବଢିଲା ଝିଅ ବଢିପାଣି ପରି। ଅଟକାଇ ରଖିବା ତମ କାମ।"

କେତେଜଣ ବାହାରିଯାଇ ଥାନାରେ ରିପୋର୍ଟ ଲେଖିଲେ। ଝିଅକୁ ଗୋଡେ ଗୋଡେ ଜଗିବା କଥା, ଶଳା ମାଷ୍ଟ୍ରକୁ ଦେଖିଲେ ଦି' ଫାଳ କରି ଚିରିଦେବେ, ଏମିତି ଗୁଡିଏ ବିରକ୍ତି ପ୍ରକାଶ ପରେ ଜଣ ଜଣ କରି ଆଡ ହୋଇଗଲେ।

ତହିଁ ପରଦିନ ରବିବାର। ଝିପିଝିପି ବର୍ଷାରେ ଗତ ରାତିର ବିଷାଦ ଆହୁରି ଘନିଭୁତ ହୋଇଥାଏ। ଆପାର୍ଟମେଣ୍ଟ୍ ର ବାତାବରଣରେ ତମ୍ବୁ ପକାଇଥାଏ ଅସ୍ୱାଭାବିକ ନୀରବତା। ନୀଡ ଭିତରେ ପକ୍ଷୀ ଶାବକ ଭଳି ପିଲାଏ ଜୁଳୁଜୁଳୁ ଚାହିଁ ଥାଆନ୍ତି କି ବାହାରେ ବର୍ଷକୁ। ବିଶେଷ କରି ବଡ କ୍ଲାସରେ ପଢୁଥିବା ଝିଅମାନେ ନିଜ ସ୍ୱାଧୀନତାରୁ କିଛିଟା ହରାଇଥା'ନ୍ତି ନିଶ୍ଚୟ; ମୋବାଇଲ୍ ଫୋନ୍ ହିଁ ସବୁର ମୂଳ କାରଣ ସେମାନଙ୍କୁ ଫୋନ୍ ବ୍ୟବହାର କେତେଦିନ ଲାଗି ନିଷେଧ

ହୋଇଥାଏ। ରୋଷେଇ ଘରୁ କୁକୁଡା ଝୋଳର ବାସ୍ନାସହ ଗତ ରାତିର ଘଟଣାଟି ସମଗ୍ର ବାୟୁମଣ୍ଡଳକୁ ଆବୋରି ବସିଥାଏ। ଦର ଆଉଜା ଦାଣ୍ଡ କବାଟ ଆରପଟୁ ରହି ରହି ଶୁଭୁଥାଏ ପଡୋଶୀଙ୍କ କଟୁ ମନ୍ତବ୍ୟ।

ବିଶ୍ୱାସ ନାହିଁ ଆଜିକାଲିକା ମାଷ୍ଟ୍ରଙ୍କୁ, ଟ୍ୟୁସନ ଆଳରେ ବ୍ୟବସାୟ ନୁହଁ ତ ଆଉ କ'ଣ ?

ପ୍ରେମ ପାଠ ପଢାଇବାକୁ ୟାଙ୍କୁ ଲାଇସେନ୍ସ ମିଳିଯାଇଛି।

ଝିଅର ବୟସ ଅଠର ହେଇଥିବ ନହିଲେ ଏଡେ ସାହାସ।

ଶଙ୍କର ଚାହିଁଲା ଦାଣ୍ଡ ଘରେ ଟେବୁଲ୍ କୁ ଲାଗି ସାରଙ୍କ ଧଳା ପ୍ଲାଷ୍ଟିକ୍ ଚଉକି ଆଡକୁ। ଲୋଟଣି ପାରାଟିଏ ପରି କେଡେ ଶାନ୍ତ, ପବିତ୍ର ଦିଶୁଛି। ତା'ଉପରେ କେମିତି ଜଣେ ନିର୍ବୋଧ, ଦାୟିତ୍ୱହୀନ ଲୋକ ବସି ପାରିବ ?

ସତରେ କ'ଣ ଶିକ୍ଷକଙ୍କର ସଂଜ୍ଞା ବଦଳି ଯାଇଛି ୟା ଭିତରେ। ତୁଚ୍ଛା ମଣିଷଙ୍କୁ ଗୁରୁଙ୍କ ଆସନରେ ବସାଇ ଭଗବାନ ମଣିବା ତା'ର ବୋକାମି ଥିଲା ? କାହାକୁ ଭରସା କରିବ। ଅନେକ ଦିନୁ ତା' ଭିତରେ ବସା ବାନ୍ଧିଥିବା ଗୋଟାଏ ଆସ୍ଥା ଦୋହଲି ଗଲା। ତାକୁ ଭାରି ଦୁର୍ବଳ ଲାଗିଲା।

ଘନେଇ ଆସିଲା ସନ୍ଧ୍ୟା। ବର୍ଷା ଧୁଆ ଅନ୍ଧାରରେ ଆକାଶ ଦିଶୁଥାଏ ଶ୍ରେଣୀ ଗୃହ କାନ୍ଥରେ ଚିକ୍କଣ ବ୍ଲାକବୋର୍ଡ ପରି। ଠାକୁର ଖଟୁଲିରେ ଦୀପ ଲଗାଇ ଦଣ୍ଡ ଘରୁ ଡାକ ଦେଲା ସୁଚରିତା, " ମେଘା, ଇଂରାଜୀ ବହି ଧରି ଆସିଲୁ ଏଠିକି।"

ସେ ସ୍ୱରକୁ ଅନୁସରଣ କରି ବହି ଖୋଲିଗଲା। ପଢି ବସିଲା ମେଘା

ହଠାତ୍ ଏକ ଆଶ୍ୱାସନା ପରି ଲାଗିଲା ସେ ସ୍ୱର ଶଙ୍କରକୁ। ଶାଣିତ ଆତ୍ମବିଶ୍ୱାସର ସ୍ଫୁଲିଙ୍ଗ ସଞ୍ଚରି ଗଲା ଏଠୁ ସେଠିକି। ସେ ସ୍ୱର ତା' ଛାତି ତଳେ ଭରିଦେଲା କଳସୀଟିଏ ବିଶ୍ୱାସ; ଝିଅ ପାଇଁ ଗୁରୁ ଏଇ ଘରେ, ସେ ଯେ ଜାଣିପାରିନଥିଲା। ଆଶ୍ୱସ୍ତ ହେଲା ଶଙ୍କର।

ଗୋଟାଏ ପ୍ରଶାନ୍ତି ପୋଛିଦେଲା ତା' ମୁହଁର ଗୁଡିଏ କୁଞ୍ଚିତ ରେଖା।

ସେଦିନ ରାତିର ଆକାଶକୁ ଚାହିଁ ସେ ବୋଧହୁଏ ଖୋଜୁଥିଲା ସବୁଠୁ ଉଜଳ ତାରାଟିକୁ।

■

କଫି କପରେ ସ୍ୱପ୍ନ

ଝର୍କା କାଚ ଆର ପାଖେ ପିଚୁ ରାସ୍ତାଟିଏ ଢିପ ଭୁଇଁରୁ ତଳ ଆଡକୁ ଲମ୍ବିଯାଇଛି। ରାସ୍ତା ଆରପାଖରୁ ଦିଶେ ବିଶାଳ ହ୍ରଦର ମସୃଣ ଜଳ ରାଶି। ସେଠି ପ୍ରତିଫଳିତ ହୁଏ ଦିଗବଳୟରେ ସୂର୍ଯ୍ୟାସ୍ତ। ଚମତ୍କାର ସେ ଦୃଶ୍ୟ। ତରଳ ଅନ୍ଧାର ମାଡି ଆସିବା ପୂର୍ବରୁ ସମ୍ପୁର୍ଣ୍ଣ ଆକାଶ ନାରଙ୍ଗୀ ହୋଇଯାଏ। ଦିନେ ଦିନେ ମେଘ ଫାଙ୍କରୁ ସୁନେଲି ସୂର୍ଯ୍ୟ ରଶ୍ମି ହ୍ରଦର ଜଳରାଶିରେ ପଡି ଝଲ ମଲ୍ ହୁଏ ସତେ ଯେମିତି ହ୍ରଦ ପିନ୍ଧିଛି ସୁନା ତାରରେ ବୁଣା ଶାଢୀଟିଏ।

କାଲିଫର୍ଣ୍ଣିଆରେ ରିଟାୟାର୍ ପ୍ରଫେସର୍ ସୁଧିରବାବୁ ପଢାଘର ଝର୍କା କାଚବାଟୁ ପ୍ରତ୍ୟେକ ଦିନ ସୂର୍ଯ୍ୟାସ୍ତ ଦେଖନ୍ତି। ସେଇଠି ବସି ରାତି ଗଭୀର ହେଲା ଯାଏଁ ଲେଖା ପଢା କରନ୍ତି। ଏତେ ରାତି ଯାଏଁ ଉଜାଗର ରହିଲେ ଦେହ ଖରାପ ହେବ ପତ୍ନୀଙ୍କ ଅଭିଯୋଗ ହାର ମାନିଯାଏ ସୁଧିରବାବୁଙ୍କ ଝୁଙ୍କ ଆଗରେ।

ସେଦିନ ସେ ଅଭ୍ୟାସ ଗତ ବାମ୍ପ ଉଠା କଫି କପଟି ଧରି ଝର୍କା ଆଡକୁ ଚାହିଁ ଚମକି ପଡିଲେ। ସୂର୍ଯ୍ୟାସ୍ତ ଦିଶୁନାହିଁ। ଝର୍କା ସାମ୍ନାରେ କିଏ ଯେମିତି ପାଚିରିଟାଏ ଉଠେଇ ଦେଇଛି। ଟିକିଏ ଆଖି ମାଡି ଦେଖିଲେ ସେ। ପ୍ରାୟ ଦଶ ଫୁଟର ଗୋଟିଏ ଭ୍ୟାନ ଝରକା ସାମ୍ନା ରାସ୍ତା କଡରେ ପାର୍କ ହୋଇଛି। ଦିଗବଳୟ ଦେଖିବା ସମ୍ଭବ ହେଉନାହିଁ। ତାଙ୍କ ନିଜସ୍ୱ ଦୃଶ୍ୟକୁ କିଏ ଅବରୋଧ କଲା।

କାହା ଘରକୁ ବନ୍ଧୁ ପରିଜନ ଆସିଥିବେ ଏଇ ଅଞ୍ଚଳରେ ଛଡା ଛଡା ହୋଇ ଅନେକ ଘର ଅଛି, କାଲିକି ଚାଲିଯାଇଥିବ, ପତ୍ନୀ ମନ୍ତବ୍ୟ ଦେଲେ। ସେଦିନ ସେ ବିରକ୍ତିରେ ଶିଘ୍ର ଶୋଇବାକୁ ଚାଲିଗଲେ।

ପରଦିନ ପ୍ରଭାତରେ କୁହୁଡି ପଡିଥାଏ। ପାଇଜାମା ଉପରେ ଉଲ୍ ସ୍ୱେଟର୍ ଗଳେଇଦେଇ ଖବର କାଗଜ ଆଣିବା ଲାଗି ପହଞ୍ଚି ଗଲେ ସୁଧିରବାବୁ ଫାଟକ

ପାଖରେ । ତାଙ୍କ ନିଶ୍ଚିନ୍ତ ମୁହଁ ଦେଖି ଜଣାପଡୁଥାଏ ପୂର୍ବ ରାତି କଥା ସେ ପ୍ରାୟ ଭୁଲିଯାଇଛନ୍ତି । ଏତିକିବେଳେ ତାଙ୍କ ଦୃଷ୍ଟି ପଡିଲା ଭ୍ୟାନ ଉପର । କାଲି ରାତିରୁ ଇଞ୍ଚେ ବି ଘୁଞ୍ଚିନାହିଁ ।

ମୁଣ୍ଡ ଗରମ ହୋଇଗଲା ସୁଧୀରବାବୁଙ୍କର । ଏହି ମୁହୂର୍ତ୍ତରେ ତାକୁ ଉଠିଯିବାକୁ ହେବ ନହେଲେ ଆଜି ପୁଣି ସୂର୍ଯ୍ୟାସ୍ତ ଉପଭୋଗରୁ ବଞ୍ଚିତ ହେବେ ସେ ।

ଉତ୍ତେଜନାରେ ଭ୍ୟାନ ନିକଟକୁ ମାଡିଗଲେ ସୁଧିରବାବୁ । ଭ୍ୟାନର କାଚ ଝର୍କାବାଟୁ ସ୍ପଷ୍ଟ ଦିଶୁଛି ଚଳପ୍ରଚଳ ହେଉଛି ଲୋକଟାଏ । କିଛି ଗୋଟାଏ କହିବାକୁ ସେ ଉଦ୍ୟତ ହୁଅନ୍ତେ ହସ ହସ ମୁହଁରେ ବାହାରି ଆସିଲା ଲୋକ ଜଣଙ୍କ ।

ପ୍ରାୟ ଛଅ ଫୁଟର ପତଳା ଚେହେରା, କହରା କେଶ କେରାଏ ଆଖିଉପରେ ଝୁଙ୍କି ପଡିଛି । ଦାଢିଭର୍ତ୍ତି ମୁହଁ । ସତୁରି ମସିହାର ହିପ୍ପିଟିଏ ସତେ ଯେମିତି ଟାଇମ୍ ଟ୍ରାଭେଲ କରି ଭବିଷ୍ୟତରେ ପହଞ୍ଚିଯାଇଛି । ସୁଧୀରବାବୁ ଟିକିଏ ଘୁଞ୍ଚିଆସି ତାଙ୍କ ସଂଳାପ ମନେପକାଇଲେ । ଅଚାନକ ଗୋଟାଏ ସ୍ଲେଟ୍ ଓ ଗୋଲାପି ରଙ୍ଗର ଟାଟୁ ଭର୍ତ୍ତି ହାତଟିଏ ଲମ୍ବି ଆସିଲା କର ମର୍ଦ୍ଦନ ପାଇଁ ।

କ'ଣ ଥିଲା ତା'ର ସେଇ ମୃଦୁ ହସରେ, ଶିଶୁ ସୁଲଭ ଚାହାଣୀରେ କେ ଜାଣେ କିନ୍ତୁ ଭସା ବାଦଲ ପରି ସୁଧିରବାବୁଙ୍କ କ୍ରୋଧ ହଟିଗଲା । ସେ ଶାନ୍ତ ଓ ସଂଯତ କଣ୍ଠରେ କହିଲେ, ଭ୍ୟାନଟା ମୋ ଝର୍କା ସାମ୍ନାରୁ ଟିକେ ପଛକୁ ଘୁଞ୍ଚାଇ ଦିଅନ୍ତ ନାହିଁ ! ହ୍ରଦ ଆଡକୁ ଚାହିଁ କହିଲେ, "ଏଇ ଯେଉଁ ହ୍ରଦ ଆଉ ଦିଗବଳୟ ଦେଖୁଚ ସେଇମାନେ ହିଁ ମୋ ଚିନ୍ତା ପ୍ରବାହକୁ ନିର୍ବିଘ୍ନରେ ବହିଯିବାରେ ସାହାଯ୍ୟ କରନ୍ତି । ଝର୍କା ପାଖରେ ମୁଁ ଲେଖା ପଢା କରେ ତ... ।"

ଇତିମଧ୍ୟରେ ଲୋକଟିର ନାଆଁ ପଚାରିବାର ସୌଜନ୍ୟତା ସେ ଭୁଲିଯାଇଥିଲେ ।

ଜନ୍ । ଜନ୍ ଏଡମଣ୍ଡ୍ ମୋ ନାଁ, ସେ ନିଜ ଆଡୁ କହିଲା । ଆପଣ ଆସନ୍ତୁ ନା କଫି ବନେଇବି, ବ୍ଲାକ କଫି ଚଳିବ ? ଦରଜା ଆଡକୁ ହାତ ଦେଖାଇ ଟିକିଏ ନଇଁପଡି ଘୁଞ୍ଚିଗଲା । ମନେହେଲା ଯେମିତି ଏୟାର୍ ଇଣ୍ଡିଆର ମହାରାଜା ପୋଷ୍ଟରଟି ସ୍ୱାଗତ ମୁଦ୍ରାରେ ତାଙ୍କୁ ୱେଲକମ୍ କରୁଛି । କେବଳ ପଗଡିଟି ନାହିଁ ଯାହା ।

ଏହାପରେ କିଛି କ୍ଷଣ ମଧ୍ୟରେ ସେ ତା ଭ୍ୟାନଟି ହଟାଇ ଦେଇଥିଲା ଝର୍କା ସାମ୍ନାରୁ ଟିକିଏ ପଛକୁ ।

ଯେତେବେଳେ ଦୁଇହଜାର ଆଠ ମସିହାର ରିସେସନ୍ ଝଡ ଆମେରିକାର ଅର୍ଥନୀତିକୁ ଦୋହଲାଇ ଦେଲା ପୃଥିବୀର ଅର୍ଥନୀତି ଚହଲି ଗଲା ମିଡିଆ ବାଲେ ଗୋଟିଏ ସମ୍ବାଦ ଉପରେ ଧ୍ୟାନ କଲେ; କେଉଁ ନାମକରା କମ୍ପାନୀ କେତେ ହଜାର

କର୍ମଚାରୀ ଛଟେଇ କଲା। ନିଯୁକ୍ତି ଅନିର୍ଦ୍ଦିଷ୍ଟ କାଳ ଲାଗି ବନ୍ଦ ହୋଇଗଲା। ଅର୍ଥ ଅଭାବରୁ ଲୋକେ ବାସ ହରାଇଲେ, ପରିବାର ଭାଙ୍ଗିଲା, ଜନ୍ ମଧ୍ୟ ହରାଇଥିଲା ତା' କର୍ପୋରେଟ ଚାକିରୀ, ଷ୍ଟକ ମାର୍କେଟ ଇନଭେଷ୍ଟମେଣ୍ଟ। ତଥାପି ଅନ୍ୟ ସମସ୍ତଙ୍କ ପରି ସେ ଅନୁମାନ କରୁ ଥିଲା ପରିସ୍ଥିତି ଶିଘ୍ର ସୁଧୁରି ଯିବ।

ତେବେ ପ୍ରାୟ ବର୍ଷଟିଏ ପରେ ପରିସ୍ଥିତି ଟିକିଏ ସୁଧୁରି ଆସିଲା ବେଳକୁ ଜନ୍ କ୍ଷେତ୍ରରେ ଦେଖାଗଲା ଏକ ବିଷମ ସମସ୍ୟା। ଯା ଭିତରେ ତାହାର ଶିକ୍ଷାଗତ ଯୋଗ୍ୟତା, ଅଭିଜ୍ଞତା ସବୁ ପୁରୁଣା ଗାଡିର ଇଂଜିନ୍ ପରି କଳଙ୍କ ଧରି ଯାଇଛି। ତାଠୁଁ ଆଗରେ ପୁଳା ପୁଳା ମଣିଷ ତାକୁ ଡେଇଁ କୁଦି ଚାଲିଗଲେଣି। ମଣିଷ ରୂପି ମୂଷାଙ୍କ ଦୌଡରେ ସେ ସବୁଠୁ ପଛରେ। ଜନ୍ ଏଡମଣ୍ଡ୍ ସତରେ ଭଲା ମୂଷାଟିଏ ହୋଇଥା'ନ୍ତା। ସମାଜଠୁଁ ନିଜକୁ ଲୁଚାଇ କେଉଁ ଗୋଟେ ଗାତ ସନ୍ଧିରେ ବଂଚି ଯାଇଥା'ନ୍ତା। ସହର ତଳିରେ ରହୁଥିବା ଶହ ଶହ ଗୃହ ହିନଙ୍କ ଲାଗି ଯେ ନୁଆ ନୁହେଁ।

ସଂଧ୍ୟାର ଅନ୍ଧାକାର ଝରକା ଦେଇ ମୋଟର ଭ୍ୟାନ ଭିତରକୁ ପଶିଯିବା ପୂର୍ବରୁ ଜନ୍ ମହମ ବତୀଟିଏ ଜଳେଇ ଦେଲା। ମିଞ୍ଜି ମିଞ୍ଜି ହଳଦିଆ ଆଲୁଅରେ ଦିଶିଲା ବିଗତ କିଛି ବର୍ଷ ଧରି ଚକ ଉପରେ ଗଡୁଥିବା ତା'ର ଏକୁଟିଆ ସଂସାର।

ଶୋଇବା ନିମନ୍ତେ ଶେଜଟିଏ ସେ ବନେଇ ଦେଇଛି କାଠ ପଟା ବାଡେଇ, ତକିଆ କଡକୁ ପୁଳାଏ ବହିର ଗଦା, ସେସବୁ ସେ ଲାଇବ୍ରେରୀରୁ ଆଣେ, ପଢି ଫେରାଇଦିଏ, ତା' ପାଖକୁ ଛୋଟ ଟେବୁଲ୍ ରେ ନୋଟବୁକ୍ ଟିଏ ହୃଦୟ ପୃଷ୍ଠା ଖୋଲି ଅପେକ୍ଷା ରତ, ଜନ୍ କେତେବେଳେ କଲମ ଧରି ବସିଯିବ ତା'ର ଅଧା ଲେଖା ଉପନ୍ୟାସ ଆଉ ପୃଷ୍ଠାଏ ଆଗକୁ ଠେଲି ଦେବ ଠିକ୍ ତା' ଜୀବନ ପରି। ରୋଷେଇ ଏରିଆରେ ଦଶ ଲିଟର ପିଇବା ପାଣିର ଜାର, ଗୋଟିକିଆ ଷ୍ଟୋଭ୍ ଓ ଦୁଇଟି ଫ୍ରାଇଙ୍ଗ ପ୍ୟାନ୍। ତା'ଛଡା ଅଳ୍ପ ମାସିକିଆ ଭତ୍ତାରେ ଜନ୍ ବଞ୍ଚିଯାଏ ସମ୍ଭବତଃ ମୂଷାଙ୍କ ପରି ଗାତ ସନ୍ଧିରେ ନୁହେଁ ତେବେ ତା' ଭ୍ୟାନରେ।

ଅଠେଇଶି ବର୍ଷ ବୟସ୍କ ଜନ୍, ହାତ ଭର୍ତ୍ତି ଟାଟୁ, ଅଯତ୍ନ ବର୍ଦ୍ଧିତ ଦାଢି ନିଶ, ଲମ୍ବା ଝୁଲା ମୁଣା ସହ ବାହାରକୁ କିଛିଟା ହିପ୍ପି ପରି ଦେଖାଯାଏ। ମାତ୍ର ସେତେଟା ଲିବରାଲ୍ ନୁହଁ। ପବ୍ଲିକ୍ ଲଣ୍ଡ୍ରିକୁ ଯାଇ ତା' ପିନ୍ଧା ଲୁଗା ସଫା କରିବାକୁ ଭୁଲି ଯାଇପାରେ ମାତ୍ର ରବିବାର ଦିନ ସ୍ଥାନୀୟ ଚର୍ଚ୍ଚ ଯିବାକୁ ଭୁଲେନାହିଁ। ସେଠାରେ ସ୍ୱେଚ୍ଛାସେବୀଙ୍କ ଦ୍ୱାରା ଆୟୋଜିତ ରବିବାରୀୟ ମଧ୍ୟାହ୍ନ ଭୋଜନରେ ଆପଲ ପାଇରୁ ଖଣ୍ଡେ ଖାଇଲାବେଳେ ତା' ଆଖିରେ ଲେସି ହୋଇଯାଏ ଶୈଶବରୁ ଗୋଟେ ମଧୁର ସ୍ମୃତି।

– ଦଶ ବର୍ଷର ବାଳକ ଜନ୍ ପାଟିରେ ଜେଜେମା' ଆପଲ୍ ପାଇ ଖଣ୍ଡେ ଗୁଞ୍ଜି

ଦେଇ କହୁଛନ୍ତି, "ଆପଲ୍ ପାଇ ଆମେରିକାର ସୌଭାଗ୍ୟର ପ୍ରତୀକ ମାଇ ଡିୟର୍, ତୁ ଯାହାକୁ ବିବାହ କରିବୁ ସେ ସ୍ୱାଦିଷ୍ଟ ଆପଲ୍ ପାଇ ବନେଇ ପାରୁଥିବ ଯେମିତି।"

କେବେ କେମିତି ଆପଲ୍ ପାଇ ଖଣ୍ଡେ ନଖାଇଲେ ଶଙ୍କା ହୁଏ, ଜନ୍ ଏଡମଣ୍ଡ୍ ର ସୌଭାଗ୍ୟର ପାରଦ ତଳକୁ ଖସି ଯିବନାହିଁ ତ। କିନ୍ତୁ ବିବାହ, ସଂସାର ଏସବୁ ବିଳାସ ଲାଗି ସେ କେବେ ଭାବିନାହିଁ।

ମହମ ବତୀର ଧିମା ଆଲୁଅରେ ଭ୍ୟାନ ଭିତରେ ପ୍ରତ୍ୟେକ ଜିନିଷ ଦିଶୁଛି ଅସ୍ପଷ୍ଟ। ଠିକ୍ ଜନର ଭବିଷ୍ୟତ ପରି। ଜନ୍ ଚାହିଁଲା ଖଟ ସାମ୍ନାରେ ଚାରି ଫୁଟ ର ଗୋଟେ ପୋଷ୍ଟର ଆଡକୁ। କେଉଁଠୁ ଆଣିଥିଲା ମନେ ପଡୁନି। ବଡ ବଡ ଅକ୍ଷରରେ ଲେଖାହୋଇଛି, "ଦି ଆମେରିକାନ୍ ଡ୍ରିମ୍ - ଆମେରିକା ମାଟିର ପ୍ରତିଶ୍ରୁତି : ଲକ୍ଷ ହାସଲ ଏବଂ ଅତିରିକ୍ତ ସଫଳତା ନିମନ୍ତେ ସଭିଙ୍କୁ ସମାନ ସୁଯୋଗ"।

ଜନ୍ ହସିଦେଲା ଇଷତ୍। ସେ ହସରେ ଅଭିମାନ ସ୍ପଷ୍ଟ ବାରିହୋଇ ପଡିବ।

ଉପଯୁକ୍ତ ଚାକିରୀଟିଏ ଲାଗି କିମ୍ବା ଲେଖୁଥିବା ଉପନ୍ୟାସଟିକୁ ଛାପିବା ନିମନ୍ତେ କେତେ ଥର ବିଫଳ ହେବ। କାହିଁ କେଉଁ ଦେଶରୁ ଜନତା ଆମେରିକାରେ ପହଞ୍ଚି ସଫଳତାର ସ୍ୱାଦ ଚାଖୁଛନ୍ତି, ହେଲେ ସେ ? ଇମିଗ୍ରାଣ୍ଟ ସମୁହଁଙ୍କୁ ନେଇ ତା' ମୁଣ୍ଡରେ ଅଳନ୍ଧୁ ପରି ଜମି ଥିବା ଏକ ମତ ଉପରେ ତା'ର ସନ୍ଦେହ ହେଲା- ଥାର୍ଡୱାର୍ଲ୍ଡ ଦେଶଙ୍କ ଉତ୍କଟ ଦାରିଦ୍ର୍ୟ, ଅସହ୍ୟ ଅଭ୍ୟନ୍ତରୀଣ ସମସ୍ୟା ସେଠା ଲୋକଙ୍କୁ ବିଦେଶ ମୁହାଁ କରେ ସତ।

ମାତ୍ର ଏହା ବି ସତ ଯେ ଅନେକ ଉଚ୍ଚ ଶିକ୍ଷିତାଙ୍କୁ ଆମେରିକା ଡାକି ଆଣିଥାଏ। ଉଜ୍ଜଳ ସମ୍ଭାବନାର ଅଦୃଶ୍ୟ ପ୍ରତିଶ୍ରୁତି ମଧ୍ୟ ତା'ସହ ଯୋଡି ହୋଇ ଥାଏ। ନିଜକୁ ସଫଳ ଭାବରେ ଦେଖିବା ସେମାନଙ୍କର ଏକମାତ୍ର କାମ୍ୟ। ସେମାନଙ୍କର ତପସ୍ୟା ଭୁଇଁ ଏ ଦେଶ। ନିଜ ସନ୍ତାନଙ୍କ ଭବିଷ୍ୟତ ସୁରକ୍ଷିତ ଏହି ମାଟିରେ। ସେହି ନକ୍ଷତ୍ର ମାନଙ୍କ ସହ ପ୍ରତିଯୋଗୀତାରେ ସେ ହାରୁଛି ବାରମ୍ବାର। "ଆମେରିକାନ୍ ସ୍ୱପ୍ନ" ଉଚ୍ଚାଭିଳାଷୀ ଇମିଗ୍ରାଣ୍ଟ୍ ଙ୍କ ମୁଣାରୁ ବାହାରିବାକୁ ନାରାଜ୍।

ଅଦୂରରେ ଚିତ୍ର ପ୍ରତିମା ସମ ଅଟ୍ଟାଳିକା ଗୁଡିକରୁ ପବନରେ ଭାସି ଆସୁଛି ଏସିଆନ୍ ରାତ୍ରଭୋଜନର ବାସ୍ନା। କାହା ଘରୁ ତିବ୍ର ମାଛ ଗନ୍ଧ। ଜନ୍ ବିରକ୍ତିରେ ଭ୍ୟାନର କାଚ ଝରକା ବୁଜିଦେଲା। ଷ୍ଟୋଭରେ କଫି ବନେଇଲା।

କଫି କପରୁ ବାମ୍ପ ଉଠା କଫି ତା' ଓଠ ସ୍ପର୍ଶ କଲା ମାତ୍ରେ ସେ ବାସ୍ନା ତା' ମସ୍ତିଷ୍କରେ ସଞ୍ଚରି ଯାଇ ତା'ର ବିମର୍ଷ ସ୍ନାୟୁ ଗୁଡିକୁ ସତେଜ କରିଦେଲା। କିଛି ମୁହୁର୍ତ୍ତ ସେ କଫିର ସ୍ୱାଦରେ ହଜିଗଲା। ସେ ଭାବିବାକୁ ଲାଗିଲା, ସେ କ'ଣ ଯଥେଷ୍ଟ

ଚେଷ୍ଟା କରିଛି ଜୀବନକୁ ଗଢ଼ି ତୋଳିବାକୁ। କେବଳ ଅଭିଯୋଗ ଛଡ଼ା। ଇମିଗ୍ରାଣ୍ଟଙ୍କ କଠୋର ପରିଶ୍ରମ ଆଗରେ ତା' ପରିଶ୍ରମ କେତେ ଗୌଣ।

ସେ ପୁଣି ବୁଲି ଚାହିଁଲା ଆମେରିକାନ୍ ଡ୍ରିମ୍ ପୋଷ୍ଟରଟି ଆଡ଼କୁ। କିଛି ଘଟିଗଲା ତା' ମନରେ ସେହି କ୍ଷଣି। ତା' ମନରେ ଉତ୍ପନ୍ନ ହୋଇଥିବା କିଞ୍ଚିତ ଈର୍ଷାର କାଦୁଅ ଅପସରି ଗଲା କି। ଗୋଟାଏ ଦୃଢ଼ ବିଶ୍ୱାସ ତା' ଛାତି ତଳେ ଘନୀଭୂତ ହେଲା। ଆସନ୍ତା ସପ୍ତାହରେ ଅଛି ତା' ମନ ଚାହିଁ ଚାକିରୀର ଇଣ୍ଟରଭିୟୁ। ସେ ବହି ଗଦା ଆଡ଼େ ଗଲା ଯନ୍ତ୍ରବତ୍।

ପଢ଼ିବାରେ ମନୋନିବେଶ କଲା।

ସେଦିନ ଅପରାହ୍ଣ। ସୁଧୀରବାବୁ ଉପନ୍ୟାସଟିଏ ପଢୁଥିଲେ। କଲିଂ ବେଲ୍ ଶୁଣି କ୍ୟାମେରାକୁ ଚାହିଁଲେ। ଟାଟୁ ଭର୍ତ୍ତି ହାତଟିଏ କଲିଂ ବେଲ୍ ଆଡ଼କୁ ଲମ୍ବିଆସିଛି। ଇଗଲ୍ ଚିତ୍ର ତଳକୁ ଗୋଟିଏ ଡ୍ରିମ୍ କ୍ୟାଚର୍, ଦୁଇଟି ଅଜଣା ଫୁଲ ଅଉ ଲତା ଟାଟୁ ଯାକ ବିଗତ ଚାରି ମାସରେ ସେ ମନେ ରଖିଦେଇଛନ୍ତି। ଜନ୍, ତା' ହାତର ଖାଲି ଥିବା ଜାଗାରେ ଆଉ କି କି ଟାଟୁ କରିବ ତା' ବି ସେ କେତେଥର କହିଛି। ବୁଦ୍ଧଙ୍କର ଆଖି ଯୋଡ଼ିକ ମଝିରେ ଲୋଟସ୍ ଫ୍ଲାୱାର...ଭଲ ଲାଗିବ।

କବାଟ ଖୋଲିଲେ ସୁଧୀରବାବୁ।

"ଗୁଡ୍ ଆଫଟରନୁନ୍ ସାର୍।" ଖୁବ୍ ହାଲକା ମନେହେଉଥିଲା ଜନ୍ ର ସ୍ୱର।

ଖଣ୍ଡେ କାଉଚ ଉପରେ ବସି ପଡ଼ି କହିଲା ଜନ୍, "କାଲି ମୁଁ ନ୍ୟୁୟର୍କ ଚାଲିଯାଉଛି। ସପ୍ତାହେ ତଳେ ଆପ୍ଲାଏ କରିଥିବା ଫାଇନାନସ୍ ରେ ଚାକିରିଟି ମୋତେ ମିଳିଯାଇଛି। ଆଜି ସକାଳେ ଅଫର୍ ଲେଟର୍ ପାଇଲି।"

ସୁଧିରବାବୁ ହିଁ ଜନର ଜଣେ ଶୁଭାକାଂକ୍ଷି। ନିଜର ଖୁସି ଖବର ତାଙ୍କୁ ଜଣାଇବାକୁ ସତେ ଯେମିତି ତତ୍ପର ହୋଇଉଠିଥିଲା ଜନ୍।

କିଛି କ୍ଷଣର ନୀରବ ରହି କହିଲା, "ଆପଣଙ୍କର ମନେ ନଥିବ ସାର୍, ମୁଁ ଏକଦା ଇକୋନମିକ୍ସ ପ୍ରଫେସର୍ ସୁଧୀର୍ ମିତ୍ରଙ୍କ ଛାତ୍ର ଥିଲି।"

ଆଶ୍ଚର୍ଯ୍ୟ ହେଲେ ପ୍ରଫେସର୍ ସୁଧୀର୍ ମିତ୍ର। ସାମ୍ନା ସୋଫାରେ ବସି ତା' ମୁହଁକୁ ଚାହିଁ ରହିଲେ। କାହାଣୀ ଶୁଣୁଛନ୍ତି।

"ପ୍ରଥମ ଦେଖାରେ ଆପଣଙ୍କୁ ଚିହ୍ନିବାରେ ମୋର ଅସୁବିଧା ହୋଇ ନଥିଲା ସାର୍। ମୁଁ ଜାଣିଥିଲି ଆପଣ ମୋତେ ଚିହ୍ନିପାରି ନାହାନ୍ତି। କିନ୍ତୁ ମୋର ବର୍ତ୍ତମାନର

ପରିସ୍ଥିତି, ବେକାରୀ ଜୀବନ ଦେଖି କାଳେ ଆପଣଙ୍କୁ ଧାରଣା ହେବ ଯେ ଆପଣଙ୍କ ଶିକ୍ଷା ଦାନ ବ୍ୟର୍ଥ ଗଲା। ଆପଣ ଏକଦା ଦେଖାଇଥିବା ମାର୍ଗରେ ମୁଁ ଚାଲିବାକୁ ଅକ୍ଷମ। ତେଣୁ କହିବାକୁ ସାହାସ ଯୁଟାଇ ପାରୁନଥିଲି।"

"ଆପଣ କହନ୍ତି ନା, ଐଶ୍ୱର୍ଯ୍ୟ ମନ୍ଦ ନୁହେଁ କିନ୍ତୁ ତା'ର ଦାସ ହୋଇପଡିବା ହିଁ ଦୁଃଖ। ପ୍ରକୃତିର ଐଶ୍ୱର୍ଯ୍ୟକୁ ଚିହ୍ନି ନପାରିବା ହିଁ ପ୍ରକୃତ ମୂଢତା। ଏଠାରେ କିଛିଦିନ ଡେରା ପକାଇ ମୁଁ ସେଇ ପ୍ରକୃତିକୁ ଛୁଇଁ ପାରିଛି।"

ତା'ପରେ ରାସ୍ତା କଡରୁ ତୋଳି ଆଣିଥିବା କିଛି ୱାଇଲଡ୍ ଫ୍ଲାୱାର ଫୁଲ ଦାନୀରେ ରଖି, ଜଗରୁ ପାଣି ଭରିଲା। ସେହି ଅଜଣା ଫୁଲ ଗୁଡିକୁ ଚାହିଁ ସମ୍ମୋହନ କଣ୍ଠରେ କହିଲା, "ପ୍ରକୃତିର ଦାସତ୍ୱ ସ୍ୱୀକାର କରିଛି ଯିଏ ଐଶ୍ୱର୍ଯ୍ୟ ତାକୁ କିଣି ପାରିବ ନାହିଁ।"

ନ୍ୟୁୟର୍କ୍ ର ୱାଲ ଷ୍ଟ୍ରିଟ ରେ ଚାକିରୀରେ ଉଚ୍ଚକୋଟିର ଦରମା ପାଇବ ଜନ୍! ଦାମୀ କାର, କୋଠା, ସୁନ୍ଦରୀ ଜୀବନ ସଙ୍ଗିନୀର ସ୍ୱପ୍ନ ଦେଖିବା କଥା। ବୟସ ବା କେତେ, ତଥାପି କହୁଛି ଐଶ୍ୱର୍ଯ୍ୟ ତାକୁ ଛୁଇଁ ପାରିବ ନାହିଁ।

କିଏ କହିଲା ଯୁଗ ବଦଳି ଗଲାଣି। ଜନ୍ ଭିତରେ ସେ ଦେଖିଲେ ତାଙ୍କ ସ୍କୁଲ୍ ମାଷ୍ଟର୍ ବାପାଙ୍କ ଚରିତ୍ର। ମହାତ୍ମା ଗାନ୍ଧୀଙ୍କ ଚେତନା ସମର୍ପିତ ମଣିଷ ଜଣେ ଲେଖା ପଢା ବାଦେ ଅନ୍ୟ କିଛି ପ୍ରତି ସେ ଥିଲେ ବୀତସ୍ପୃହ। ସୁଧିର ଚାକିରି କଲାପରେ ବାପାଙ୍କ ପାଖକୁ ଯେଉଁ ଟଙ୍କା ପଠାନ୍ତି ପର୍ବ ପର୍ବାଣୀରେ ଲୁଗାପଟା ସହ ଉପହାର ଆକାରରେ ସେ ଟଙ୍କା ପୁଣି ଫେରିଆସେ ସୁଧିରଙ୍କ ପାଖକୁ। ବାପାଙ୍କ ସ୍ୱାଭିମାନ ଆଗରେ କେବେ ମୁହଁଖୋଲି ନାହାନ୍ତି ସୁଧିରବାବୁ। କାନ୍ଥରେ ଝୁଲୁଥିବା ବାପାଙ୍କ ଫଟୋଆଡେ ଚାହିଁଲେ ସେ।

ମେଘ ମୁକ୍ତ ଆକାଶ ପରି ନିର୍ମଳ ଜନ ଏଡମଣ୍ଡର ପ୍ରତ୍ୟେକ ଶବ୍ଦ ତାଙ୍କୁ ଛୁଇଁଗଲା। ଏମିତି ନିରାସକ୍ତ ମଣିଷ କେତେ ଜଣ ମିଳିବେ? ଝଲକାଏ ଶୀତଳ ପବନ ଫୁଲର ସୁରଭି ନେଇ ତାଙ୍କୁ ହାଲକା କରି ଛୁଇଁ ଦେଲା। ସେ ପ୍ରକୃତିସ୍ଥ ହେଲେ।

"ସମୟ ପାଇଲେ କେବେ କେମିତି ଚାଲି ଆସିବ ଏଠାକୁ", ଅନୁରୋଧ କଲା କଣ୍ଠରେ କହିଲେ ସୁଧିର ବାବୁ।

ନିଶ୍ଚୟ ସାର୍ କହି ଜନ୍ ବିଦାୟ ନେଇ ଚାଲିଗଲାଣି।

ତା' ଭ୍ୟାନଟି ରାସ୍ତାରେ ଧୀରେ ଧୀରେ ଅପସରି ଗଲା ବେଳେ ସୁଧିରବାବୁଙ୍କ ମନରେ ହଠାତ୍ ଶୂନ୍ୟତା ପ୍ରସାରିତ ହେବାକୁ ଲାଗିଲା। ଘର ସାମ୍ନା ରାସ୍ତାଟି ତାଙ୍କୁ କେବେ ଏମିତି ଫାଙ୍କା ଲାଗିନଥିଲା ତ। ଜଣେ ଜଣେ ମଣିଷଙ୍କଠିଁ ଏମିତି କ'ଣ ଥାଏ ଯେ ସେମାନଙ୍କ ବିଦାୟ ମନରେ ଶୂନ୍ୟତା ଭରିଦିଏ।

ଝର୍କା ଦେଇ ଦିଗବଳୟ ଆଡେ ଚାହିଁଲେ ସୁଧିର ବାବୁ।

ସୂର୍ଯ୍ୟାସ୍ତ କାଳିନ ଆକାଶରେ ନାରଙ୍ଗୀ ପ୍ରଶାନ୍ତି। ଗଛ ପତ୍ର ଉହାଡରେ ଆଶ୍ରୟ ନେଲାଣି ଅନ୍ଧାର। ପକ୍ଷୀ ମାନଙ୍କର ବାର୍ତ୍ତାଳାପ ଆଉ ଶୁଭୁନାହିଁ।

ସେ ସେଦିନ ଝର୍କା ପାଖରେ ବସି ରହିଲେ ଅନେକ ବେଳ ଯାଏଁ।

■

ଦିକ୍ଷା

ସେ ବସିଥିଲା ଗୋଟାଏ ମୂର୍ତ୍ତି ପରି। ମୋର ଇଚ୍ଛା ହଉଥିଲା ତାକୁ ବସିବା ଜାଗାରୁ ଘୋଷାରି ଆଣନ୍ତି। ତା' ମୁଣ୍ଡର ସେଇ ଅଳନ୍ଧୁ ବାଗିଆ ଜଟାତକ ମୁଠେଇ ଧରି ତାକୁ ମୋ ଚାରିପଟେ ଶୂନ୍ୟେ ଶୁନ୍ୟେ ଘୁରାନ୍ତି। ତା' ପରେ ଛାଟି ଦିଅନ୍ତି ଯୁଆଡେ ମନ ସିଆଡେ। ସେ କଚାଡିହେଇ ପଡନ୍ତା।

ସେ ଜଣେ ଭଣ୍ଡ। ଶ୍ରୀ ଶ୍ରୀ ନିମାନନ୍ଦ ଓରଫ ନିମ ବାବା। ତା ' ଦେହରେ ମୁଁ ଟିପ ମାରିପାରିବିନାହିଁ। ସେକଥା ମୁଁ ଜାଣେ। ନହେଲେ ମୋ ସ୍ତ୍ରୀ ଏବଂ ତା' ଭକ୍ତମାନେ ମୋତେ ମାରି ପକେଇବେ।

ମୁଁ ଯେଉଁଦିନ ସେ ଲୋକଟାକୁ ପ୍ରଥମେ ଭେଟିଲି ସେଦିନ କେଡେ ଶାନ୍ତ ଦିଶୁଥିଲା ତା' ମୁଖ ମଣ୍ଡଳ। ମୋ ମଧ୍ୟ ବୟସ୍କ ସଂସାରି ଜୀବନଟା ଭିତରେ ଭିତରେ ମାନସିକ ଅଶାନ୍ତିରେ ଆଉଟୁ ପାଉଟୁ ହେଉଥିଲାବେଳେ ତା' ଉଜ୍ଜଳ ମୁହଁ ମୋ ଭିତରେ ଆଶାର ବୀଜଟିଏ ରୋପଣ କରିଦେଇଥିଲା। ତାକୁ ମୁଁ ମହାପୁରୁଷ ଜାଗାରେ ବସାଇଦେଇଥିଲି। ଭାବିଲି ଯାରି ସାନିଦ୍ଧ୍ୟରେ କାଳେ ମତେ ମାନସିକ ଶାନ୍ତି ପ୍ରାପ୍ତି ହେବ। କେଡେ ଭୁଲ୍ ଥିଲି ମୁଁ ସତେ।

ମାନସିକ ଶାନ୍ତି ? ବହୁତ ବଡ କଥା ବନ୍ଧୁ। ଘର, ଗାଡି, ପିଲା ପାଠ ପଢା, ପରିବା ଦର ଭୟଙ୍କର ସମସ୍ୟା ଭିତରେ ମାନସିକ ଶାନ୍ତି ? ଯିଏ ଖୋଜୁଛି ସିଏ ପାଗଳ। ଏପରି ମନ୍ତବ୍ୟ ଦେଇ ମୋର ବନ୍ଧୁ କେଇ ଜଣ ମୋତେ ହତୋତ୍ସାହ କରୁଥିଲେ।

ତଥାପି କାହିଁକି କେଜାଣି ଶାନ୍ତିର ସନ୍ଧାନରେ ମୁଁ ଅଧିକରୁ ଅଧିକ ବିଷାଦ ଗ୍ରସ୍ତ ରହୁଥିଲି। ଅନ୍ୟମନସ୍କତା ମତେ ଘେରି। ଦଶମରେ ପଢୁଥିବା ମୋ ପୁଅର ପାଠପଢାରେ

ଅବନତି ପାଇଁ ତା’ ଟିଉସନ ସାରଙ୍କୁ ଗାଳି ଦେଉନଥିଲି କିମ୍ବା ମୋ ପତ୍ନୀ ରାନ୍ଧିଥିବା ସାଧାରଣ ଚିଙ୍ଗୁଡି ଝୋଳକୁ ଅଯଥା ପ୍ରଶଂସା କରୁନଥିଲି। ନିୟମିତ ମନ୍ଦିର ଗଲି।

ଆଳତି ସମୟରେ, ପରସ୍ତ ପରସ୍ତ ଝୁଣା ଧୂଆଁ, ଢାଉଁ ଢାଉଁ ଘଣ୍ଟ ଆବାଜ, ପବନରେ ବିହ୍ୱଳ ଭାବ, ମୋ ମନ କିନ୍ତୁ ତଥାପି ଚଞ୍ଚଳ-

ସୋମୁଟା ପାଠ ପଢିବସିଲା କି ନାଇ? କ’ଣ ହବ ତା’ ଭବିଷ୍ୟତ? ସବୁବେଳେ ଟି.ଭି ଦେଖୁଥିଲା।

ଅଫିସରେ ଘନୁଆ ଆଜି କହୁଥିଲା ସେ କାଳେ ତିନିଟା ଆପାର୍ଟମେଣ୍ଟ୍ କିଣି ସାରିଲାଣି। ଶଳା ପିଅନ ଚାକିରି କରି ଏତେ ପଇସା କୋଉଠୁ ଆଣୁଚି?

ରାତିରେ ବି ଏମିତିକା ଚିନ୍ତାଯାକ କୁଆଡୁ ଖପ ଖାପ୍ ଓହ୍ଲାଇ ଆସି ମୋତେ କଲବଲ କରନ୍ତି। ମନ ଅସ୍ଥିର ହୁଏ। ଶୁଣିଲି ମୋର କଲେଜ ବନ୍ଧୁ ନିରଞ୍ଜନ କାଳେ ମୋରି ଭଳି ମାନସିକ ଅଶାନ୍ତିରେ ସନ୍ତୁଳି ହଉଥିଲା। କ’ଣ ଗୋଟେ ଦିକ୍ଷା ନେଇ ଗେରୁଆ ବସ୍ତ୍ର ପିନ୍ଧି ଆଚ୍ଛା ଖାସା ବ୍ୟବସାୟଟା ସ୍ତ୍ରୀ ଦାୟିତ୍ୱରେ ଛାଡି ହିମାଳୟ ଆଡେ ଯାଇଛି। ଖାସେ ଶାନ୍ତି ସନ୍ଧାନରେ! ନହେଲେ ଗେରୁଆ ବସ୍ତ୍ର, ବେକରେ ରୁଦ୍ରାକ୍ଷ ଆଉ ହିମାଳୟ?

ମୋ ନିଜ ଭିତରେ ଗୋଟେ ନିରଞ୍ଜନ ଯେମିତି ଗଜୁରି ଉଠୁଥିଲା। ଧୀରେ ଧୀରେ ଦୁଇପତ୍ର ମେଲି ତା’ର କାୟା ବିସ୍ତାର କରୁଥିଲା। କିନ୍ତୁ ସମସ୍ୟା ହେଲା ଘର ଦ୍ୱାର ଛାଡି ମୁଁ ହିମାଳୟ ଯାଇପାରିବି ନାହିଁ। ମୋ ଚାକିରି ଚାଲିଯିବ। ମୋ ସ୍ତ୍ରୀ ନିରଞ୍ଜନ ସ୍ତ୍ରୀ ପରି ଏତେ ସ୍ମାର୍ଟ୍ ନୁହଁ ମୋ ଅନୁପସ୍ଥିତିରେ ଘର ଚଳାଇ ନବ।

ତେଣୁ ହିମାଳୟ ଯାଇହେବନାହିଁ।

ପିଲାଦିନୁ ମୋ ଉପରେ ଅନେକ ଦାୟିତ୍ୱ। ଅଭାବି ଘରର ଗୋଟିକିଆ ପୁଅ ମୁଁ। ମୋ ତଳେ ତିନି ଭଉଣୀ। ଚାକିରି ପାଇଲା ପରଠୁ ସେମାନଙ୍କ ବାହାଘର, ଦେବା ନେବା ସବୁ ପାଇଁ ବୋଉ ମୋ ମୁହଁକୁ ଚାହୁଁଥିଲା। ଓଃ, ତା’ର ସେ ଲୁହ ବତୁରା ଆଖି ଆଉ ମୋର ଶୂନ୍ୟ ପକେଟ୍। କୌଣସି କିମତ୍ ରେ ଟଙ୍କା ଦରକାର -ଏମିତି ଗୋଟାଏ ଝୁଙ୍କ୍ ରେ ମୁଁ ଟଙ୍କା ପଛରେ ଧାଇଁଥିଲି।

ଘର, ଗାଡି, ବ୍ୟାଙ୍କ ବାଲାନ୍ସ ଆଜି ମୋର କୋଉଥିରେ କମତି ଅଛି। ତଥାପି କାହିଁକି ଜୀବନ ଅଶାନ୍ତ? କାହିଁ କେଉଁ କାଳୁ ଶାନ୍ତି ବୋଲି କିଛି ଯେମିତି ଧଳା ଚାଦର ଘୋଡି ହୋଇ ମୋ ଛାତି ଭିତରେ ଶୋଇଛି। ମୁଁ ଚାହିଁଲେ ବି ତାକୁ ଉଠେଇ ପାରୁନି।

ଏମିତି ଶାନ୍ତି ଅନ୍ୱେଷଣରେ ମୋ ପ୍ରାଣ ବିକଳ ହେଉଥିବା ବେଳେ ହଠାତ

ଦିନେ ପତ୍ନୀ ଘୋଷଣା କଲେ, ଜାଣିଛ, -"ଜାଣିଛ" ଶବ୍ଦରେ ମହଜୁଦ ରହସ୍ୟ ଆଉ ଉତ୍ସାହରୁ ମୁଁ ଆଗ୍ରହରେ ତାଙ୍କ ମୁହଁକୁ ଚାହିଁଲି।

"ଜଣେ ସାଧୁ ବାବା ମ ଶର୍ମା ବାବୁଙ୍କ ଘରକୁ ଆସୁଛନ୍ତି। ଶର୍ମା ବାବୁ ଜାଣିନ କଲୋନୀ ଆରମ୍ଭରେ ଯାହା ଘର ବଜାର ଉପରେ ଘଣ୍ଟା ଦୋକାନଟା ପରା ତାଙ୍କର।"

ଶର୍ମା ବାବୁଙ୍କୁ ମୁଁ ଜାଣେ। ଯେ ସାଧୁ ବାବା କିଏ? ପଚାରିଲି, "କୋଉ ବାବା?"

"ତାଙ୍କୁ ନିମ ବାବା କୁହନ୍ତି। କୁଆଡେ ନିମ ଭଳି ପିତା ତାଙ୍କର ବାହ୍ୟ ଆଚରଣ କିନ୍ତୁ ଅତି ପର ଉପକାରୀ ବାବା। ସହଜରେ କାହା ଘରକୁ ଯାଆନ୍ତିନାହିଁ। ଯାହା ଦୁଆରେ ତାଙ୍କ ପାଦ ପଡିଲା ତା'ର ଭାଗ୍ୟ ଉଦୟ ହେଲା ଜାଣ। ବାବା କାଳେ ତ୍ରିକାଳଦର୍ଶୀ। ଅତୀତ, ବର୍ତ୍ତମାନ, ଭବିଷ୍ୟତ ସବୁ କହି ଦେଉଛନ୍ତି ମ। ସୋମୁଟା ଆମର ପଢା ପଢିରେ ଧ୍ୟାନ ଦଉନି ସବୁବେଳେ ଖେଳ। ତା' ଭବିଷ୍ୟତ ବାବାଙ୍କ ହାତରେ ଟେକିଦେବି, ତେଣିକି ତାଙ୍କ ଇଚ୍ଛା।"

ପୁଅର ଭବିଷ୍ୟତ ବାବାଙ୍କ ହାତରେ? ମତେ ହସ ମାଡିଲା। କିଛି କହିଲିନାହିଁ। ମୋଟ ଉପରେ ପତ୍ନୀଙ୍କର ଗୋଟାଏ ବିଶ୍ୱାସ ମୁଁ ଭାଙ୍ଗିବାକୁ ଚାହିଁଲିନାହିଁ। ତେବେ ତ୍ରିକାଳଦର୍ଶୀ ବାବାଙ୍କ ପ୍ରସଙ୍ଗରୁ ମୁଁ ଯେମିତି ମୋ ଶାନ୍ତି ସନ୍ଧାନରେ ଗୋଟାଏ ଖିଅ ପାଇଗଲି। ଏପରି ବାବା ମାନଙ୍କ ପାଖରେ ସମ୍ଭବତଃ ଥାଇପାରେ ମୋ ଭଳି ଜଣେ ସଂସାରି ମଣିଷ ନିମନ୍ତେ ମାନସିକ ଶାନ୍ତି ପ୍ରାପ୍ତିର ଉପାୟ।

ବାବାଙ୍କ ସହ ଭେଟ ପାଇଁ ମୁଁ ମନେ ମନେ ବ୍ୟାକୁଳ ହେଲାବେଳେ ମାତ୍ର ସପ୍ତାହେ ଭିତରେ ସେ ସୁଯୋଗ ପହଞ୍ଚିଯିବ ମୁଁ ଭାବି ନଥିଲି।

ନଭେମ୍ବର ମାସର ଶେଷ ରବିବାର। ସେଦିନ ମୁଁ ଡେରିରେ ବିଛଣା ଛାଡି ଜଳଖିଆ ଖାଉଥାଏ। ଆମ ଡାହାଣ ପାଖ ପଡୋଶୀ ଦାସ ବାବୁଙ୍କ ସ୍ତ୍ରୀ ପରିବା ବାଲା ଟୋକାଟା ସହ ସବୁଥର ପରି ଠିକ୍ ତିରିଶ ମିନିଟ୍ କାଳ ମୁଲ ଚାଲ୍ କରିବାରେ ମିନିଟିଏ କମ୍ କରି ନଥିଲେ। ମୋ ପତ୍ନୀ ଆମ ଗେଟ ପାଖରେ ପଣ କରି ଶୋଉଥିବା ବୁଲା କୁକୁରକୁ ଯାବତୀୟ ଗାଳିରେ ମଣ୍ଡିତ କରି ଘଉଡଉ ଥିଲେ, କାହାର ଫୋନ ଆସିଲା।

ପତ୍ନୀ ଧାଇଁ ଆସି ରିସିଭର ଉଠାଇଲେ, ପରେ ପରେ ଅତି ଆମୋଦିତ କଣ୍ଠରେ ଘୋଷଣା କଲେ, "ଜାଣିଛ, ଆଜି ନିମ ଆମ ଘରକୁ ଆସୁଚନ୍ତି। ବଡ ଭାଗ୍ୟ ଆମର ହୋ।"

ସେତେବେଳକୁ ନିମ ବାବାଙ୍କୁ ନେଇ ମୋ ମନ ଭିତରେ ଚେନାଏ ଆଶା

ଚମକିଲାଣି। ଏଡେ ବଡ ବାବା ଯେତେବେଳେ ପୁଣି ତ୍ରିକାଳଦର୍ଶୀ ମୋ ମାନସିକ ଶାନ୍ତି ପ୍ରାପ୍ତିର ମାର୍ଗଟା ତାଙ୍କୁ କ'ଣ ଜଣା ନଥିବ।

- କେତେବେଳେ ପଧାରୁଛନ୍ତି ତୁମ ବାବା ?

- ସନ୍ଧ୍ୟା ହେଇଯିବ। ତାଙ୍କ ଲୋକ କହିଲେ ତ।

ବାବାଙ୍କ ନିମନ୍ତେ ଆସନ ପଡିଲା, ନୂଆ ଦରି 'ଉପରେ ନାଲି ଭେଲଭେଟ ଚାଦର ବିଛାହେଲା। ଦୁଇଟି ନୂଆ ତକିଆ ବାବାଙ୍କ ଆରାମ ପାଇଁ କିଣାହୋଇ ଆସିଥାଏ। ବାବାଙ୍କ ସହ ଦୁଇଜଣ ଶିଷ୍ୟ ଆସିବେ ରାତ୍ରି ଭୋଜନରେ ବାବାଙ୍କ ପସନ୍ଦ ପୁରି ପନିରର ବନ୍ଦୋବସ୍ତ ହେଲା। ବାବାଙ୍କ ଆସିବା ଶୁଣି ସାଇ ପଡିଶା କିଛି ପହଞ୍ଚିଗଲେ। ଘରେ ଆମର ଗହଳ ଚଅଳ ଲାଗିଗଲା।

ସେଦିନ ସନ୍ଧ୍ୟା ସାତଟାରେ ଗୋଟାଏ ଧଳା ରଙ୍ଗର କାର ଆମ ଗେଟ ଆଗରେ ଅଟକିଲା। ଶୁଭ୍ର ସ୍ମଶ୍ରୁ ଗେରୁଆ ବସ୍ତ୍ର ପରିହିତ ନିମ ବାବା ଆଉ ତାଙ୍କର ଧଳା ଧୋତି ପିନ୍ଧା ଦୁଇ ଅନୁଗତଙ୍କୁ ଆମେ ପତି ପତ୍ନୀ ଅତି ଆଦରରେ ପାଛୋଟି ଆଣିଲୁ। ବାବାଙ୍କ ବୟସ ଅନୁମାନ ଷାଠିଏ ହବ। ଗୌର ବର୍ଣ୍ଣ ମଧ୍ୟମ ସ୍ୱାସ୍ଥ୍ୟା ମୁଣ୍ଡରେ ଧଳା କଳା ମିଶାମିଶି ରଙ୍ଗର ଜଟା ବର ଓହଳ ପରି ଛନ୍ଦା ଛନ୍ଦି ହୋଇ କାନ୍ଧ ଯାଏ ଲମ୍ବିଛି, ଆଖି ଅର୍ଧମୁଦ୍ରିତ ପ୍ରାୟ। ସତେ ଯେମିତି ସଂସାର ଆଡକୁ ଚାହିଁବାର ସାମାନ୍ୟତମ ସ୍ପୃହା ନାହିଁ। କାନ୍ଧରେ ଗୋଟାଏ ଲମ୍ବା ଝୁଲା ମୁଣା ! ମୁଣା ଭିତରୁ ବିଭୂତି ପରି କିଛି ଚିଜ ଛାଟି ଦେଉଥାନ୍ତି ବାବା। ଯାହା ଉପରେ ତାଙ୍କ କୃପା ଦୃଷ୍ଟି ପଡିଲା।

ସଂସାରି ଆଉ ସନ୍ୟାସି ଭିତରେ ତଫାତ ବା କ'ଣ। ଜଣେ ସନ୍ୟାସ ଧର୍ମ ପାଳନ କରେ ଆର ଜଣଙ୍କ ସଂସାରି ଧର୍ମ। ଉଭୟଙ୍କ ଲକ୍ଷ ସମାନ- କଳେ ବଳେ କଉଶଳେ ଏ ଭବ ସାଗରକୁ ପାର ହୋଇଯିବା କଥା।

ସେଦିନ ପରେ ଏଣିକି ପ୍ରତ୍ୟେକ ରବିବାର ବାବାଙ୍କର ଆମ ଘରକୁ ଯିବା ଆସିବା ଲାଗି ରହିଲା। ପୁଅ ବେକରେ ଗୋଟେ ତାବିଜ ଝୁଲିଲା। ପଡୋଶୀଙ୍କ ଗହଣରେ ଆମର ଖାତିରି ବଢିଗଲା। ଯେଉଁମାନେ ମୋ ପତ୍ନୀଙ୍କୁ ବାଟରେ ଘାଟରେ ଭେଟିଲେ ପଦେ ଅଧେ କଥା କହି ବାଟ ଭାଙ୍ଗି ଚାଲିଯାଉଥିଲେ ସେମାନେ ଘନେ ଘନ ଘନ ଫୋନ୍ କରି ବାବାଙ୍କ ସହ ଟିକେ ଭେଟ କରେଇ ଦେବାକୁ ବିଭିନ୍ନ ବାଗରେ ଅନୁରୋଧ କଲେ। ଆମ ଘର ଡ୍ରଇଂ ରୁମଟି ବାବାଙ୍କ ସ୍ଥାୟୀ ଆସ୍ଥାନରେ ପରିଣତ ହେଲା। ବାବା ଅଧାରୁ ଅଧିକ ସମୟ ଆଖିବୁଜି ବସିଲେ ବି ତାଙ୍କ ଶିଷ୍ୟ ଦୁହେଁ ଭକ୍ତମାନଙ୍କୁ ତାବିଜ କି ବିଭୂତି ଦେଇ ଦକ୍ଷିଣା ଆଦାୟ କରିବାରେ ତିଳେ ମାତ୍ର ହେଳା କରୁନଥିଲେ।

ମୋ ପୁଅ ପରୀକ୍ଷାରେ ଭଲ ନମ୍ବର ରଖିଲା। ପତ୍ନୀ କହିଲେ, ଦେଖିଲ ଆମ

ଭାଗ୍ୟ ଫିଟିଗଲା, ସବୁ ବାବାଙ୍କ କୃପା ! ବସ୍ତୁତଃ ପୁଅ ସ୍କୁଲର ଅଧକ୍ଷ ବି ବାବାଙ୍କଠୁ ଦିକ୍ଷା ଗ୍ରହଣ କରିଥିଲେ । ବାବା ତାଙ୍କର ବଛା ବଛା ଶିଷ୍ୟଙ୍କୁ ଗୋପନ ମନ୍ତ୍ର ଦେଉଥିଲେ । ତାଙ୍କର ସଚ୍ଚା ଅନୁଗତ ମାନଙ୍କର କାଳେ ସବୁ ପ୍ରକାର ଅଭାବ ଅସୁବିଧା ଦୂର ହୋଇଯାଏ । ତିନି ମାସ ବିତିଗଲାଣି ଯା ଭିତରେ । ବାବା ମୋ ଅଶାନ୍ତ ମନ ପାଇଁ କୌଣସି ସମାଧାନ ସୂତ୍ର ବତାଇ ନଥିଲେ । ଦିନେ କିନ୍ତୁ କୃପା କଲେ ।

- ତୋ ମନ ଭିତରଟା ଅଶାନ୍ତ ନୁହଁ ?

- ଆଜ୍ଞା ।

- ଟଙ୍କା ଠୁଳ କରୁ କରୁ ମନର ଶାନ୍ତି ହଜିଯାଇଛି ।

- ଆଜ୍ଞା । ଆପଣଙ୍କୁ ସବୁ ଜଣା ।

- ଶୁଣ, ଜନ ସାଧାରଣଙ୍କର ମାଙ୍ଗଳ କରିବା ମୋ ଦାୟିତ୍ୱ । ଜନ ସାଧାରଣ ଅର୍ଥ କ'ଣ ବୁଝୁଚୁ ? ମାନେ ସାଧାରଣ ଲୋକ, ମୂଢ଼ ଲୋକ। ନିଜ ଭାଗ୍ୟ ବଦଳାଇଦେବାକୁ ମୋ ନିକଟକୁ ନିତି ଦଉଡନ୍ତି । ମୋ ଠିଁ ବିଶ୍ୱାସ ରଖନ୍ତି । ତା'ପରେ ହଠାତ୍ ସେ ଗମ୍ଭୀର ଦେଖାଗଲେ ।

"ମନେରଖ ମୋ ପାଖରେ ପୂର୍ଣ୍ଣ ସମର୍ପଣ, ବିଶ୍ୱାସ ବିନା ତୋ ଇଚ୍ଛା ପୂରଣ ହେବ ନାହିଁ ।"

ମୁଁ ତାଙ୍କ ପାଦ ପାଖରେ ଆଣ୍ଠେଇ ପଡିଲି । ଜୋଡ ହସ୍ତରେ କହିଲି, " ମୋ ପରି ଜଣେ ହତଭାଗ୍ୟକୁ ସେମିତି କୁହନ୍ତୁ ନାହିଁ ବାବା । ମୋ ଉପରେ କୃପା କରନ୍ତୁ । ଶାନ୍ତି ମାର୍ଗ ମୋତେ ଦେଖାନ୍ତୁ । ମୋ ମନ ଖୁବ୍ ଅସ୍ଥିର ହେଉଛି । ରାତିରେ ନିଦ ହେଉନାହିଁ...ଦୁଃସ୍ୱପ୍ନ କଲବଲ କରୁଚି ।" ମୋର ଇଚ୍ଛା ମାନଙ୍କର ଲମ୍ବା ତାଲିକାକୁ ଛୋଟକରି କହିଲି ।

ଗୋଟେ କାମକର, ତୋ ଅଫିସ୍ ରେ ମୋର ଜୋରଦାର ପ୍ରଚାର କର । ମୋର ଦିକ୍ଷା ଗ୍ରହଣକରି ତୋ ପରିବାରର ଯାହା ସବୁ ଉନ୍ନତି ହୋଇଛି ସବୁ ସତ ସତ ବଖାଣେ । ନୂଆ ଶିଷ୍ୟ ଯୋଗାଇବା କାମ ତୋର । ମୁଁ ଯାହା କହୁଛି କର ଦେଖିବୁ ଶାନ୍ତି ଆପେ ଆସି ତତେ ଧରାଦେବ । ମେଘରେ ଭାସିଲା ପରି ହାଲକା ଲାଗିବ ଚିତ୍ତ ।

ମୁଁ ବାଧ୍ୟ ଛାତ୍ରଟିଏ ଭଳି କରିଗଲି ଯାହା ସେ କରିବାକୁ କହିଲେ । ଅଫିସରେ ଯାହାକୁ ଭେଟିଲି ଗୋଟାଏ ପୋଖତ ସେଲସ୍ ମ୍ୟାନ୍ ଢଙ୍ଗରେ ନିମ ବାବାଙ୍କ ମହିମା ବଖାଣିଲି । ସର୍ବ ପ୍ରଥମେ ମୋର ଦୁଇ ଜଣ ସହକର୍ମୀ ବାବାଙ୍କ ଦିକ୍ଷା ଗ୍ରହଣ କଲେ ସେମାନେ ଥିଲେ ମୋର ପରମ ଶତ୍ରୁ ମୋ ପ୍ରମୋସନ୍ ଆଜି ଅଟକିଛି କେବଳ ସେଇ ଦୁହିଙ୍କ ଫେଚେକାମି ଯୋଗୁ ।

ବାବାଙ୍କ ଭେଟପାଇଁ ସେମାନେ ଆମ ଘରକୁ ଆସିଲେ, ମୋ ସ୍ତ୍ରୀ ହାତରୁ ଚାହା ସରବତ ପିଇଲେ ମୋ ଭିତରଟା କେମିତି ରାମ୍ପି ବିଦାରି ହେଇଗଲା। ତଥାପି ମୁଁ ନିଜକୁ ସମ୍ଭାଳି ନେଲି। ଲକ୍ଷ ସ୍ଥଳ ମୋର ଆଉ କେତେ ବାଟ କି? ମୋ ପ୍ରମୋସନ ଏଥର ନିଶ୍ଚିତ ଏହା ଭାବି ମୁଁ ବିଭୋର ହେଲି।

ସେଇ ଯୋଡ ଧଳା ଫୁଲଟି ରୁପା ପାତ୍ରରେ ଦକ ଦକ ଦିସୁଛି। ସାଉଁଟି ଆଣି ପକେଟରେ ମାରିଦେବି। ସେ ଚମତ୍କାର ଫୁଲ ମଉଳେନାହିଁ। ତା' କିମିଆରେ ମୁଁ ମେଘ ପରି ଭସିବି। ରାତିରେ ଶିଶୁଟିଏ ପରି ନିଶ୍ଚିନ୍ତ ନିଦରେ ଶୋଇବି। ବୌଧ ସନ୍ୟାସିଙ୍କ ବାଗିଆ ଶାନ୍ତ ଉଜ୍ଜ୍ୱଳ ଦିଶିବ ମୋ ମୁହଁ। ମସୃଣ ହୋଇଯିବ ମୋ ଭ୍ରୁରୁ ମଝିରେ ସେ ଚିନ୍ତାର ରେଖା।

ସେଦିନ ମୁଁ ଅଫିସ୍ ରେ ଥାଏ। ହଠାତ୍ ଆକାଶରେ କଳା ମେଘ ଘୋଟି ଆସିଲା। ବେଳକୁ ବେଳ ପବନ ବେଗ ତିବ୍ର ହେଲା। ଦିନ ଦି'ପହର ସନ୍ଧ୍ୟା ମାଡି ଆସିଲା ଯେମିତି। ପକ୍ଷୀ ଲେଉଟିଲେ। ଆଫିସ୍ ରେ ସମସ୍ତେ ସଅଳ ଚାଲିଗଲେ, ବିଜୁଳି ଚାଲିଗଲା। ମୁଁ ବି ଘର ମୁହାଁ ହେଲି।

ଘରେ ପହଞ୍ଚି କବାଟ ବାଡେଇଲି କେହି ଖୋଲିଲେନାହିଁ। ପତ୍ନୀ କୁଆଡେ ଗଲେ? ଝଡ ଆସୁଛି।

ପାଚେରି ଆରପାଖୁ ଉଣ୍ଡିଲି ଭିତର ଘରକୁ। ଗଣ୍ଡାଏ ମହମବତୀ ଆଲୁଅରେ ସ୍ପଷ୍ଟ ଦିଶୁଥାଏ ଘର ଭିତର। ମୋ ଆଖି ପଡିଲା ନିମ ବାବାଙ୍କ ଉପରେ। ତାଙ୍କୁ ଯୋଗ ମୁଦ୍ରାରେ ଦେଖି ମୁଁ ଚମକି ପଡିଲି। ରବିବାର ଛଡା ଅନ୍ୟ ଦିନ ବାବା ଆମ ଘରକୁ ଆସନ୍ତିନାହିଁ। ଆମ କଲୋନିର ଗନ୍ତାଏତ ବାବୁଙ୍କ ବଡ ଝିଅ ଏଠି କ'ଣ କରୁଛି? ପୁଣି ବାବାଙ୍କ ଉପରେ ଆଉଜି ବସିଚି। ମୋ ସ୍ତ୍ରୀ, ଶର୍ମା ବାବୁଙ୍କ ସ୍ତ୍ରୀ ଏବଂ ଆଉ ଦୁଇ ଜଣ ସ୍ତ୍ରୀ ଲୋକ ବାବାଙ୍କ ଦିବ୍ୟ ଭୋଜନ ବାଢିବାରେ ଲାଗିଥା'ନ୍ତି।

ଆଉ ଦି'ପାଦ ଆଗକୁ ଯାଇ ମୁଁ ସୋମୁ ରୁମରେ ଆବିଷ୍କାର କଲି ବାବାଙ୍କ ଚେଲା ଦିହିଙ୍କୁ ସାଙ୍ଗରେ ଝିଅଟିଏ। ଝିଅକୁ ମୁଁ ଚିହ୍ନେନାହିଁ। ସେହି ଝିଅ ସହ ବୋଧହୁଏ ନିବିଡ ଆଳାପରେ ମଜ୍ଜି ଥିଲେ ସେମାନେ। ସୋମୁ ଘରେ ନାହିଁ ବୋଲି କ'ଣ ତା' ରୁମଟାକୁ କବଜା କରିନେବ।

ଏସବୁ ଦୃଶ୍ୟ ମୋ ମନର ଭ୍ରମ ନୁହଁତ? ନିଜ ହାତକୁ ଚିମୁଟିଲି। ମୋ ମୁଣ୍ଡ ଘୁରେଇ ଗଲା। ମୁଁ ସତ। ତା' ମାନେ ମୋ ସାମ୍ନାରେ ଚିତ୍ର ଗୁଡା ସତ। କ'ଣ ଚାଲିଚି ଏଠି। ବାଘ ଘରେ ମିରିଗ ନାଚ। ମୁଁ ଦାଣ୍ଡ ପଟକୁ ଯାଇ ଦୁମୁ ଦୁମୁ କବାଟ ବାଡେଇଲି। ହଠାତ୍ କବାଟ ଫିଟିଗଲା।

"କି ଅସଭ୍ୟ ଲୋକ ଢୋଲ ପରି କବାଟ ପିଟୁଛ। ବାବା ଯୋଗରେ ବସିଛନ୍ତି ପରା।" କବାଟ ଖୋଲି ମୋ ସ୍ତ୍ରୀ ଧମକାଇଲା ପରି କହିଲେ।

ମୁଁ ଧମ ଧମ ଘର ଭିତରକୁ ପଶିଗଲି। ମୋ ପାଟିରୁ କ'ଣ ସବୁ ନିଆଁ ପରି ବାହାରିଯାଉଥିଲା କିନ୍ତୁ ଥମ ହୋଇ ଠିଆ ହେଇଗଲି। ମୋ ଆଖି ଆଗରେ ସେସବୁ ନଥିଲା ଯାହା ମୁଁ କ୍ଷଣେ ଆଗରୁ ଦେଖିଥିଲି। ଘରର ଚିତ୍ର ବଦଳି ଯାଇଥିଲା। ଯେ ଯାହା ଜାଗାରେ ସଜ୍ଜିତ, ଭଦ୍ର ମାର୍ଜିତ।

ଏମିତି କେମିତି ହେବ। ଧୁଆ ଧୁଇ ହବାକୁ ଗାଧୁଆ ଘରେ ପଶିଯାଇ ମୁଁ ଦୃଶ୍ୟ ଗୁଡାକ ମୂଳରୁ ମନେ ପକାଇଲି।

ଗନ୍ତାୟତ ବାବୁଙ୍କ ଝିଅ ଗଲା କୁଆଡେ। ଏତେ ଶିଘ୍ର ପଛପଟ ଦରଜା ଦେଇ ପଳାଇଲା ?

ବାବାଙ୍କ ଶିଷ୍ୟମାନେ ପ୍ରକୃତରେ କରୁଥିଲେ କ'ଣ ସୋମୁ ରୁମ୍ ରେ।

ମୁଁ ବୁଝିଗଲି ସେ ପାଷାଣ୍ଡକୁ। ଗୋଟେ ନାଟକ ଖେଳୁଛନ୍ତି ଏ ବାବା ଗୋଷ୍ଠି। ଚତୁର, ଚରିତ୍ରହୀନ, ଘରଭଙ୍ଗା, ଭଣ୍ଡ ଲୋକଟା ବାବା ସାଜି ନାଟକ କରୁଛି। ଏଇ କ'ଣ ମତେ ଶାନ୍ତି ମାର୍ଗ ବତେଇବ ନିଜେ ଅଶାନ୍ତିର ବିଜ ଧରି ବୁଲୁଛି। କଳିର ବିଜ ବୁଣୁଛି। ପାଠ ନପଢି କିପରି ଶର୍ମା ବାବୁଙ୍କ ପୁଅ ସ୍କୁଲରେ ଭଲ ନମ୍ବର ରଖୁଛି। ଖେଳରେ ସବୁଠୁ ଆଗୁଆ। ବାବା ଯାହା କରୁଛନ୍ତି କରନ୍ତୁ ଆମର ତ ଭଲ ହେଲେ ଗଲା। ଏଇ ରିତିରେ ଶର୍ମାବାବୁଙ୍କ ସ୍ତ୍ରୀ ପରି ମୋ ସ୍ତ୍ରୀ ମଧ୍ୟ ଆଖି ବୁଝି ଦେଇଛନ୍ତି।

କାହାକୁ କିଛି ନକହି ମୁଁ ଏଣିକି ବାବା ଆଉ ତାଙ୍କ ଅନୁଗତଙ୍କ କାର୍ଯ୍ୟ କଳାପ ଉପରେ ଆଖି ରଖିଲି, ତାଙ୍କ କଳା କାରନାମାର ଫଟୋ ନେଲି। ରବିବାର ସର୍ବସାଧାରଣଙ୍କୁ ଦର୍ଶନ ଦିଅନ୍ତି ବାବା। ଅନ୍ୟ ଦିନେ ଦିନକୁ ଦୁଇ ଚାରି ଘଣ୍ଟା ଆମଘରେ କିମ୍ବା ଶର୍ମା ବାବୁଙ୍କ ଘରେ ରାସଲିଳାରେ ମଜି ରହନ୍ତି। ପାଖ ଆଖରୁ ବିଭିନ୍ନ ସମସ୍ୟାନେଇ ଆସୁଥିବା ଝିଅଙ୍କଠେଇଁ ବାବାଙ୍କ ଆଖି। ତା' ଛଡା ଯେତେବେଳେ ଜାଣିଲି ନିକଟରେ ଏକ ହତ୍ୟା ଘଟାଣାରେ ବାବାଙ୍କର ପରୋକ୍ଷରେ ହାତ ଅଛି ମୋ ଦେହରେ ଶିତକଣ୍ଟା ଠିଆ ହେଇଗଲା। ମୋ ବୁଦ୍ଧି ବାଟ ହଜିଗଲା।

ଗୋଟାଏ ଖୁଁ ଆସାମି ମୋ ଘରେ ଏତେ ଦିନ ହେଲାଣି ଡେରା ପକେଇଛି। ମୋ ସ୍ତ୍ରୀକୁ ବେକୁବ୍ ବନେଇ ମୋ ସଂସାରକୁ ତା' ଝୁଲା ମୁଣାରେ ପୁରାଇ ସାରିଲାଣି। ଶର୍ମା ବାବୁଙ୍କୁ ଜଣେଇ ଦେବି ବାବାର ଗୁମର କଥା। ଦିହେଁ ମିଶି ପୁଲିସ୍ ଜିମାରେ ଦେଇଦେବୁ। ମୋ ଘରର କର୍ତ୍ତା ମୁଁ ନା ନିମ ବାବା ? ମୋ ଭିତରୁ ମହାବଳ ବାଘଟେ ଲମ୍ଫ ଦେବ ଏଇନେ। କେବଳ ସେ ବାଘ ଚାହିଁ ବସିଥିଲା ମୋର ସାମାନ୍ୟ ଇଙ୍ଗିତକୁ।

ସେଦିନ ଆମଘରେ ଚାଲିଥାଏ ବାବାଙ୍କ ଆସର ଖୁନ୍ଦା ଖୁନ୍ଦି ହୋଇ ଲୋକ ଆମ ହଲ୍ ପରିକା ଡ୍ରଇଂ ରୁମରେ ବସଥା'ନ୍ତି। ଆଜି ୟାର ଗୁମର ଫିଟିବ। ମୁଁ ଖୋଲି ଦେବି ୟାର ସନ୍ୟାସ ମୁଖା। ଶର୍ମା ବାବୁଙ୍କୁ ଫୋନ ଲଗେଇଲି, ଧରିଲେନି। କାମରେ ବ୍ୟସ୍ତ ଥିବେ ତାଙ୍କୁ ଅପେକ୍ଷା କରାଯାଇପାରେ। ନିମ ବାବା ଆଖିବୁଜି ଯୋଗରେ ବସିଲା ତା' ଚେଲା ଦିହେଁ ଦକ୍ଷିଣା ବାବଦରେ ଟଙ୍କା ଆଦାୟ କରୁଥା'ନ୍ତି।

ମୋ ଆଖି ରାଗରେ ଦହକୁ ଥାଏ ଦେହ କମ୍ପୁଥାଏ। ଘର ମୋର ! ତାକୁ ମୁଁ ଏଠୁ ଧକ୍କା ଦେଇ ବାହାର କରିଦେବି ଦେଖିବା ମତେ କିଏ ଅଟକାଇବ! ସବୁଯାକ ଫଟୋ ଦେଖେଇ ପ୍ରମାଣ କରିଦେବି ତା'ର ଅସଲି ରୂପ।

"ଆପଣ ଏପର୍ଯ୍ୟନ୍ତ ରେଡି ହୋଇ ନାହାନ୍ତି ? ଚାଲନ୍ତୁ ଚାଲନ୍ତୁ ବସିଯିବା ଯୋଗରେ।" ଶର୍ମା ବାବୁ ପହଞ୍ଚି କହିଲେ।

ମୁଁ ଟିକେ ହଡବଡେଇ ଗଲି। ମୋ ସ୍ତ୍ରୀ ମୋତେ ଥରେ ବିସ୍ମୟ, ବିରକ୍ତ ମିଶା ଦୃଷ୍ଟି ପକାଇ ମୁହଁ ବୁଲେଇନେଲାଣି। ପୂର୍ଣ୍ଣମୀ ଆଜି। ଆଜି ବାବାଙ୍କ ମୁଣାରୁ ବିଭୂତି କାଳେ ଚମତ୍କାର ଫଳଦିଏ। ମୋ ପରିବର, ଶର୍ମା ବାବୁଙ୍କ ପରିବାର ଆଉ କେତେ ପରିବାର ବାବାଙ୍କ ମୁହଁକୁ ଚାହିଁଥା'ନ୍ତି। ବାବା ଏଇନେ ବିଞ୍ଚିଦେବ ପାଉଁଶ। ସମସ୍ତଙ୍କୁ ମେଣ୍ଢା ବନେଇ ଦେବ। ଉଁ ଚୁଁ କହିବାକୁ ହୁବ ନଥିବ କାହାର। ଶର୍ମା ବାବୁ ବି ଶେଷରେ...।

ମୋ ଆଖି ଫେରି ଆସିଲା ଭିତରୁ, ସେ ନାଟକରୁ। ମୋ ଭିତରୁ ଗୋଟେ ସ୍ୱର ଶୁଭୁଥିଲା ! ସେ ଅନ୍ତଃ ସ୍ୱରକୁ ମୁଁ ଅନୁଶରଣ କରି ଧୀରେ ଧୀରେ ପାଦ ପକାଇଲି ସେ ପ୍ରହସନର ବିପରିତ ଦିଗରେ। ପୋଲିସ୍ ଷ୍ଟେସନ୍ ଏଠୁ ବେଶି ଦୂର ନୁହେଁ।

ମୋତେ ପ୍ରଥମକରି ଖୁବ ହାଲକା ଲାଗିଲା।

■

ରେଷ୍ଟୋରାଁ ଝରାପତ୍ର

ସକାଳର ପାଚିଲା ପିଜୁଳି ରଙ୍ଗର ଖରା ନଦୀବାଲି ସାରା ବୁଣି ହୋଇ ଗଲା ବେଳକୁ ମାଛ ଧରା ଡଙ୍ଗାକୁ ବେଢି ଲୋକେ ମୂଲଚାଲ ଆରମ୍ଭ କରିଦେଲେଣି। ଚାହିଁଲା ସେ ଜମା ହେଇ ଥିବା ଲୋକଙ୍କ ପିଠି ସନ୍ଧିରେ। ଭିଡ କାଟି କେତୋଟି ମାଛରେ ଟିପ ମାରିଲା। ଖରା ପଡି ରୁପା ପରି ଚକ୍ ଚକ୍ ଦିଶୁ ଥିବା ଗୋଟିଏ ବଡ ରୋହି ନେଇ ଆସିଥିଲା ରତୁ। ଦହି ମାଛ ନା ମାଛ ବେସର ଭାବ୍ ଭାବୁ 'ଝରାପତ୍ର' କୋଠୀର ଲୁହା ଫାଟକ ଖୋଲିଲା ସେ।

ସୁର ଭାଇଙ୍କ ସଂକ୍ଷିପ୍ତ ବିବରଣୀକୁ ଆଧାର କରି ସେ ବୁଝୁଥିଲା, କୋଠୀର ଅନ୍ତେବାସୀ ପାଞ୍ଚଜଣ ବୃଦ୍ଧା- ସେମାନେ ପରସ୍ପରକୁ ସସ୍ନେହେ ଅପା ବୋଲି ସମ୍ବୋଧନ କରନ୍ତି। ଏହି ସମ୍ଭ୍ରାନ୍ତ କଲୋନୀର ଏକଦା ସାଇପଡିଶା ହୋଇ ଥିଲେ। କାଳକ୍ରମେ ସ୍ୱାମୀଙ୍କ ଦେହାନ୍ତ ପରେ ବୟସର ଅପରାହ୍ଣରେ ପୁଅ ଝିଅଙ୍କ ପାଖକୁ କି ବୃଦ୍ଧାଶ୍ରମ ଯିବା ଅପେକ୍ଷା ଏକାଠି ଚଳିବାର ନିଷ୍ପତ୍ତି ନେଇଛନ୍ତି। କୋଠୀଟି ସେମାନଙ୍କ ମଧ୍ୟରେ ବୟସରେ ବଡ ରାଧା ଅପାଙ୍କର।

ଦିନେ ଦୁଇ ଆମକୁ ରୋଷେଇରେ ସାହାଯ୍ୟ କରୁ କରୁ ଶିଖିଯିବ ଆମ ପସନ୍ଦ ନାପସନ୍ଦ। ଗତକାଲି "ଝରାପତ୍ର" ପଛ ପଟେ ମୁଖ୍ୟ ଘରଠୁ ଟିକିଏ ବ୍ୟବଧାନରେ ରନ୍ଧା ଘରଟି ଦେଖାଇ ରାଧା ଅପା କହିଥିଲେ ତାକୁ।

ଆଜି ପ୍ରତ୍ୟୁଷରୁ ଗୁଆ ଘିଅର ବାସ୍ନା ସେମାନଙ୍କୁ ରନ୍ଧା ଘରକୁ ଟାଣି ଆଣୁଥାଏ। ରତୁ ଅଣ୍ଡା ଫେଣ୍ଟୁଛି, ତାୱାରେ ଘିଅ ଧାପେ ଦେଇ ବ୍ରେଡ ସେକୁଛି। ଡାଲଚିନିର ମିଠା ବାସ୍ନା ସକାଳର ଶୀତଳ ପବନରେ ଘୋଳିହୋଇ ସେମାନଙ୍କ ବୟସ୍କ ମନକୁ ଚଞ୍ଚଳ କରିବ ଆଉ ଠାକୁର ପୂଜା ଶିଘ୍ର ସାରି ଦେବାକୁ ଏମିତି ତରତର ହେବେ ସେମାନେ

କେବେ ଭାବି ଥିଲେ କି। "ନାସ୍ତା ରେଡି" ତଳ ମହଲାରୁ ଏକ ମଧୁର କଣ୍ଠ ଶୁଣିଲା ପରେ ମନେହେଲା ସେମାନେ ଯେମିତି ଏହି ଶବ୍ଦଟିକୁ ହିଁ ମନେ ମନେ ଅପେକ୍ଷା କରିଥିଲେ। ଟେବୁଲ୍ ରେ ନାସ୍ ।ତା ପରଷି କଡକୁ ଘୁଞ୍ଚିଗଲା ରତ୍ନୁ। ଏହା ତାର ପୁରୁଣା ଅଭ୍ୟାସ। ସୁସ୍ୱାଦୁ ବ୍ୟଞ୍ଜନରେ ଅତିଥିଙ୍କୁ ଆପ୍ୟାୟିତ କରିବା ତା'ର ଯୋଗ୍ୟତା। ଶାଢି ଉପରେ ଧଳା ଇସ୍ତ୍ରି କରା ଆପ୍ରୋନ୍ ର ଡାହାଣ କୋଣରେ ସୁନେଲି ସୁତାରେ ଇଂରାଜୀରେ ଲେଖା ସେଫ୍- ରତ୍ନୁପର୍ଣ୍ଣା କାନୁନଗୋ। ପୃଥିବୀରେ ତା'ର ଏଇ ଗୋଟିଏ ପରିଚୟ ବୋଲି ସେ ଭାବେ।

ବୟସ ବଢିଲେ ଇନ୍ଦ୍ରିୟ ଗତ ବ୍ୟାପାରଟି ବୋଧହୁଏ କେବଳ ଜିହ୍ୱା କେନ୍ଦ୍ରିକ ହୋଇପଡେ। ଫ୍ରେଞ୍ଚଟୋଷ୍ଟ୍ ସେମାନଙ୍କ ପଟିରେ ମିଳାଇ ଯାଉଥାଏ। ତା ନୁହେଁ ଯେ ସେମାନେ ପୂର୍ବରୁ ଭବ୍ୟ ନାମକରା ରେସ୍ତୋରାଁରେ ଖାଦ୍ୟ ଖାଇନାହାନ୍ତି; କିନ୍ତୁ ଏ ତ ଅପୂର୍ବ। ଅମୃତର ସ୍ୱାଦ।

ଗତ ସପ୍ତାହରେ ରାଧା ଅପା କହିଥିଲେ ସୁରକୁ, " ସୁନାମା' ଘର ପୋଛା, ବାସନମଜା ଆଦି ତୁଲେଇ ଦେଉଛି। ପୁଝାରି ଜଣେ ଖୋଜି ଦିଅନାହିଁ।" ଗଳି ମୁଣ୍ଡରେ ସୁର ସାହୁର ଗ୍ରୋସରି ଷ୍ଟୋର୍। ସୁର ବାପା ରାଧା ଅପାଙ୍କର ଘରେ ଡ୍ରାଇଭର୍ ଥିଲା। ପୁରୁଣା ବିଶ୍ୱାସର ମହକ ଆଜି ବି ଫିକା ପଡିନି।

ସେଦିନ ଦି'ପହରେ ସୁର ପହଞ୍ଚିଥିଲା। ଝିଅ ଜଣେ ତା' କଡକୁ ଠିଆହୋଇଥାଏ, ବୟସ ଅନୁମାନ ଚାଳିଶି ହେବ – "ଇଏ ମୋର ଭଉଣୀ ରତ୍ନୁ। ଭଲ ରୋଷେଇ କରେ।" ସୁରର କେହି ଭଉଣୀ ନଥିଲେ। ତେବେ...।

– ମାମୁ ଝିଅ ଭଉଣୀ, ବିବାହ କରିନି ଏକୁଟିଆ ମଣିଷ। ଗୋଆରେ ଗୋଟେ ରସ୍ତୋରାଁରେ ଚାକିରି କରୁଥିଲା। ମନ ଲାଗିଲାନି ଛାଡି ଆସିଲା। ମାମୁ ମାଇଁ ଆଉ ସଂସାରରେ ନାହାନ୍ତି। ଭାଇଟିଏ ଘର ବାଡି ବିକି କେଉଁଆଡେ ଉଠିଗଲାଣି। ଯା ଲାଗି ଛାଡି ଯାଇଛି ଅଳ୍ପ କିଛି ବାପା, ମା' ଙ୍କ ସ୍ମୃତି। କହୁଛି, ଘରଟାରେ କାନ୍ଥ ବାଗେଇବ, ପାଚିରି ଉଠାଇବ, ରଙ୍ଗ କରିବ। ସେତେ ଦିନ ଯାଏଁ ରହିବା ଲାଗି ଘରଟିଏ ବୁଝି ଦେବାକୁ କହିଲାରୁ ମୁଁ ଭାବିଲି ମୋର ପିଲା ଛୁଆ ଘର ସବୁବେଳେ ଘୋ ଘୋ, ପାଟି ତୁଣ୍ଡ। ରତ୍ନୁ ଆମର ନିରୋଳା ଭଲପାଏ। ଯା ଲାଗି ଝରାପତ୍ରଠୁଁ ନିରୋଳା ଆଉ ନିରାପଦ କେଉଁଠି ?

ରାଧା ଅପା କିଞ୍ଚିତ ମଜାଳିଆ କଣ୍ଠରେ ପଚାରିଲେ, କଖାରୁ ଡଙ୍କ ବଡି ବେସର, ଆମେରିକାରୁ ନାତି ନାତୁଣୀ ଆସିଲେ କେକ, ପୁଡିଙ୍ଗ୍ ପାରିବୁ ମାଆ ? ଉପସ୍ଥିତ ସମସ୍ତଙ୍କ ଅଲକ୍ଷରେ ଆଖି ଯୋଡିକ ଉଜ୍ଜ୍ୱଳ ହୋଇଉଠିଥିଲା ତା'ର। ହଁ, କହିଥିଲା ମନ୍ତ୍ରବତ୍।

ମାଛ କାଟିବା ଆଗରୁ ରତ୍ନ ଆଉଥରେ ଦେଖିନେଲା ସେମାନଙ୍କ ଦୈନନ୍ଦିନ ଖାଦ୍ୟ, ପାନୀୟ ସୂଚିର ଲମ୍ବା ତାଲିକାଟି। ମଧ୍ୟାହ୍ନ ଭୋଜନ ଦିନ ଦୁଇଟାରେ। ତଳ ମହଲାରେ ରନ୍ଧା ଘରକୁ ଲାଗି ତା' ରୁମ୍ ରୁ ସୁଟକେସଟି ଖୋଲି କିଚିନ୍ ନାଇଫ୍ ସେଟ୍ ର କାନଭାସ ମୁଣାଟି ବାହାର କରି ଆଣିଲା ଅତି ଯତ୍ନରେ। ଛୁରି ଗୁଡ଼ିକ ଦାଉ ଦାଉ ଜଳୁଛି। ପାଉଁରୁଟି କଟିବା ଲାଗି ଛୁରିଠୁଁ ମାଛ କାଟି କିମ୍ବା ଆଭୋକାଡୋ ମଞ୍ଜି କାଢ଼ିବା ଲାଗି ସ୍ୱତନ୍ତ୍ର ଛୁରି ଗୁଡ଼ିକ ଉପରେ ସେ ହାତ ଶାଉଁଳେଇ ଆଣିଲା। ଗୋଟେ ଶିହରଣ ଖେଳିଗଲା ତା' ସମଗ୍ର ଶରୀରରେ।

ତାକୁ ଦିଶିଲା ଗୋଟିଏ ଭବ୍ୟ ରେଷ୍ଟୋରାଁରେ ଅତ୍ୟାଧୁନିକ କିଚିନ୍; ଦର୍ଜନେ ସରିକି ବାଓ୍ୱର୍ଚି ତା' ନିର୍ଦ୍ଦେଶକୁ ଚାହିଁଛନ୍ତି। ସୋରିଷ ତେଲରେ ମାଛ ବେସରର ଭୁରି ଭୁରି ପ୍ରଶଂସା। ଇଂଲଣ୍ଡରୁ ସେ ଦଶ ଜଣିଆ ଟିମ୍, ରସାବଳୀ ଚାଖି ଯେପରି ବିହ୍ୱଳ ହେଲେ। ଏହି ସୁଇଟ୍ ଡିସ୍ ଗୋଟିଏ ଅଭିଜ୍ଞତା ବୋଲି ଡେଲିଗେଟଙ୍କ ପତ୍ନୀ ମନ୍ତବ୍ୟ ଦେଲେ। ଫୁଡ ମାଗାଜିନ୍ ର୍ ରତ୍ନପର୍ଣ୍ଣା କାନୁନଗୋର ଫୋଟ ଓ ପ୍ରଶଂସା। ଆତ୍ମ ସନ୍ତୋଷ ଶିଖର ଦେଶରେ ପହଞ୍ଚିଗଲେ ବୋଧେ ଆଖି ପତା ଆପେ ମୁଦି ହୋଇଯାଏ ତୃପ୍ତିରେ।

ରତ୍ନ ଆସିବାଦିନୁ 'ଝରାପତ୍ର' ର ଅଯତ୍ନ ପରିବେଶକୁ ଜୀବନ୍ୟାସ ଦେଇଛି।

ଥରେ ଲଟା ଝଟାରେ ପଶି ରାଧା ଅପାଙ୍କୁ ଫୁଲ ତୋଳିବା ଦେଖି କହିଥିଲା, ଅପା ଆପଣ ଠାକୁର ଘରକୁ ଯାଆନ୍ତୁ ମୁଁ ଫୁଲ ଦେଇ ଆସୁଚି। ମଲ୍ଲି, କଖାରୁ, ଖଡା କିଆରି ଝାଡି ଝୁଡି ହୋଇ ପରିଷ୍କାର ଦିଶିଲେ କେତୋଟି ଘଣ୍ଟାରେ। କେଉଁ କାଳୁ ହାତ ବାଜିନଥିବା ପିତ୍ତଳ ବାସନ ଗୁଡ଼ିକୁ ଘଷା ମଜା ହୋଇ ସୁନା ପରି ଚିକ୍ ଚିକ୍ କରୁଛି। ଶୁଣିଛି ରାଧା ଅପାଙ୍କର ସ୍ୱାମୀ ମିଲିଟାରୀରେ ଅଫିସର ଥିଲେ। ଦେଶ ବିଦେଶ ବୁଲିଥିଲେ। ଡାଇନିଂ ହଲର ଡାହାଣ କୋଣକୁ ଗୋଟିଏ ଛୋଟ ବାର; କେଉଁକାଳୁ ଖୋଲିନଥିବା କାଚ ଆଲମୀରାରେ କେତୋଟି ପରିଚିତ ବ୍ରାଣ୍ଡର ଓ୍ୱାଇନ୍ ଦେଖି ସେ ଟିକିଏ ହସିଦେଇ ଥିଲା। ଏଠି କାହାକୁ ପରଷିବ?

ମଧ୍ୟାହ୍ନ ଭୋଜନ ସମୟ। ସେମାନେ ଟେବୁଲକୁ ବେଢ଼ି ବସିଗଲେଣି। ଡେଙ୍ଗାଳିଆ ପିତ୍ତଳ ଗ୍ଲାସରେ ମାଠିଆରୁ ଶୀତଳ ପାଣି ମୁନ୍ଦେ ପିଇ ସେମାନେ ଚାହିଁଛନ୍ତି। ରତ୍ନ ବାଢ଼ିଦେଲା। ଆରମ୍ଭ ହେଲା ଖାଇବା ପର୍ବ। ଶାଗକୁ ଚାଖି ସେମାନଙ୍କ ମଧ୍ୟରୁ ବୟସରେ ସାନ ମିତୁ ଅପା କହିଲେ, ଯେତ 'ଘୃତଚମ୍ପା'। ଏତେ ପୁରୁଣା ରନ୍ଧା କାହାଠୁଁ ଶିଖିଲୁ? ସେ ନିଜର ବିସ୍ମୟ ଭାବ ହିଁ ପ୍ରକାଶ କରିପକାଇଥିଲେ ଗୋଟିଏ ନିରୀହ ପ୍ରଶ୍ନ ମାଧ୍ୟମରେ।

ପିଲାଦିନେ ଜେଜେମା' ଲେଉଟିଆ ଶାଗକୁ ଗୁଆ ଘିଅ ଅଦା ବଟା ଦେଇ ଖରଡି ଦେଲା ବେଳକୁ, ଆମେ ଦୁଇ ଭଉଣୀ ସେ ବାସ୍ନାରେ ପହଞ୍ଚି ଯାଉ ଭାତ ଆଉ ବାମ୍ଫ ଉଠା 'ଘୃତଚମ୍ପା' ଖାଇବାକୁ।

ଋତୁ ହସିଦେଲା। ନିଜ ସୃଷ୍ଟିରେ ବିହ୍ୱଳ କରୁଥିବା ଜଣେ ମଣିଷ ହିଁ ଏମିତି ହସିପାରେ।

ସେମାନେ କିଛି ବୁଝିଲେ କି ନାହିଁ। ଋତୁ ହାତରୁ ପାନ ଖଣ୍ଡେ ଖଣ୍ଡେ ଖାଇ ପୁରୁଣା ମୁହଁ ଗୁଡିକ ଖୁସି ଖୁସି ଦିଶିଲା। କିଏ ସେମାନଙ୍କୁ ଏତେ ଯତ୍ନରେ ରାନ୍ଧି ବାଢି ଦେଲା ଭଳି ତ ମନେ ପଡୁନି। ବରଂ ନାତି ନାତୁଣୀଙ୍କ ଲାଗି ଦୁର୍ବଳ ହାତରେ ସଂସାରଯାକର ପିଠା, ମିଠା ବନେଇ ପକାନ୍ତି ସେମାନେ।

ତେବେ ଯେ ଝିଅ କିଏ? ହାତରେ ଯାହାର ବିଷ ବି ଅମୃତ ବନିଯିବ। ଦେବୀ, ଗାନ୍ଧର୍ବୀ ନା ଭୂତୁଣୀ? ଋତୁ ଚାଲିଗଲାବେଳେ କଣେଇ ଅନାଉଛନ୍ତି। ମନେ ପଡିଯାଉଛି ପିଲା ଦିନେ ଶୁଣିଥିବା ଭୁତ କଥା, କେମିତି ଭୂତୁଣୀ କାମ ବାଲି ବାଇ ରୁପରେ ଆସି ଘର କାମ କରିଦେଇ ଯାଏ। କେହି ଟେର୍ ପାଆନ୍ତିନାହିଁ। ଦିନେ ଝାଡୁଟା ହଲେଇ ଦେଲା କ୍ଷଣି ପୁରା କୋଠରିଟା ସଫା ହେଇ ଯିବା ଦେଖି ପକାଇଲେ ଘର ମାଲିକ। ଗୁଣିଆ ଡକା ପଡିଲା। ଜଣାପଡିଲା ଘର ମୁରବୀଙ୍କର ପରଲୋକାଗତ ପତ୍ନୀ ଭିଆଉଛି ଯେ କାଣ୍ଡ। ମୋହ ଛାଡିନି। ଗୁଣିଆ ଧମକରେ ଶେଷରେ ଭୂତୁଣୀ ଘର ଛାଡିଲା।

କିନ୍ତୁ ସେମାନଙ୍କର ଆଉ ମାୟା ଥିଲା କି ସଂସାର ପ୍ରତି? ଜୀବନ ତମାମ ଉପଭୋଗ କରିଛନ୍ତି, ସ୍ୱାମୀ ସନ୍ତାନ ସ୍ନେହ ସାନିଧ୍ୟ, ଧନ ସମ୍ପତ୍ତି। ଆଉ କେଉଁଥିରେ ମନ ନାହିଁ। ଉତ୍ସାହ ନାହିଁ। ଟଗର, କନିଅର ତୋଳି ଠାକୁର ପୂଜା, ବାରିରେ ବସି ନିଜ ନିଜ ନିଃସଙ୍ଗତାକୁ ଭୋଗିବା କିମ୍ବା ସ୍ମୃତିକୁ ପାକୁଳି କରିବା ଛଡା। ଋତୁ ଆସିଲା ପରଠୁ କିନ୍ତୁ ବାରି କୁଣ୍ଡରେ କଇଁ ଫୁଟିଛି, ପତ୍ରରେ ଡେଁଉଛି ଧାରେ ଖରା। ଗୋଟିଏ ଅପ୍ରତ୍ୟାଶିତ ଆନନ୍ଦ, ଅପେକ୍ଷା ଫ୍ରେଞ୍ଚ୍ ଟୋଷ୍ଟର ସକାଳକୁ।

ଖରା ଛୁଟିରେ ନାତି ନାତୁଣୀ ଆସୁଛନ୍ତି। ରାଧା ଅପାଙ୍କର ଇଚ୍ଛା ବାରି ପଛପଟେ ପିଲାଙ୍କ ଲାଗି କୁକିଙ୍ଗ୍ କ୍ଲାସ ଆୟୋଜନ ହେବ। ମିତୁ ଅପା 'ଝରାପତ୍ର' ଫାଟକରେ ଲଗେଇବାଲାଗି କାଗଜରେ ରଙ୍ଗ ମାରି ବଡ ବଡ ଅକ୍ଷରରେ ଲେଖିଲେ କୁକିଙ୍ଗ୍ କ୍ଲାସ୍। ସାଇ ପଡିଶାରୁ ପିଲେ ପାରମ୍ପାରିକ ରାନ୍ଧଣା ଚାଖିବେ। ନୂଆ ବି ଶିଖିବେ। ଛୋଟ ଛୋଟ ଆପରୋନ୍ ସୁର ଭାଇ କେଉଁଠୁ ସିଲେଇ ଆଣିଛି ପିଲାଙ୍କ ଲାଗି।

ହଠାତ୍ ଦିନେ କଲୋନୀରେ ଗୋଳ ଉଠିଲା। ନାନା ଗୁଜବ ଶୁଣାଗଲା।

'ଝରାପତ୍ର'ରେ କେଉଁଠୁ ଝିଅଟାଏ ଆଣି ଧନ୍ଦା କରୁଛନ୍ତି। ଦିନକର ଉଦୁଉଦିଆ ଖରାବେଳ ସୂର୍ଯ୍ୟଙ୍କ କର୍ଫ୍ୟୁରେ ଶୁନ ସାନ୍ ରାସ୍ତା ଘାଟକୁ ବେଖାତିର କରି ହଠାତ୍ କଲୋନୀର ଶେଷ ଘରର ଦିନବନ୍ଧୁ ମିଶ୍ର ଉଭା ହେଲେ ଦୁଆର ମୁହଁରେ। ରାଧା ଅପା ତାଙ୍କୁ ପାଛୋଟି ଆଣି ବୈଠକଘରେ ବସାଇଲେ। ଉତ୍ତେଜନା ବାରି ହୋଇ ପଡୁଥାଏ ତାଙ୍କ କଥା କହିବା ଢଙ୍ଗରୁ, ସେ ସିଧା ସଳଖ ପଚାରିଲେ, 'ଝରାପତ୍ର' ରେ କି କାରବାର ଚାଲିଛି ? ନୂଆ ମହିଳା ଜଣଙ୍କ ପରିଚୟ ? ପିଲାଏ ଅଳି କରୁଛନ୍ତି କୁକିଙ୍ଗ କ୍ଲାସ୍ ଆସିବେ। କେଉଁ ଭରସା ରେ ଛାଡିବୁ କୁହ ?

ଜୀବନ କାଳରେ ଏମିତି ଉଦ୍ଧତ ପ୍ରଶ୍ନ କେବେ ସାମ୍ନା କରିନଥିବା ରାଧା ଅପାଙ୍କ ମୁହଁ ଅପମାନରେ ନାଲି ପଡିଗଲା। ଅନ୍ୟ ଚାରିଜଣ ତୁନି ହୋଇ ଠିଆ ହୋଇଥାନ୍ତି। କିଏ ଜଣେ ତାଙ୍କ ଭିତରୁ କହିଲେ, ସୁରର ଭଉଣୀ ହେବ..।

ସୁରେନ୍ଦ୍ର ସାହୁ-କିଏ ନଜାଣନ୍ତି କଲୋନୀରେ। ଭଲରେ ମନ୍ଦରେ ପାଖରେ ଠିଆ ହୁଅନ୍ତି। ତାଙ୍କ ଦୋକାନ ଜିନିଷ ଖରାପ ପଡିଲେ ବିନା ପ୍ରଶ୍ନରେ ପଇସା ଫେରାଇ ଦିଅନ୍ତି। ସେଦିନ ସୁର ପହଞ୍ଚି ନଥିଲେ କଥା କୁଆଡକୁ ଲମ୍ବିଥା'ନ୍ତା ହୁଏତ।

- ଆପଣଙ୍କୁ ନିଶ୍ଚୟ ଶୋଷ ହେଉଥିବ। ଟ୍ରେ' ରେ ଲମ୍ବାଳିଆ କାଚ ଗ୍ଲାସ ସଜେଇ ସମସ୍ତିଙ୍କୁ ସର୍ବତ ବଢେଇ ଦେଲା ଋତୁ। ଆଶ୍ଚର୍ଯ୍ୟ, ଲେମ୍ବୁ ସର୍ବତରୁ ଢୋକେ ଚାଖି ମିଶ୍ର ବାବୁ ହଠାତ୍ ପ୍ରସନ୍ନ ଦିଶିଲେ। କାନ୍ଦୁରା ଶିଶୁଟିଏ ମା' ପାଖକୁ ଚାଲିଗଲେ ତୁନି ପଡିଯାଏ ଯେମିତି, ତାଙ୍କ ମୁହଁରେ ଟାଣି ହୋଇଯାଇଥିବା ଶିରା ଗୁଡିକ କୋହଳ ହୋଇଗଲା। -ବଢିଆ ସର୍ବତ୍! ସେ ସ୍ମିତ ହସି କହିଲେ, ଆପଣ କୁକିଙ୍ଗ କ୍ଲାସ୍ କରନ୍ତୁ ଆଜ୍ଞା, ଆମ ପିଲେ ଆସିବେ।

'ଝରାପତ୍ର' ବାରି ପଟେ ଟେଣ୍ଟ ପଡିଲା। ସପ୍ତାହରେ ଦୁଇ ଦିନ କ୍ଲାସ୍। ନାନାନା ବ୍ରେଡ୍, ପାସ୍ତା, ଫଳ ପନିପରିବାରୁ ଫୁଲ ପତ୍ର ଖୋଦେଇ ଶିଖିବା ନିମନ୍ତେ କେବଳ ସାନ ପିଲା ନୁହେଁ ବଡ ମାନେ ମଧ୍ୟ ଉତ୍ସାହିତ ହେଉଥିଲେ। ଋତୁ ବୁଝଉଥାଏ- ଗଛରେ ଫଳ ଏକ ନିର୍ଦ୍ଦିଷ୍ଟ ସମୟରେ ହିଁ ପାକଳ ହୁଏ, ତାହା ପ୍ରକୃତିର ନିୟମ ସେହିପରି ରନ୍ଧନ ସମୟରେ ଏକ ନିର୍ଦ୍ଦିଷ୍ଟ ସମୟରେ ଖାଦ୍ୟ ସବୁଠାରୁ ସୁଆଦିଆ ହୋଇଥାଏ। ସେହି ସମୟଟିକୁ ଧ୍ୟାନ ଦେବା କଥା।

ଚିନ୍ତା ପ୍ରକଟ କରନ୍ତି ରାଧା ଅପା; ରିତୁ ଅନେକ ସମୟରେ ନିଜ ହାତରୁ ରନ୍ଧା ସାମଗ୍ରୀ କ୍ରୟ କରି ରାନ୍ଧି ଖୁଆଇ କି ସୁଖ ପାଉଛି ?

ଦିନକର ସକାଳୁ ସୁର ଭାଇ ପରିବା ବ୍ୟାଗ ଧରି କେତେଥର ଜା'ଆସ ହେଲେଣି 'ଝରାପତ୍ର'କୁ। ତାଙ୍କ ସାନ ଝିଅ 'ମିନୁ' ଆସିଥାଏ ଋତୁର ସହକାରୀ ଭାବରେ। ମିନୁ

ଚିଙ୍ଗୁଡି ଧୋଉଛି, ଗାଜର, ବିଟ୍ କାଟୁଛି। ମାଂସ କଷୁଛି ଋତୁ। ରଧା ଅପାଙ୍କର ପୁଅ ରମେଶ ଆସୁଛନ୍ତି, ଯେ ସହରରେ କିଛି କାମ ପଡିଛି। ବନ୍ଧୁ ଦୁଇଜଣ ବି ତାଙ୍କ ସହ ଯୋଗଦେବେ। ଦିନ ବେଳା କୁଆଡକୁ ଯିବେ ରାତିରେ ଗେଷ୍ଟମାନେ 'ଝରାପତ୍ର'ରେ ରହିବାର ବନ୍ଦୋବସ୍ତ ହୋଇଛି।

ଗୋଟିଏ ରେଷ୍ଟୋରାଁ। ଭାଲେନଟାଇନ୍ ଡେ'ର ସ୍ୱତନ୍ତ୍ର ସାଜ ସଜ୍ଜା। ଡିନର୍ ହଲ୍ ରେ ଶୁଭ୍ର୍ ଟେବୁଲ୍ କ୍ଲଥ୍ ଗୁଡିକ ଉପରେ କ୍ରିଷ୍ଟାଲ୍ ୱାଇନ୍ ଗ୍ଲାସର ଝଲମଲ୍, କ୍ୟାଣ୍ଡେଲ୍ ଲାଇଟର ଧିମା ନୃତ୍ୟ। ଋତୁ ପ୍ରସ୍ତୁତ କରିଛି ଡିନର ମେନୁ ; ନୀଳବର୍ଣ୍ଣ କେକ୍ ଉପରେ ଷ୍ଟ୍ରବେରିରେ ଫୁଲ ସୂଚାଉଛି ପଦ୍ମ ପୋଖରୀ, ସପ୍ତ ରଙ୍ଗ କକଟେଲ୍ ରେ ଇନ୍ଦ୍ରଧନୁ ଓହ୍ଲାଇ ଆସିଛି ଯେମିତି। ଦୁଇ ତିନିମାସ ପୂର୍ବରୁ ଡିନର ହଲରେ ସବୁ ଟେବୁଲ୍ ରିଜର୍ଭ୍ ହୋଇ ସାରିଛି।

ଅତିଥିଙ୍କ ଲାଗି "ଝରାପତ୍ର"ର ଲମ୍ବା ଡିନର ଟେବୁଲ୍ ରେ ପ୍ଲେଟ୍, କଣ୍ଟା ଚାମୁଚ ଏବଂ ଗ୍ଲାସ୍ ଗୁଡିକ ସମାନ ବ୍ୟବଧାନରେ ସଜାଇ ରଖିଛି ଋତୁ। ଲ୍ୟାମ୍ପ ସେଡ୍ ରୁ ଗହମ ରଙ୍ଗର ଆଲୋକ, ରେକର୍ଡ୍ ପ୍ଲେୟାର୍ ରେ ରବି ଶଙ୍କରଙ୍କ ସିତାର ଧୁନ୍ ରୁ ମୁହୂର୍ତ୍ତ ସବୁ ଓହ୍ଲାଇ ଆସିଛନ୍ତି ଝୁମିବାଲାଗି।

ଟେବୁଲକୁ ବେଢି ଚୌକି ଖଣ୍ଡେ ଖଣ୍ଡେ ଅଧିକାର କରିନେଲେ ସେମାନେ। ଖାଇବା ଟେବୁଲ୍ ଉପରକୁ ଖାଦ୍ୟ ସାମଗ୍ରୀ ଧୀରେ ଧୀରେ ଆସିଲା। ମିତା ଟ୍ରେ'ରୁ ଚିଙ୍ଗୁଡି କକଟେଲ୍ ନେଲାବେଳେ କିଏ ଜଣେ କହିଲେ, ଚମତ୍କାର ଆରେଞ୍ଜମେଣ୍ଟ୍! ରୁମାଲି ରୁଟି ଖଣ୍ଡେରେ ମାଂସ କଷା ଟିକିଏ ଚାଖି ରମେଶ କହିଲେ, କିଏ କହିବ ଏହି ଖାଦ୍ୟ କେଉଁ ନାମକରା ରେଷ୍ଟୋରାଁରୁ ଆସିନାହିଁ ବୋଲି।

ଖାଇବା ବେଳେ ଟିକିଏ ଅନ୍ୟମନସ୍କ ହୋଇପଡୁଥା'ନ୍ତି ଅଭିଜିତ୍ ନାମକ ଗମ୍ଭୀର ବ୍ୟକ୍ତିତ୍ୱ ସମ୍ପୂର୍ଣ୍ଣ ବ୍ୟକ୍ତି ଜଣଙ୍କ। କେତେବେଳେକୁ ଡିନର ଶେଷହେଲା। ସେମାନେ ତଥାପି ଅପେକ୍ଷା କରିଛନ୍ତି।

ଏଥର ଋତୁ ନିଜେ ମିଠା ପରଷିଦେବ, ଡିନର ଟେବୁଲ୍ ପାଖକୁ ଯିବା ପୂର୍ବରୁ ହୁଗୁଳି ଯାଇଥିବା ଆପ୍ରୋନ୍ କୁ ଟିକିଏ ସଜାଡି ନେଲା। ଡିନର ରୁମରେ ଟ୍ରେ'ରୁ ରସାବଳି ଗିନା ଗୁଡିକ ଟେବୁଲରେ ରଖି ନମସ୍କାର କଲା। ବିନୟ ସହକାରେ କହିଲା, "ଆଶା କରୁଛି ଆଜିର ରାତ୍ରଭୋଜନ ଆପଣ ମାନଙ୍କ ମନ ପସନ୍ଦର ହୋଇଥିବ। କିଛି ତୃଟି ଥିଲେ ମୋତେ କ୍ଷମା କରିଦେବେ।"

ହଠାତ୍ ଅଭିଜିତ୍ ମୁହଁ ନଉଠାଇ ଅନ୍ୟମନସ୍କ ଅଥଚ ସ୍ପଷ୍ଟ ଉଚ୍ଚାରଣ କଲେ - ଋତୁ। ଋତୁପର୍ଣ୍ଣା କାନୁନଗୋ!

ବେଶ କିଛି ସମୟ ଧରି ନିଜକୁ ଭୁଲିଯାଇଥିବା ମଣିଷ ଗୁଡିଏ ଗୁଞ୍ଜାରି ଉଠିଲେ କୌତୁହଳରେ-

କିଏ ଏଇ ରିତୁ ?

ମୁହଁ ଟେକି ଚାହିଁଲେ ଅଭିଜିତ୍। "ପୃଥିବୀ କେଡେ ଛୋଟ ସତରେ। ଏପରି ମ୍ୟାଜିକାଲ୍ ଡିନର ଫ୍ଲେମିଙ୍ଗୋ ରେଷ୍ଟୋରାଁର ହେଡ ସେଫ୍ ଋତୁପର୍ଣ୍ଣା ଦ୍ୱାରା ହିଁ ସମ୍ଭବ ବୋଲି ପ୍ରଥମରୁ ମୋର ଯାହା ସନ୍ଦେହ ତାହା ସତ ହେଲା। କଏ ଜାଣିଥିଲା ଏପରି ହଠାତ୍ ଦେଖା ହେଇ ଯିବ।"

ଆପଣମାନେ ଡିନର୍ ଏଞ୍ଜୟେ କଲେ ତାହା ହିଁ ମୋର ସୌଭାଗ୍ୟ, ସ୍ମିତ ହସି ସେ କହିଲା।

"ମନେ ଅଛି ଋତୁ, ଶୁଖା ବିଟ୍ ଓ ଛତୁ ଯୋଗେ ତୁମେ ପ୍ରସ୍ତୁତ କରିଥିଲ ଏକ ନୂଆ ବ୍ୟଞ୍ଜନ। ତାହା ମେନୁରେ ସାମିଲ୍ କରିବା ଲାଗି ତୁମର ଅନୁରୋଧକୁ ମୁଁ ନାକଚ କରିଥିଲି। ମୋର ଯୁକ୍ତି-ଲୋକେ ପସନ୍ଦ କରିବେନାହିଁ। ତୁମର ଲୋକପ୍ରିୟତାକୁ ନେଇ ମୋ ମନରେ କିଞ୍ଚିତ ଇର୍ଷା ତୁମକୁ ଅଗୋଚର ନଥିଲା। ପରେ ବୁଝିଲି ତୁମେ ଛାଡି ଚାଲି ଆସିବାର ସେଇ ଗୋଟିଏ କାରଣ। ତୁମ ନୂଆ ଠିକଣା ବି ଗୋପନ ରଖିଲ।"

ଅଭିଜିତ୍ ଙ୍କ ମୁହଁରୁ ପ୍ରାୟଶ୍ଚିତର ଶବ୍ଦମାନ ଶୁଭୁଥାଏ ଛୋଟ ପିଲାଟିଏ ଏକଦା ଦୋଷ କରି ସ୍ୱୀକାର କଲା ପରି। ନିରୀହ କମ୍ପିତ ସ୍ୱର।

" ଜାଣ ଗୋଟେ ସଫଳ ରେଷ୍ଟୋରାଁର ରହସ୍ୟ ? ଏହାର ହେଡ୍ ସେଫର ସ୍ୱପ୍ନ। ଫ୍ଲେମିଙ୍ଗୋ ଇଜ୍ ଇୟୋର୍ସ ଋତୁ।"

ତଥାପି ସେ ନିରବ। ଡିନର୍ ପରେ ଅତିଥି ଗୋଟିଏ ଗୋଟିଏ ସିଗାରେଟ୍ ଲଗାଇ ପୋର୍ଟିକୋର ଜମାଟବନ୍ଧା ଅନ୍ଧାର ଭିତରକୁ ଚାଲିଗଲେ।

ଅଭିଜିତ୍ ଆନନ୍ଦ ହେଉଚନ୍ତି ଗୋଆର ଫ୍ଲେମିଙ୍ଗୋ ରେଷ୍ଟୋରାଁର ମାଲିକ ଏବଂ ଋତୁ ଏକଦା ସେଠାରେ କାର୍ଯ୍ୟ କରୁଥିଲା ଏହା ଆଉ ଗୋପନ ନଥିଲା। ପରଦିନ ଅତିଥି ଫେରି ଗଲା ପରେ ଋତୁକୁ ପାଖରେ ବସାଇ ସସ୍ନେହେ କହିଲେ ରାଧା ଅପା, ହାତରେ ତୋର କୁହୁକ ଅଛି। ହାତ ରନ୍ଧାରେ ତୁ ଜୀବନ୍ୟାସ ଦେଇ ଜାଣୁ। ଏଥର ତୁ ଫେରିଯିବୁ ଗୋଆ। ନିଜ ପ୍ରତିଭା ଆଉ ଆମର ଆଶୀର୍ବାଦ, ତୁ ଖୁବ୍ ଉନ୍ନତି କରିବୁ ମାଆ।

ନା, ମୁଁ ଯିବାକୁ ଚାହୁଁନାହିଁ। ରାନ୍ଧିବାରେ ମୋର ଯେଉଁ ସ୍ପୃହା ଆପଣମାନଙ୍କ ପ୍ରେରଣା ସେଥିରେ ପ୍ରାଣ ଶକ୍ତି ଭରିଦେଉଛି ! ଜଣେ ପ୍ରକୃତ ଶିଳ୍ପୀ ଅଧିକା କ'ଣ ଚାହେଁ ଯେ ?

ରତୁର ଏଇଟା ପ୍ରଶ୍ନ ଥିଲା ନା ଉତ୍ତର- ସେମାନେ କିନ୍ତୁ ଦୁଇ ମାସ ଧରି ନିରବଚ୍ଛିନ୍ନ ଚିନ୍ତା କରିଥିଲେ।

ସେଥର ଶୀତ ଶେଷ ହେବା ବେଳକୁ ଦେଖାଗଲା 'ଝରାପତ୍ର' ର ତଳ ମହଲାରେ କିଛି ନୂଆ ଟେବୁଲ୍ ଚଉକି ଅଣାଯାଇଛି। ଏହାର ମଳିନ କାନ୍ଥରେ ସଦ୍ୟ ରଙ୍ଗର ପ୍ରଲେପ ନୂଆ ଶାଢ଼ିରେ କିଶୋରୀ ଟିଏ ପରି ଉଜ୍ଜ୍ୱଳ ଦିଶୁଛି। ଦିନକର ସ୍ଥାନୀୟ ବାସିନ୍ଦାଙ୍କୁ ବିସ୍ମୟ ବିଜଡିତ ଆନନ୍ଦରେ ଭିଜାଇ "ଝରାପତ୍ର" ଫାଟକରେ ମାଛ ଆକୃତିର କାଠ ଫଳକ ଉଦଘାଟନ ହେଲା; 'ରେଷ୍ଟୋରାଁ ଝରାପତ୍ର' ଫୋନ ନମ୍ବର ତଳକୁ ଆପଏଣ୍ଟମେଣ୍ଟ୍ ଓନ୍ଲି।

ଅଳ୍ପ ଦିନ ପରେ ଆପଏଣ୍ଟମେଣ୍ଟ୍ ଓନ୍ଲି -ହଟାଇ ଦିଆହୋଇ ସମ୍ପୂର୍ଣ୍ଣ ରେଷ୍ଟୋରାଁ ଖୋଲିଗଲା। ସଂଯୋଗ ହେଲା ଏକ ବିଶାଳ ଅତ୍ୟାଧୂନିକ ଡାଇନିଂ ହଲ୍। ରତୁ ନିଯୁକ୍ତି ଦେଇଥିଲା କିଛି ରେଷ୍ଟୋରାଁ ଷ୍ଟାଫ୍। ମାତ୍ର କେତୋଟି ମାସରେ ଏହା ସହରର ସବୁଠାରୁ ଲୋକପ୍ରିୟ ରେଷ୍ଟୋରାଁ ଭାବରେ ପରିଚିତ ହୋଇସାରିଥାଏ।

କେବେ କେବେ "ଝରାପତ୍ର"ର କାଠ ଫଳକକୁ ଚାହିଁଲେ ରତୁପର୍ଣ୍ଣା ସ୍ମୃତିରେ ଭାସି ଉଠେ ସେଦିନ ଝରାପତ୍ରରେ ରାତ୍ରିଭୋଜନ ଶେଷରେ ଅଭିଜିତ୍ ସମସ୍ତିଙ୍କ ଅଲକ୍ଷ୍ୟରେ ରତୁକୁ ଯେଉଁ ପ୍ରତିଶ୍ରୁତି ଦେଇଥିଲେ- ସ୍ୱପ୍ନକୁ ତା'ର ରପ ଦେବେ।

"ଝରାପତ୍ର ରେଷ୍ଟୋରାଁ"ରେ ନିଜ ପୁଞ୍ଜିନିବେଶ କରି ପ୍ରତିଶ୍ରୁତି ରକ୍ଷା କରିଥିବା ଅଭିଜିତଙ୍କ ଉଦ୍ଦେଶ୍ୟରେ କୃତଜ୍ଞତାରେ ଆଖି ତା'ର ଭରି ଆସେ।

■

ସ୍ପର୍ଶ

ସକାଳର ଘନ କୁହୁଡି ଆହୁରି ଅପସରି ନଥାଏ। ପବନର ନରମ, ଶୀତଳ ସ୍ପର୍ଶ ମନକୁ ଛୁଇଁ ଯାଉଥାଏ। ବହୁତ ବେଳୁ ବାଲକୋନୀରେ ବସିଲାଣି ମାୟା, ଆଉ ଘଡିଏ ବସିପାରି ଥାଆନ୍ତା; କିନ୍ତୁ କ'ଣ ଭାବି ଉଠିପଡିଲା ଓ ଫୋନ୍ ଲଗାଇଲା।

– ମିଷ୍ଟର ସାଇମନ୍ ଟଙ୍ଗଙ୍କ ହର୍ବ୍ ଦୋକାନ କି ?

ଏକ କ୍ଷୀଣ ଅଥଚ ଅଧୈର୍ଯ୍ୟ ନାରୀ କଣ୍ଠ ଶୁଭିଲା, "ହଁ। ସକାଳ ଆଠଟାରେ ଆସି ପାରନ୍ତି। ଡେରି କଲେ ହୁଏତ ଆପଣ ଅପେକ୍ଷା କରିବାକୁ ପସନ୍ଦ କରିବେନାହିଁ..।"

ତାହାର ଚାଇନିଜ୍ ଇଂରାଜୀ ଫେଣ୍ଟା ଫେଣ୍ଟି ଭାଷାରୁ ମାୟା ଅନ୍ତତଃ ଏତିକି ଠଉରାଇ ପାରିଲା – ତା'କୁ ଆଠଟା ସୁଦ୍ଧା ସେଠାରେ ପହଞ୍ଚିବାକୁ ହେବ।

ମ୍ୟାପରେ ଠିକଣାଟା ଭଲକରି ଦେଖିନେଲା ସେ। ମାର୍କେଟ ଷ୍ଟ୍ରିଟ୍, ଓକଲାଣ୍ଡ ଡାଉନ ଟାଉନ୍! ଭାଇଙ୍କ ଘରୁ ମାତ୍ର କୋଡିଏ ମିନିଟର ପାଦ ଚଲା ବାଟ। ଜିନ୍ ପ୍ୟାଣ୍ଟ୍ ଉପରେ ହଳଦିଆ କୁର୍ତ୍ତୀଟି ପିନ୍ଧିପକାଇଲା। ଦର୍ପଣ ସାମ୍ନାରୁ ଗାଢ ଲାଲ୍ ରଙ୍ଗର ଲିପଷ୍ଟିକଟି ଉଠାଇ ଆଣିଲା ଓ ପୁଣି କଣ ଭାବି ରଖିଦେଲା। ଜଣେ ମନସ୍ତତ୍ତ୍ୱବିତ୍ ତାକୁ ହଳଦିଆ ଓ ନୀଳ ରଙ୍ଗର ପୋଷାକ ପିନ୍ଧିବାକୁ ପରାମର୍ଶ ଦେଇଛନ୍ତି। ଏହା କାଳେ ତାହାର ବିଷାଦ ଗ୍ରସ୍ତ ମନରେ ଅନୁକୂଳ ପ୍ରଭାବ ପକାଇବ। ବିଷାଦ ଯେତେବେଳେ ମନର ସ୍ଥାୟୀ ନାଗରିକତ୍ୱ ଗ୍ରହଣ କରେ, ସାମାନ୍ୟ ରଙ୍ଗର କେତେ ବା ତାକତ।

ବ୍ୟାଙ୍ଗାଲୋର ଛାଡିବାକୁ ମାୟାର ଆଦୌ ଇଚ୍ଛା ନଥିଲା। ଏବେ ଏବେ ବାହାଘର ହୋଇଥିଲା ତା'ର। ହାତରେ ମେହେନ୍ଦିର ରଙ୍ଗ ଯେତିକି ଗାଢା ଦିଶୁଥିଲା ଆଖିକୁ ନୂଆ ସଂସାରର ମୋହ ତାଠୁ ଅଧିକ ଆଚ୍ଛନ୍ନ କରି ରଖିଥିଲା। ଶାଶୂଘରେ ଆଠ ଦିନ କୁଆଡେ ବିତିଯାଇଥିଲା। ଅଚାନକ ଦୃଶ୍ୟ ପଟ ବଦଳିଗଲା। ତା' ସ୍ୱାମୀ ସେଦିନ

ମାୟା ହାତରେ ତାଲିକାଟିଏ ଧରାଇଦେଇ ହସି ହସି କୋଠରିରୁ ବାହାରି ଗଲାବେଳେ କହିଲେ, ଯେ ଡିମାଣ୍ଡ୍ ଲିଷ୍ଟ୍ ଟିକେ ଦେଖିଦିଅ ବାହାଘର ପୂର୍ବରୁ ଦେବାକୁ ଭୁଲି ଯାଇଥିଲି।

ମାୟା ଯୌତୁକ ତାଲିକାଟିକୁ ଧରି କାଠ ପିତୁଳାପରି ଠିଆ ହୋଇରହିଲା। ଦାମୀ କାର, ଆପାର୍ଟମେଣ୍ଟ୍ ଆହୁରି କେତେ କ'ଣ ସେ ଆଗକୁ ପଢିଲାନାହିଁ। ଯେ କି ପ୍ରକାର ଖେଳ ତା ସ୍ୱାମୀର। ବାହାଘର ପୂର୍ବରୁ କହିଥିଲେ ମାୟା ଏପରି ଲୋଭୀ ଲୋକକୁ ବାହାହେବାକୁ ରାଜି ହୋଇନଥାନ୍ତା। ସେଇ କାରଣରୁ ବାହାଘର ସରିଲା ପରେ ତାକୁ ପରୋକ୍ଷରେ ବାଧ୍ୟ କରାଯାଉଛି ଯୌତୁକ ଆଣିବାଲାଗି।

ସେ ସେଇ ମୁହୂର୍ତ୍ତରେ ନିଷ୍ପତ୍ତି ନେଲା ସେମାନଙ୍କର ଅସରନ୍ତି ଲୋଭ ଆଗରେ ମୁଣ୍ଡ ନୁଆଁଇବ ନାହିଁ। ଫଳ ସ୍ୱରୁପ ତାକୁ ବାପ ଘରକୁ ଫେରିଯିବାକୁ ବିଭିନ୍ନ ଉପାୟରେ ଚାପ ପ୍ରୟୋଗ କରାଗଲା। ସେତେବେଳେ ବିବାହ ବଞ୍ଚାଇବାର କୌଣସି ଉପାୟ ତା' ଅଧିନରେ ଥିଲା ଭଳି ମନେହେଲାନାହିଁ। ସେ ଫେରିଆସିଥିଲା।

- ଧୈର୍ଯ୍ୟ ଧର, ଭାଇ ମାୟାକୁ ଆଶ୍ୱାସନା ଦେଲେ। ମାୟା ମୁହଁରୁ ହସ ଲିଭିଯିବା ଦେଖି କହିଲେ, "ତୁ ପୁଣି ସ୍ୱପ୍ନ ସଜେଇବୁ, ଲମ୍ବା ଭବିଷ୍ୟତ ପଡିଛି ଆଗକୁ, ମୋ ସହ ଆମେରିକା ଚାଲ୍ ଏଥର। କିଏ ଜାଣେ ଆମେରିକାରେ ହିଁ ତୋ ଭାଗ୍ୟ ଖୋଲିଯିବ।"

-ଭାଗ୍ୟକୁ କି ବିଶ୍ୱାସ? ଥରେ ସ୍ୱପ୍ନ ଭାଙ୍ଗି ଗଲେ ଆଉଥରେ...ମାୟା ଓଠ ସନ୍ଧିରୁ ଅବିଶ୍ୱାସର ହସ ଟିଏ ଝଡି ପଡିଲା ନିଃଶବ୍ଦରେ ଶୁଖିଲା ପତ୍ର ପରି।

କିନ୍ତୁ ସତକୁ ସତ ସେ ଆମେରିକା ଚାଲିଆସିଲା ଭାଇଙ୍କ ସହ।

ଭଇଙ୍କ ମନ ରଖିବା ଥିଲା ତା'ର ପ୍ରଥମ ଉଦ୍ଦେଶ୍ୟ କିନ୍ତୁ ତା' ଭଙ୍ଗା ସ୍ୱପ୍ନ ଓ ବନ୍ଧୁ ବାନ୍ଧବଙ୍କ ସନ୍ଦେହ, ପ୍ରଶ୍ନ - କାହିଁକି, କାହାର ଭୁଲ୍, ଆଜିକାଲିକା ଝିଅ ମାନଙ୍କୁ ଜୁହାର ଇତ୍ୟାଦି ଇତ୍ୟାଦିଠୁ ବି ସେ ଦୂରକୁ ଚାଲିଯିବାକୁ ଚାହୁଁଥିଲା।

ଗତ କାଲି ଡିନର ପରେ ଭାଇ ପୁଣି ଦୋହରାଇଲେ, "ମନକୁ ଖୁସି ରଖ, ସବୁ ଠିକ୍ ହେଇଯିବ। ଆମର ଏଠି ସାଇମନ ଟଙ୍ଗଙ୍କ ଚାଇନିଜ୍ ହାର୍ବଲ୍ ମେଡିସିନର ବହୁତ ଖ୍ୟାତି। ହି ଇଜ୍ ଏ ଗ୍ରେଟ୍ କାଉନସିଲର୍! ତାଙ୍କ ପାଖକୁ ଥରେ ଯାଇ ଦେଖ। ତୋ ଡିପ୍ରେସନ୍ କୁଆଡେ ଛୁ ମାରିବ।"

ଓକଲାଣ୍ଡ୍ ଚାଇନା ଟାଉନରେ ଈଷତ ଅପରିଚ୍ଛନ୍ନ ସାଇଡ ୱାକରେ ମାୟା ଚାଲୁଥିଲା ଛୋଟିଆ ଛୋଟିଆ ଚାଇନିଜ ମଣିଷଙ୍କ ଗହଳ ଚହଳକୁ ଆଡ କରି। ରାସ୍ତା କଡ ଭୋଜନାଳୟ ମାନଙ୍କରୁ ସିଝା ନୁଡୁଲ୍ ର ହାଲକା ବାସ୍ନା ବାୟୁମଣ୍ଡଳକୁ

ଆଚ୍ଛନ୍ନ କରି ରଖିଥାଏ। କଇଁଚଟିଏ ପରି ସେ ନିଜ ଭିତରୁ ଉହୁଙ୍କି ଚାହୁଁଥାଏ ଚାରିଆଡକୁ। ରାସ୍ତା କଡ କାନ୍ଥ ସାରା ଉଚ୍ଚକୋଟିର ଗ୍ରାଫିଟି ମାନ ତା' ଦୃଷ୍ଟି ଆକର୍ଷଣ କଲେ।

ରଙ୍ଗିନ୍ ଡ୍ରାଗନ୍ ଟିଏ ପ୍ରାୟ ଦଶ ଫୁଟ ଲମ୍ବା କାନ୍ଥକୁ ଆବୋରି ବସିଛି। ଆଖି ଯୋଡିକ ବେଙ୍ଗ ଆଖି ପରି ପଦାକୁ ବାହାରିଚି। ପାଟି ବାଟୁ ଲହ ଲହ ନିଆଁ! ସତେକି ସହରଟାକୁ ପୋଡି ଛାରଖାର କରିଦେବ। ତା' ଛଡା, ପରିବେଶ ସୁରକ୍ଷା ବାର୍ତ୍ତା ବହନ କରିଥିବା କେତେ ଗୁଡିଏ ଚିତ୍ର। କିଛି ଆଧୁନିକ ଚିତ୍ର ସେ ବିଲକୁଲ୍ ବୁଝି ପାରୁନଥିଲା, ଯେମିତିକି ପକ୍ଷୀଟିଏ ତା ପେଟରେ ମଣିଷ, କ'ଣ ହେଇପାରେ ତା' ଅର୍ଥ ?

ରାସ୍ତାର ଡାହାଣ ପଟକୁ ଅନତି ବୃହତ୍ ପାର୍କଟିଏ। ଗୁଡାଏ ବାସ ହୀନ ଲୋକଙ୍କ ତାଳି ପକା ତମ୍ବୁକୁ ନେଇ ମୂର୍ଚ୍ଛିତ ପ୍ରାୟ। ଆମେରିକାରେ ଭଡା ଘର ନେବାକୁ ହେଲେ ଯେଉଁ ସର୍ବନିମ୍ନ ଯୋଗ୍ୟତାର ଆବଶ୍ୟକ ହୁଏ ସମ୍ଭବତଃ ତାହା ସେମାନେ କୌଣସି କାରଣରୁ ହରାଇଛନ୍ତି। ସହରର ଗୋଟିଏ ପଟେ ଐଶୋର୍ଯ୍ୟର ବିପୁଳ ସମ୍ଭାର ଅନ୍ୟ ପଟେ ଗରୀବୀର ନଗ୍ନ ଚିତ୍ର। ଆଜିର ଯୁଗରେ ଆଧୁନିକ ସହର ଗୁଡିକର ହୁ ହୁ ହୋଇ ଆଗକୁ ବଢିଯିବାର ଯେ କୁ ଫଳ ନୁହେଁ ଆଉ କ'ଣ।

ସାମ୍ନା ଆଡୁ ଆସୁଥିବା ଜଣେ ଚାଇନିଜ୍ ବୃଦ୍ଧା ତାକୁ ସ୍ମିତ ହସ ମାଧ୍ୟମରେ ଅଭିବାଦନ ଜଣାଇଲେ। ଅସଂଖ୍ୟ ରେଖାର ସମଷ୍ଟି ତାଙ୍କର ସେଇ ମୁହଁରେ କିନ୍ତୁ ଫୁଟିଥିଲା ଖୁସିର ସୂର୍ଯ୍ୟମୁଖୀ। ଯଦିଓ ମାୟା ଚେଷ୍ଟା କଲା ତା' ମୁହଁରେ ଚେନାଏ ହସ ଫୁଟେଇବାକୁ ବୃଦ୍ଧା କିନ୍ତୁ ସେ ମୁହଁରେ ହସ ଦେଖିଲେ କି କାନ୍ଦ ସେ କଥା ତାଙ୍କୁ ଏକା ଜଣା।

ରାସ୍ତାର ବୁଲାଣି ପାଖରେ ଯୋଉଠି, ନିଉ ଟିନ୍ ମାର୍କେଟ୍ ନାମକ ଏକ ପରିବା ଦୋକାନ ଅଛି, ମାୟାର ଆଖି ପଡିଲା ତାକୁ ଲାଗି ଏକ ସାଇନବୋର୍ଡ ଉପରେ। ଗୋଟିଏ ଟିଣ ସାଇନବୋର୍ଡ ଉପରେ ଲେଖା ହୋଇଚି- "ସାଇମନ ଟଙ୍ଗ ହର୍ବ ଷ୍ଟୋର"।

ମାୟା ଷ୍ଟୋର ଭିତରେ ପଶିଗଲାମାତ୍ରେ ଏକ ଅଜବ୍ ବାସ୍ନା ତାକୁ ଘେରିଗଲା ସେ ବାସ୍ନା ଭିନ୍ନ ଭିନ୍ନ ଜଡିବୁଟିରୁ ହିଁ ଆସୁଥାଏ।

କାଉଣ୍ଟର୍ ର ଚାଇନିଜ ମହିଳା ଜଣଙ୍କ ହାତ ଠାରି ତାକୁ ବସିବାକୁ ଇଙ୍ଗିତ କଲେ। କାନ୍ଥ କଡକୁ ପଡିଥିବା ପ୍ଲାଷ୍ଟିକ୍ ଚେୟାରରେ ଆଉ ଦୁଇଜଣ ଅପେକ୍ଷାରତଙ୍କ ଗହଣରେ ମାୟା ବି ବସି ପଡିଲା। ବସି ବସି ପରିବେଶକୁ ଈଷତ ପର୍ଯ୍ୟବେକ୍ଷଣ କରିବାଛଡା ତା'ହାତରେ ଆଉକିଛି କାମ ନଥିଲା।

ଷ୍ଟୋରର ଥାକ ଗୁଡିକରେ ଧାଡି ଧାଡି କାଚ ଜାର। ପ୍ରତିଟି ଜାରରେ କାଗଜର ଲେବଲ୍ ମରାହୋଇ ଚାଇନିଜ୍ ଏବଂ ଇଂରାଜୀରେ ହାତ ଲେଖା- ଜାର ଭିତରେ ଥିବା ଚିଜର ନାମ; ବାଘ ଦାନ୍ତ, ଭାଲୁ ନଖ, ଚଢେଇ ବସା, ଜିଙ୍ଗସିଙ୍ଗ୍ ରୁଟ୍, ଏପରି ବିରଳ ଜିନିଷ ସବୁ।

ପ୍ରାୟ ଘଣ୍ଟାଏ ଅପେକ୍ଷା ପରେ ମାୟାର ପାଳି ପଡିଲା।

ମିଷ୍ଟର ଟଙ୍ଗ- ବୟସ ସତୁରି ହେବ ପତଳା ସ୍ୱାସ୍ଥ୍ୟ, ଶୁଭ୍ର କେଶ, ଛୋଟ ମାତ୍ର ବୁଦ୍ଧି ଦୀପ୍ତ ଆଖି ଯୋଡିକୁ ନେଇ ଚାଇନିଜ ମଣିଷ ଜଣେ। ବିନା କିଛି ବାକ୍ୟବ୍ୟୟରେ ମାୟାକୁ ଡାକିନେଲେ ରୋଗୀ ଦେଖା କକ୍ଷକୁ।

ଗାଁ ସ୍କୁଲ୍ ହେଡ ମାଷ୍ଟ୍ରଙ୍କ କୋଠରି ପରି କକ୍ଷଟିଏ; ନିରାଡମ୍ବର, କାନ୍ଥରେ କ୍ୟାଲେଣ୍ଡର, ମଣିଷ ଶରୀରର ବାୟୋଲୋଜି ଚିତ୍ର ଆଦି ସହ ଥାକରେ ନାଲି କନା ଉପରେ ଦୁଇଟି ସେଓ ଏବଂ ନୀଳ ରଙ୍ଗର ଲାଫିଙ୍ଗ୍ ବୁଦ୍ଧଙ୍କର ଛୋଟିଆ ମୂର୍ତ୍ତିଟିଏ। ଏକ ମାମୁଲି କାଠ ଟେବୁଲ୍, ଦିହେଁ ମୁହଁକୁ ମୁହଁ ହୋଇ ବସିଲେ।

ମିଷ୍ଟର ସାଇମନ ମାୟାକୁ ତା ବାମ ହାତଟିକୁ ଆଗକୁ ବଢାଇବାକୁ କହିଲେ। ତାଙ୍କ ସରୁ ଆଙ୍ଗୁଠିରେ ତା' ହାତର ନାଡିକୁ ହାଲକା ଭାବରେ ଚାପି ଧରିଲେ। ଆଖି ବନ୍ଦ କରି ନିଃଶବ୍ଦରେ ସତେ ଯେମିତି କ'ଣ ଶୁଣିବାକୁ ଚେଷ୍ଟା କଲେ।

ତାଙ୍କ ହାତ ଆଙ୍ଗୁଠିର ଉଷୁମ ସ୍ପର୍ଶ ମାୟାର ଧମନୀ ଦେଇ ମସ୍ତିଷ୍କ ଭିତରକୁ ସଞ୍ଚରି ଗଲା। ବୁଣି ହୋଇଗଲା ଆତ୍ମୀୟତାର ସନ୍ଦେଶ। ତା' ଛାତି ତଳେ ଜମାଟ ବାନ୍ଧିଥିବା କିଛି ତରଳି ଗଲା କି ମହମ ଭଳି। ତାକୁ କାହିଁକି କାନ୍ଦିବାକୁ ଇଚ୍ଛା ହେଲା।

ମିଷ୍ଟର ଟଙ୍ଗ ତା' ମନର ଅବସ୍ଥା ଅନୁମାନ ଲଗେଇ ଯାହା ଯାହା କହିଲେ ତାହା ପ୍ରାୟ ସତ ଥିଲା। ନାଡି ଦେଖି ଶରୀରର ଭଲ ମନ୍ଦ ଜଣାପଡେ ହେଲେ ମନର ଅବସ୍ଥା ବି ନାଡିର ସ୍ପନ୍ଦନରୁ ଜାଣି ହେବ! ମାୟା ଆଶ୍ଚର୍ଯ୍ୟ ହେଲା।

"ନିଜ ବିଷୟରେ କିଛି କୁହ ?" ଖୁବ୍ ଶାନ୍ତ କଣ୍ଠରେ ପଚାରିଲେ ମିଷ୍ଟର ଟଙ୍ଗ।

କ'ଣ କହିବ ବୋଲି ଭାବୁଛି ସେ, ସେ ପୁଣି ସହଜ ଭାବରେ ଯୋଡିଲେ, "ମନକୁ ଯାହା ଆସୁଚି।"

ମାୟାର ନିକଟ ଅତୀତରୁ ଧୀରେ ଧୀରେ ଓହ୍ଲାଇ ଆସିଲେ ଦୁଃଖ ସବୁ। ଆଖିପତା ଭାରି ହୋଇଆସିଲା। ବିବାହ ବିଚ୍ଛେଦ, ନିଃସଙ୍ଗତା ବୋଧ, ଭାଙ୍ଗିଯାଇଥିବା ସ୍ୱପ୍ନ, ଜୀବନ ପ୍ରତି ବିତୃଷ୍ଣା ...!

ମନଯୋଗ ସହକାରେ ଶୁଣିଲେ ସାଇମନ ଟଙ୍ଗ। ସେତେବେଳେ ମାୟାକୁ

ସେ ଜଣେ ଅନ୍ତରଙ୍ଗ ବନ୍ଧୁ ଛଡା ଆଉ କିଛି ଜଣା ପଡୁନଥିଲେ। ଉତ୍ତାରୁ ମିଷ୍ଟର ଟଙ୍ଗ ଧୀର ତଥା ଶାନ୍ତ ସ୍ୱରରେ ଜଣେ ଦାର୍ଶନିକ ଭଳି କହିବାକୁ ଆରମ୍ଭ କଲେ...ଅନ୍ଧାରକୁ ବିରକ୍ତ ନହୋଇ ମହମବତୀଟିଏ ଜଳେଇ ଦେବା ଭଲ ନୁହେଁକି। ତା'ପରେ ସେ ବିବାହ, ସଂସାର, ଜୀବନ ଉପରେ କହିଲେ ଅନେକ କିଛି।

ସାରକଥା ହେଉଛି- "ଜୀବନ ଏକ ଫୁଲ ଗଛ! ତାହାର ଯତ୍ନ ନିଅ, ତା'କୁ ଫୁଟିବାକୁ ଦିଅ ତା' ନିଜସ୍ୱ ଢଙ୍ଗରେ। ସେ ଫୁଲର ରଙ୍ଗ କିମ୍ବା ଆକାର ପ୍ରକାର ନିର୍ଦ୍ଧାରଣ କରିବାକୁ ତୁମେ କିଏ?"

ଔଷଧ ଚିଠା ଲେଖି ସାରିବାପରେ ସେ ନୀରବରେ ମାୟାକୁ କାଉଣ୍ଟର ଆଡେ ବାଟ କଢାଇ ଆଣିଲେ। କାଉଣ୍ଟରର ମହିଳା ଜଣଙ୍କୁ ଚାଇନିଜ୍ ଭାଷାରେ କିଛି କହିଲେ ଏବଂ ନିଜେ ଚିଠାଟି ପଢି ବିଭିନ୍ନ ରକମର ଚେର, ମୂଳ କାଚ ଜାରରୁ କାଢି ଛୋଟ ତରାଜୁରେ ଓଜନ କଲେ। ଭାଗ ମାପ ଅନୁଶାରେ ସେସବୁ କାଗଜ ଠୁଙ୍ଗାରେ ଯତ୍ନରେ ଭରିଲେ। ଔଷଧ ସେବନର ବିଧି ବତେଇ ଦେଲାବେଳେ ଠିକ୍ ମାସଟିଏ ପରେ ଆସି ଦେଖା କରିବାକୁ କହିଲେ ମଧ୍ୟ।

ମାୟା ଔଷଧ ଠୁଙ୍ଗାଟିକୁ ହ୍ୟାଣ୍ଡ ବ୍ୟାଗରେ ରଖିଲା। ତା'ପରେ ସାଇମନ ଟଙ୍ଗଙ୍କଠାରୁ ବିଦାୟ ନେଇ ସେ ରାସ୍ତାକୁ ଓହ୍ଲାଇ ଗଲା। କାହିଁକି କେଜାଣି ମାୟା କାନରେ ବାରମ୍ବାର ପ୍ରତିଧ୍ୱନିତ ହେବାରେ ଲାଗିଥିଲା ମିଷ୍ଟର ଟଙ୍ଗଙ୍କ ସ୍ୱର- ଜୀବନ ଏକ ଫୁଲଗଛ....ଜୀବନ ଏକ ଫୁଲ ଗଛ..।

ତା' ଛାତି ତଳେ କିଛି ଗୋଟେ ପରିବର୍ତ୍ତନ ହୋଇଯିବାର ପ୍ରକ୍ରିୟା ଆରମ୍ଭ ହୋଇଯାଇଥିଲା। ତାକୁ ଲାଗିଲା ତା' ଭିତରେ କେହି ଜଣେ ଝାଡି ଝୁଡି ହୋଇ ଉଠୁଛି। ସ୍ପଷ୍ଟ ଦିଶିଲାଣି ସେଇ ତୋଫା ଗୋରା କୁନି ଝିଅଟି! ନାଲି ଫ୍ରକଟି ତାକୁ ଖୁବ୍ ମାନୁଛି, ସେ ମୃଦୁ ହସୁଛି। ସେ ମଧୁର ହସ ସଞ୍ଚରି ଆସିଲା ମାୟା ମୁହଁକୁ। ସେ ହସିଦେଲା ତା' ଅଜାଣତରେ।

ଆକାଶ ସେତେବେଳେ ଖଣ୍ଡ ଖଣ୍ଡ ଭଷା ମେଘକୁ ଆଡେଇ ଅଳସ ଭାଙ୍ଗୁଥିଲା।

■

ଅବାସ୍ତବ ପୃଥିବୀ

ଚାକିରୀରୁ ଅବସର ନେବାର ମାତ୍ର କେତୋଟି ସପ୍ତାହ ଯାଇନି ମୋର ମନେ ହେଲା, ସମୟ ଯେମିତି ଏକ ମନ ମୋଟିଆ ବଳଦ ! ଯେତେ ଠେଲିଲେ ବି ଘୁଞ୍ଚିବାକୁ ନାରାଜ। ସକାଳୁ ଚାହା କପେ ପିଇ ଦେଇ, ପ୍ରାତଃ ଭ୍ରମଣରେ ବାହାରିଯାଏ ମୁଁ। ଘରେ ପହଞ୍ଚି ପୁଣି କପେ ଚା' ସହ ଖବର କାଗଜକୁ' ମୁଖସ୍ଥ କରି ସାରିଲା ବେଳକୁ ଘଣ୍ଟା କଣ୍ଟା ସତେକି ସକାଳ ସାତଟାରେ ହିଁ ଅଟକିଯାଇଥାଏ। ପତ୍ନୀ ନିଜକୁ ଯାବତୀୟ ଘର କାମରେ ବ୍ୟସ୍ତ ରଖନ୍ତି। ଛାତ ଉପରେ ବଡି ଶୁଖେ, ଆଚାର ପାଇଁ ଲଙ୍କା କଟା ହୁଏ। ବଡ ପୁଅକୁ ଲଙ୍କା ଆଚାର ଭଲ ଲାଗେ। ମୋତେ କିନ୍ତୁ କିଛି ବି କରିବାର ସ୍ପୃହା ହୁଏନା। ମୋ ପୁଅ ଦୁହେଁ, ଏବେ ଯେ ଯାହା କର୍ମ କ୍ଷେତ୍ରରେ, ଆପଣା ଜଞ୍ଜାଳ ନେଇ ବ୍ୟସ୍ତ। ପର୍ବ ପର୍ବାଣୀରେ ଘରକୁ ଆସନ୍ତି। ନାତି ନାତୁଣୀ ଘର ଯାକ କଳର କଳର ହୁଅନ୍ତି, କ'ଣ ସବୁ ଆଣିଦେବାକୁ ଅଳି କରନ୍ତି। ଘରେ ପ୍ରାଣ ସଞ୍ଚାର ହୁଏ। ସେମାନେ ଗଲା ପରେ ପୁଣି ସମୟ ଏକ ନିର୍ଦ୍ଦିଷ୍ଟ ବିନ୍ଦୁରେ ଅଟକି ଯାଏ।

ସମୟ କଟାଇବା ପାଇଁ ମୁଁ ବନ୍ଧୁ ବାନ୍ଧବ, ପୁରୁଣା ସାଙ୍ଗ ସାଥିଙ୍କୁ ଫୋନ୍ କଲେ, ସେମାନଙ୍କ ତରବରିଆ ବାର୍ତ୍ତାଳାପରୁ ବୁଝିଯାଏ, ବୋଧହୁଏ ସେମାନେ ମୋ ପରି ଗୋଟାଏ ନିକମ୍ମା ଲୋକ ସହ କଥା ହେବାକୁ ଆଗ୍ରହୀ ନୁହଁନ୍ତି। ପୁଅକୁ ଫୋନ୍ କରେ। ସେପଟୁ ପ୍ରତିଶ୍ରୁତି ଭରା ସ୍ୱର ଶୁଭେ,

-ବାପା ମୁଁ ଡ୍ରାଇଭ କରୁଛି ଘରେ ପହଞ୍ଚି ଫୋନ୍ କରିବି; ... କ୍ଷୀର ଆଣିବାକୁ ଯାଉଚି... ପୁଅକୁ ଟିଉସନ୍ ଛାଡିକି ଆସିଲେ କରୁଛି... ତୁମେ ଜମା ବ୍ୟସ୍ତ ହୁଅନି। ଆଜିକୁ ପନ୍ଦର ଦିନ ହେଲାଣି ତାକୁ ବେଳ ହେଇନି ମୋ ସହ ପଦୁ ଟିଏ ନିଶ୍ଚିନ୍ତରେ କଥା ହେବାକୁ।

ପତ୍ନୀ କହନ୍ତି, "ପୁଅ କହୁଥିଲା, ବାପାଙ୍କୁ କହିବୁ ଗୋଟେ ଲାଇବ୍ରେରୀ ଅଛି ସେଠି ସ୍ୱେଚ୍ଛାସେବୀ ହେବେ ଯଦି...।" ତା' ପରେ ପୁଣି କହନ୍ତି, " ଏଇ ଆମ ଗଳି ମୁଣ୍ଡ ପଡୋଶୀ ପଣ୍ଡା ବାବୁ ମ ରିଟାୟାର୍ ପରେ କେଡେ ସୁନ୍ଦର କିଚିନ୍ ଗାର୍ଡେନ୍ କରିଛନ୍ତି, ତାଙ୍କ ମିସେସ୍ ଅହୁଥିଲେ ତାଙ୍କୁ କାଳେ ଆଉ ବାହାରୁ ପରିବା କିଣିବାକୁ ପଡୁନି"....।

ମୁଁ କିନ୍ତୁ ପତ୍ନୀଙ୍କ ଇଚ୍ଛା ଓ ପୁଅର ପ୍ରସ୍ତାବକୁ ନୀରବରେ ପ୍ରତ୍ୟାକ୍ଷାନ କରେ। ସତ କଥା ହେଉଚି ଆଜିକାଲି ରାସ୍ତା ଘାଟ ଯେମିତି ଭିଡ ହଉଛି ଘରୁ କୁଆଡେ ଗୋଡ କାଢିବାକୁ ମନ ହଦଉନାହିଁ। ଆଉ ସେ ବଗିଚା ଫଗିଚା ମୋ ଦେଇ ହବନି। ଗଛଟାଏ ପୋତି ଚାହିଁ ବସିଥାଅ କେବେ ଫୁଟିବ, ଫଳିବ ସେ ଧୈର୍ଯ୍ୟ ମୋର କାହିଁ।

ଏମିତି ଅସରନ୍ତି ସମୟକୁ ଘୁଞ୍ଚାଇବାର ନିଷ୍ଫଳ ପ୍ରୟାସ ଜାରି ରଖିଥିଲା ବେଳେ ନାତି ଟୋକାଠୁ ଶୁଣିଲି ଗୋଟାଏ ନୂଆ କଥା। ଗୋଟାଏ ଅବାସ୍ତବ ପୃଥିବୀ କଥା। ସେଠି କାଳେ ସମୟ ଛାଁ ଗଡିଯିବ। ଏଇକ୍ଷଣି ଧର ଦିନ ଦଶଟା। କେତେବେଳେ ଦି'ପହର ଯାଇ ସନ୍ଧ୍ୟା ହେବ କାଳେ ଜାଣି ହବନି। ବଡ ବିଚିତ୍ର।

ସେ ସେଦିନ କହିଲା, "ଜେଜେ ତୁମର ଗୋଟେ ଫେସ ବୁକ୍ ଆକାଉଣ୍ଟ୍ ଖୋଲିଦେବା। ଭିର୍ଚୁଆଲ୍ ୱାର୍ଲ୍ଡ ତୁମ ପାଇଁ ଉପଯୁକ୍ତ ସ୍ଥାନ। ଥରେ ତା'ଭିତରେ ପଶିଲେ ତମକୁ ଆଉ ବାହାରିବାକୁ ମନ ହେବନାହିଁ। ସମୟ କଟିଯିବ, ବୋର୍ ବି ଲାଗିବନାହିଁ।"

ନାତି ସହାୟତାରେ ଇଣ୍ଟରନେଟ୍ ଯୋଗେ ମୋର ଫେସବୁକ୍ ଆକାଉଣ୍ଟ୍ ଖୋଲା ହେଲା। ବୃଦ୍ଧ କାଳେ ବାଲ୍ୟ ଲୀଳା। ୟେ ନୂଆ ପାଠ ମୁଣ୍ଡରେ ପଶିବ ?

"ଧୈର୍ଯ୍ୟ ଧର ଶିଖିଯିବ।" ସହଜ ଭାବରେ କହିଲା ନାତି।

ସତକୁ ସତ ଫେସବୁକରେ ଫଟୋ ପୋଷ୍ଟ୍ କରିବା, ବନ୍ଧୁ ଏକାଠି କରିବା, ବନ୍ଧୁ ପସନ୍ଦ ନହେଲେ ସେମାନଙ୍କୁ କାଢିଦେବା, ଟିପ୍ପଣୀ ଲେଖିବା ଆଦି ଶିଖିଗଲି ମାତ୍ର ଦି' ଚାରି ଦିନରେ। ବିଦେଶରେ ରହୁଥିବା ଲୋକଙ୍କ ପ୍ରୋଫାଇଲ୍ ଉପରେ କ୍ଲିକ୍ କରି ସେମାନଙ୍କ ଫଟୋ ସବୁ ଦେଖି ସେମାନେ ରହୁଥିବା ଜାଗାରେ ବୁଲି ଦେଖିଲା ପରି ମୋର ଅନୁଭବ ହେଉଥାଏ। ଅଜଣା ଲୋକଙ୍କୁ ମାଉସରେ ଗୋଟାଏ କ୍ଲିକ୍ ରେ ମୁଁ ବନ୍ଧୁ ବନାଇ ପାରିବି ଭାବିଲା କ୍ଷଣି ଗୋଟାଏ ଶିହରଣ ମୋ ଭିତରେ ଖେଳିଯାଉଥାଏ।

ଫେସବୁକରେ ମୋର ସର୍ବ ପ୍ରଥମେ ବନ୍ଧୁ ହେଲେ ଆମ ପଡୋଶୀ ଗୋପାଳ ନାୟକ। ଆମ ଘର ପାଚେରିକୁ ଲାଗି ତାଙ୍କ ଘର। ଭଲ ମନ୍ଦରେ ଆସି ମୁହଁ ଦେଖାଏ। ମୋ ତରଫରୁ ବନ୍ଧୁତ୍ୱର ହାତ ବଢାଇବା ଉଚିତ୍ ମନେକଲି।

ସୁଦୂର ଆମେରିକାରେ ରହୁଥିବା ମୋ ସଢୁ ମଧ୍ୟ ଯୋଡି ହୋଇଗଲେ ବନ୍ଧୁ

ତାଲିକାରେ। ଫେସବୁକ ମାଧ୍ୟମରେ ତାଙ୍କୁ ମେସେଜ୍ ଦେଲେ ଚଟାପଟ ସେପଟୁ ପ୍ରତି ଉତ୍ତର ଚାଲିଆସୁଥାଏ। କଲେଜ୍ ବେଳର ବି ଥୋକେ ଚିହ୍ନା ଦୋ ଦୋ ଚିହ୍ନା ଯୁଟି ଗଲେ। ସତରେ ଏ ସୋସିଆଲ୍ ମିଡିଆ ପୃଥିବୀକୁ ଏଡେ ଛୋଟିଆ କରିଦିଏ ଭାବି ଆଶ୍ଚର୍ଯ୍ୟ ହେଲି। ମୋ ବନ୍ଧୁ ସଂଖ୍ୟା ଲମ୍ଭି ଚାଲିଲା ଜଣେ ବିତ୍ତଶାଳୀ ବ୍ୟକ୍ତିର ସମ୍ପତ୍ତି ପରି।

ପଡୋଶୀ ହୋଇ ମଧ୍ୟ ଗୋପ ସହ ମୋର ଅକାଳେ ସକାଳେ ଭେଟ। ଆଜିକାଲି ବୃଥା ବଡିମାର ଖୋଳ ତଳେ କଇଁଚ ଲେଖେ ଲୁଚି ରହିବା ଗୋଟିଏ ନୂଆ ବେମାରି ବୋଲି ମୁଁ କହିବି। କିନ୍ତୁ ଫେସବୁକ୍ ରେ ଦେଖିଲା ବେଳକୁ ସଦାବେଳେ ସକ୍ରିୟ। ମେସେଜ୍ ଦିଆ ନିଆ ମାଧ୍ୟମରେ ଆମେ ଦୁହେଁ ପରସ୍ପର ବେଶ କଥା ହୋଇ ଯାଉ। ରାଜନୀତି, ପରିବା ଦର ଠଉଁ ପୁଅ ଝିଅଙ୍କ ଘର ସଂସାର କଥା ଯାହା ମନକୁ ଆସିଲା।

ଭର୍ଚୁଆଲ ପୃଥିବୀରେ ସବୁ ସୁନ୍ଦର ଦିଶେ। ଅପରିଛନ୍ନ ଦୁର୍ଗନ୍ଧମୟ ବସ୍ତି ବି ଭ୍ରମ ହୁଏ ଫଟୋଗ୍ରାଫରର ମହାନ କୃତି ଭଳି। ତ୍ରିପଣ୍ଡ କଳା ମଣିଷ ଫଟୋର କମାଲ୍ ବଳରେ ତୋଫା ଗୋରା ଦିଶେ। ଗୋପ ବାବୁଙ୍କ ପାନଖିଆ ଦାନ୍ତ ଦିଶୁଥିଲା ଧୋବ ଧଉଳିଆ ମଲ୍ଲି ଫୁଲ ଯେମିତି।

ମୁଁ ବି ବାଛି ବାଛି ମୋ ପରିବାର ଫଟୋ ଯାକ ପୋଷ୍ଟ୍ କଲି। ପୁରୁଣା ଆଲବମ୍ ରୁ ଉଦ୍ଧାର ପାଇଲେ ମୋ ବାହାଘର ବେଳର କଳା ଧଳା ଫଟୋ ସବୁ। ଯୁଆଡେ ବୁଲିବାକୁ ଗଲି ଫଟୋଟେ ନେବାକୁ ଭୁଲିଲିନାହିଁ କେବଳ ଫେସବୁକରେ ପୋଷ୍ଟ୍ କରି ବନ୍ଧୁମାନଙ୍କୁ ଚକିତ କରିଦେବା ଉଦ୍ଦେଶ୍ୟରେ। ଫେସବୁକ୍ ରେ ମାତିଲା ପରଠୁ ମୁଁ ଘରେ ଥାଏ ଅଥଚ ନଥାଏ; ପତ୍ନୀଙ୍କ ସହ ପ୍ରାତଃ ଭ୍ରମଣରେ ଯିବା ପ୍ରାୟ ବନ୍ଦ କରିଦେଲି। ବଗିଚାରେ ଏକାଠି ବସି ଚା' ପିଇବା ଛାଡିଦେଲି। କିନ୍ତୁ ଫେସବୁକ୍ ଖୋଲି ବନ୍ଧୁଙ୍କ ପୋଷ୍ଟ୍ ରେ ମନ୍ତବ୍ୟ ବା ଟିପ୍ପଣୀ ଦବାକୁ ଭୁଲେନି। କିଏ କ'ଣ କିଣିଲା, କେଉଁ ହୋଟେଲରେ ଖାଇଲା, କୁଆଡେ ବୁଲିବାକୁ ଗଲା ସେମାନଙ୍କ ଫେସବୁକ୍ ଫଟୋ ଦେଖି ଖବର ରଖେ।

ଥରେ ଜଣେ ବନ୍ଧୁର ବିବାହ ବାର୍ଷିକୀରେ ଫେସବୁକ ମାଧ୍ୟମରେ ଶୁଭକାମନା ଜଣାଇବାକୁ ଭୁଲି ଗଲି। ବନ୍ଧୁ ଜଣଙ୍କ ଅଭିମାନ କଲେ। ତାଙ୍କୁ ଅନେକ ଚାଟୁକାର ମେସେଜ୍ ଦେଲାରୁ ତାଙ୍କର ଯାଇ ମାନ ଭଞ୍ଜନ ହେଲା। ଫେସବୁକ କ୍ରମେ ଏକ ପରିବାର ପରି ମନେ ହେଉଥାଏ ମୋତେ।

ଅବାସ୍ତବ ପୃଥିବୀରେ ସତ୍ୟଯୁଗ ସୁଖ, ଶାନ୍ତି ହୋଇ ବର୍ଷୁଛି ସେଥିରେ ମୋର ସନ୍ଦେହ ରହେନି। କୋଉଁଠି ପଢିଥିଲି ମଣିଷ ମସ୍ତିଷ୍କରେ ଫେସବୁକ୍ ପକାଏ

ଡୋପାମାଇନ୍ ର ପ୍ରଭାବ। ଡୋପାମାଇନ୍ ଆମ ଶରୀରରେ ଏପରି ଏକ ରସାୟନ ଯାହା ଆମକୁ ଖୁସି ରଖିବାରେ ସାହାଯ୍ୟ କରେ। ସତ ନୁହଁ ଆଉ କ'ଣ। ଏଇ ଯେମିତି ମୋ ଚାହା ପିଇବାର ମାମୁଲି ଫଟୋଟେ ପୋଷ୍ଟ୍ କରିଦେଲେ ନିମିଷକ ମଧ୍ୟରେ ବନ୍ଧୁଙ୍କ ପ୍ରଶଂସାରେ ମୋ ଫେସବୁକ କାନ୍ଥ ପୂର୍ଣ୍ଣ ହୋଇ ଯାଉଛି।

'ବାଃ ସୁନ୍ଦର ଚା' ! କପଟା କୋଉଠୁ କିଣିଛନ୍ତି ? କେବେ ଘର ଆଡେ ଆସନ୍ତୁ ଏକାଠି ଚା' ଖାଇବା...।

ଅତି ସାଧାରଣ କଥାକୁ ନେଇ ପ୍ରଶଂସାର ବର୍ଷା ! ଫେସବୁକ୍ ମୋ ବନ୍ଧୁ ତାଲିକାରେ ସମସ୍ତଙ୍କୁ ମନେପକାଇଥିଲା ମୋ ଜନ୍ମଦିନ। ଶୁଭକାମନାର ସୁଅ ଛୁଟିଲା। ମୋର ମନେହେଲା ନେତା କି ଅଭିନେତାଙ୍କର ବି ଏତିକି ଶୁଭାକାଂକ୍ଷୀ ନଥିବେ। ମୁଁ ସେମାନଙ୍କୁ ଧନ୍ୟବାଦ ଜଣାଇବାରେ ଦିନର ଅଧା ସମୟ ବିତାଇଦେଲି। ଫେସବୁକ କୁ ମନେ ମନେ ପ୍ରଶଂସାରେ ପୋତିପକାଇଲି।

ଏ ଭିତରେ ମୁଁ ଗୋଟାଏ ନୂଆ ଅଭ୍ୟାସ ଆପଣାଇ ନେଲିଣି। ମୋ ପରି ଅବସର ପ୍ରାପ୍ତ ସମୟ ସହ ଯୁଝୁଥିବା ଚିହ୍ନା ଜଣା ମଣିଷଙ୍କୁ ଭେଟିଲେ ପଚାରୁଛି, "ଫ ତୁମର ଫେସବୁକ୍ ଅଛି ?"

କେତେକଙ୍କର ବିସ୍ମୟ ଭରା ଓଲଟା ପ୍ରଶ୍ନ; "ସେଇଟା କ'ଣ ?"

" ସେ ଗୋଟାଏ ନିଆରା ଦୁନିଆ। ଦିନର ଅଧେ ଭାଗ ବାରଣ୍ଡା ଚୌକିରେ ବସି ମୁଟୁ ମୁଟୁ କରି ରାସ୍ତାକୁ ଚାହିଁବା ଅପେକ୍ଷା ଫେସବୁକ୍ ଭିତରେ ପଶିଯାଅ ବୁଝିଯିବ ମୁଁ କ'ଣ କହୁଛି। ସୁଖ ପ୍ରାପ୍ତିର ଏକ ନୂତନ ମାର୍ଗ ବତାଇବା ଢଙ୍ଗରେ ମୁଁ କୁହେ। ମୋ ପ୍ରବଚନରେ ପ୍ରଭାବିତ ହୋଇ କେତେକ ଭରଚୁଆଲ୍ ପୃଥିବୀର ନାଗରିକତ୍ୱ ଗ୍ରହଣ କରନ୍ତି। ତୁଚ୍ଛା ଗାଲୁଆ ଥୋକେ ଶୁଣି ନଶୁଣିଲା ପରି ରହନ୍ତି।

ମୋର ଏହି ଭଲ ଦିନଗୁଡିକ କିନ୍ତୁ ବେଶି କାଳ ତିଷ୍ଠିଲା ନାହିଁ। ଯେ ସ୍ଥୂଳ ପୃଥିବୀରେ କାହା ସୁଖକୁ କିଏ ସହିଲାଣି ? ସୋସିଆଲ ମିଡିଆ ସହ ମୋର ମାତ୍ରାଧିକ ଘନିଷ୍ଠତା ମୋ ପରିବାର ଦେହରେ ଗଲାନି। ସବୁଠୁ ବେଶି ଦୁଃଖୀ ହେଲା ଆମ ପୋଷା କୁକୁର; ତାକୁ ନିୟମିତ ବୁଲାଇବାକୁ ନ ନେଲାରୁ କାନ ଦୁଇଟି ଓହଳାଇ ମୋ ଚଉକି ତଳେ ପଡି ରହିଲା। ଘରକୁ ସଉଦାପତ୍ର ଆଣିବାରେ ହେଳା, ବନ୍ଧୁ ବାନ୍ଧବ ଘରକୁ ଆସିଲେ ତାଙ୍କ ତାଙ୍କ ଭଲ ମନ୍ଦ ନବୁଝି ଫେସବୁକ୍ ରୁ ମୋ ଆଖି ନ ହଟିବା, ଇତ୍ୟାଦି ଅପ୍ରୀତିକର ଘଟଣାରୁ ପତ୍ନୀ ବିରକ୍ତହେଇ ପାଖ ସହରରେ ରହୁଥିବା ପୁଅବୋହୂଙ୍କୁ ଅଭିଯୋଗ ଅଜାଡିଲେ।

ତା'ପରେ ସମସ୍ତେ ମିଶି ମୋତେ ଯେଉଁ ଭାଷଣ ଦେଲେ ତା'ର ସାରକଥା

ହେଉଛି ଯେ ସବୁ ସମୟରେ ମୁଁ ଏମିତି କମ୍ପ୍ୟୁଟର ପରଦାକୁ ଚାହିଁ ବସିଲେ ମୋ ସ୍ୱାସ୍ଥ୍ୟ ବିଗିଡି ଯିବ, ଆଖି ଖରାପ ହେବ ମୁଣ୍ଡ ମଧ୍ୟ ଖରାପ ହେବାର ସମ୍ଭାବନା ରହୁଚି। ତେଣୁ ବର୍ତ୍ତମାନଠାରୁ ମୋ ପାଇଁ ଫେସବୁକ୍ ନିଷିଦ୍ଧ ବୋଲି ଘୋଷଣା ହେଲା। ଅତଏବ ଏକ କାକର ଭିଜା ସକାଳରେ ବାଧ୍ୟ ହେଲି ଫେସବୁକ୍ ରୁ ବିଦାୟ ନେବାକୁ।

ପୁଣି ଥରେ ମୁଁ ନିଃସଙ୍ଗ ହୋଇଗଲା ପରି ମନେହେଲା।

ଫେସବୁକ୍ ବନ୍ଧୁ ମାନଙ୍କୁ ଝୁରିହେଲି ସିନା କିନ୍ତୁ ପରିବାର ଇଚ୍ଛା ବିରୁଦ୍ଧରେ ଯିବାକୁ ସାହାସ ହେଲାନାହିଁ। ସତ କଥା ହେଲା ମୋ ପରିବାର, ପୁଅବୋହୂ ମୋ ଆପଣାର ଲୋକ। ମୋ ବୁଢା ବେଳର ସାହାରା। ମଲା ପରେ ମୋ ଫଟୋକୁ କାନ୍ଥରେ ଝୁଲାଇ ମୋତେ ମନେ ରଖିବେ। ପିଣ୍ଡ ଦେବେ। ମୁଁ ମୋକ୍ଷ ପାଇବି।

ଯେ ସୋସିଆଲ୍ ମିଡିଆର ତଥାକଥିତ ବନ୍ଧୁ ମୋ ଅବଶିଷ୍ଟ ଆୟୁଷର ସାହାରା ହେବେନାହିଁ ତ ବରଂ ମୃତ୍ୟୁ ପରେ ମୋରି ଫେସବୁକ୍ କାନ୍ଥରେ ରିପ୍ (ରେଷ୍ଟ୍ ଇନ୍ ପିସ୍) ଲେଖି ବନ୍ଧୁ ଧର୍ମ ତୁଟାଇ ଦେବେ। ଦି' ଚାରି ଦିନ ପରେ ଭୁଲି ବି ଯିବେ। ମୁଁ ନିଜ ମନକୁ ପାରୁପର୍ଯ୍ୟନ୍ତ କଣ୍ଟ୍ରୋଲ କଲି। ଏଣିକି ରାତି ପାହିଲେ ସୁନା ପିଲା ପରି ମୁଁ ପତ୍ନୀଙ୍କ ସହ ବାହାରିଗଲି ମର୍ଣିଂ ୱାକ ରେ। ସାଇ ପଡିଶା ମୋତେ ଦେଖିଲେ ହାତରେ ବ୍ୟାଗ ଝୁଲାଇ ସଉଦା କରିବାର, କୁକୁର ବୁଲାଇବାର। ବଗିଚାରେ ପାଣି ଦେବାର।

ଦିନକର ଏକ ଅଳସ ଅପରାହ୍ନ, ମୁଁ ବାଲକୋନିରେ ଚାହା ପିଉଛି, ନଜର ପଡିଲା ପାଚିରି ଆରପଟୁ ଗୋପର ବଗିଚାଟା ଉଜୁଡିଲା ପରି ଦିଶୁଛି ; ଲନର ଘାସ ଗୁଡା ପାଣି ବିନା ଧୂଷର ପଡି ଗଲାଣି, ଦଶ ବାରଟା କୁଣ୍ଡରେ ମଲା ଫୁଲ ଗଛ ଗୁଡାକ ପୋଡିଗଲା ଗଛ ପରି କଳା ଥୁଣ୍ଟା ଦିଶୁଛି। ଆମର କିନ୍ତୁ ବେଶ ହସିଲା ଫୁଟିଲା ସତେଜ ବଗିଚା। ମୋ ପତ୍ନୀଙ୍କ ଯତ୍ନରେ ରଜନିଗନ୍ଧା, ସେବତୀ, ମାଳତି କିସମ କିସମର ଫୁଲ ଡେମ୍ଫରୁ ଓହଳି ଦୋଳି ଖଳୁଛନ୍ତି। ବଗିଚାର ବାମ କୋଣକୁ ଗୋଟାଏ ମତ୍ସ୍ୟ କନ୍ୟାର ମୂର୍ତ୍ତି। ମତ୍ସ କନ୍ୟାର ଅଣ୍ଟାଠୁ ତଳକୁ ଢେଉ ଢେଉକା କାତି। ଧଳା, ଆକାଶୀ ରଙ୍ଗର। ମୁଣ୍ଡରେ ଗୋଟାଏ ଫୁଲ କୁଣ୍ଡରୁ ଝରିଆସିଛି ମନିପ୍ଲାଣ୍ଟ୍ ର ଲଟା। ହାତରେ ଓହଳିଛି ଗୋଟେ ଫୁଲ ଚାଙ୍ଗୁଡି ସେଥିରେ ଖୁନ୍ଦି ହୋଇଛି ହଳଦିଆ, ନାଲି ରଙ୍ଗର ଗେଣ୍ଡୁ ଫୁଲ।

ବଗିଚା ପ୍ରତି ମୋର କେବେ ସେତେଟା ଆଗ୍ରହ ନଥିଲା କି ନାହିଁ। କିନ୍ତୁ ମତ୍ସ କନ୍ୟାକୁ ଦେଖିଲାରୁ ମନେହେଲା୍ ଆମ ବଗିଚାର ଏଇ କୋଣଟା ଆଗରୁ କୋଉଁଠି ଦେଖିଛି। କିଛି ସମୟ ଭାବିଲା ପରେ ମନେ ପଡିଗଲା-ଫେସବୁକ୍ ରେ ଦେଖିଚି। ଗୋପର ଫଟୋରେ।

ଫଟୋ ତଳେ କ'ଣ ଲେଖିଥିଲାଟି, "ମୋ ବଗିଚା"। ବୋଧ ହୁଏ ଶହେରୁ ଊର୍ଦ୍ଧ୍ୱ 'ଲାଇକ୍' ଆଉ 'କମେଣ୍ଟ୍' ମିଳିଥିଲା ସେ ଫଟୋକୁ।

ମୋ ଭିତରେ ଗୋଟାଏ ବିସ୍ଫୋରଣ ଘଟିଗଲା। ରାଗରେ ଥରିଗଲି। ହୁଁଃ! ଘୋର ଅନ୍ୟାୟ। ମୋ ପତ୍ନୀ ଏଡେ ପରିଶ୍ରମ କରି ବଗିଚାକୁ ଗଢ଼ିଛନ୍ତି ଆଉ ଯେ ଗୋପ ଫଟୋଟେ ଉଠେଇ ନିଜ ନାଁ ରେ କରିଦେଲା। ପିଲା ଖେଳ ଲାଗିଛି। ଅକ୍ଷମଣୀୟ ଅପରାଧ।

ଯୁଦ୍ଧ କାଳୀନ ଭିତ୍ତିରେ କମ୍ପ୍ୟୁଟର ଖୋଲିଲି। ଫେସବୁକରେ ପଶି ଧ୍ୟାନଦେଇ ଖୋଜିଲି ଗୋପର ସେଇ ମତ୍ସ୍ୟ କନ୍ୟା ଫଟୋ। ଫଟୋ ମିଳିବାରେ ଯେତେ ସମୟ ବିତୁଥାଏ ମନ ସେତିକି ଅସ୍ଥିର ହୋଇ ଉଠୁଥାଏ। କେତେବେଳକୁ ଯାଇ ମିଳିଲା। ହଜିଲା ଧନ ପାଇଲା ପରି ପୁଲକ ଅନୁଭବ କଲି। ଆଖି ମାଡି କିଛି ସମୟ ଅନୁଧ୍ୟାନ କଲା ପରେ ନିଶ୍ଚିତ ହେଲି ଫଟୋଟା ଶତ ପ୍ରତିଶତ ଆମରି ବଗିଚାର ମତ୍ସ୍ୟ କନ୍ୟାର ଫଟୋ।

ମତେ ଆଉ ସମ୍ଭାଳେ କିଏ।

-"ମୋ ବଗିଚାକୁ ନିଜର ବୋଲି ଲେଖିଛି। ଗୋପ ଗୋଟାଏ ଡାହା ମିଛୁଆ। ସେ ଫଟୋ ତଳେ ମୋ ଟିପ୍ପଣୀ ଲେଖିଦେଲି।

ମାତ୍ର ମିନିଟିଏ ଯାଇନି ମୋ ଟିପ୍ପଣୀ ତଳକୁ ସେ ଲେଖିଲା-"ପ୍ରମାଣ କର!"

ଏପରି ଖୋଲା ଖୋଲି ଯୁଦ୍ଧ ଡାକରା! ମୁଁ କ'ଣ ଭିରୁ ହୋଇଛି ଯେ ପଛଘୁଞ୍ଚା ଦେବି। ମୁଁ ଦୌଡି ଯାଇ ଆମ ବଗିଚାର ମତ୍ସ୍ୟ କନ୍ୟାର ଫଟୋ ନେଲି ଏବଂ ପୋଷ୍ଟ୍ କରିଦେଲି ତା'ର "ପ୍ରମାଣ କର" ତଳକୁ।

ତା' ଉତ୍ତରର ପୁନରାବୃତ୍ତି-"ପ୍ରମାଣ କର!"

- ପ୍ରମାଣ ?

କେଡେ ଗାଲୁଆ, ନିର୍ଲଜ୍ଜ ଲୋକ ହେ। ମୁଁ ଚିତ୍କାର କଲି।

ମୋ ଚଉକି କରକୁ ଘୁମଉଥିବା ଆମ କୁକୁରଟା ଅଜଣା ବିପଦ ଆଶଙ୍କାରେ ହାଉଳି ଖାଇ ବହେ ଭୁକି ପକେଇଲା। ତାକୁ ଧମକ ଦେଇ ତୁନି କରାଇଦେଲି।

କ୍ଷଣକ ମଧ୍ୟରେ ଏଇ ପୋଷ୍ଟକୁ ନେଇ ମୋ ବନ୍ଧୁମାନେ ମୋ ସପକ୍ଷରେ ମତ ଦେଲାବେଳେ ଗୋପର ବନ୍ଧୁ ସମୂହ ତାକୁ ସମର୍ଥନ କରିବାରେ ଲାଗିଥିଲେ। ସେମାନଙ୍କ ଟିପ୍ପଣୀରୁ ଭାଷା ଜ୍ଞାନର ଅଭାବ ସ୍ପଷ୍ଟ ପରିଲକ୍ଷିତ ହେଉଥାଏ। ପରିହାସ, ବାଦ, ସନ୍ଦେହ, ପରଶ୍ରୀକାତରତା ମଣିଷ ଜାତିର ସହଜାତ ପ୍ରକୃତି ଯାହା ସବୁ ସାପ ପରି ଗୁଡେଇ ମୁଡେଇ ହୋଇ ଥିଲା ଆମ ଭିତରେ, ମୁହଁ କାଢ଼ି ପଦାକୁ ବାହାରି ଆସିଲା।

ହଳ ହଳ ବିଷ ଚହଟି ଗଲା ହୃଦୟରେ, ପାଣିରେ, ପବନରେ।

ମୋ ପରିବାର ବୁଝିଲା ବେଳାକୁ ମୋର ଆଦର୍ଶ ଅବାସ୍ତବ ଜଗତ ଗୋଟାଏ କଦାକାର ରଣାଙ୍ଗନ ପାଲଟିଗଲାଣି।

ଆଶ୍ଚର୍ଯ୍ୟ ତଥାପି ମୁଁ ମାତିଥିଲି...

ଋଣୀ

ମୁଁ ଭାବିଲି ସୃଜନ ଥଟ୍ଟାରେ କହୁଛି। ଆଜି ଖରାବେଳେ କହିଲା, ଦେଖ ସେ ଗାଈଟା କେମିତି ତୋ ଆଡେ ଚାହିଁଚି। କ'ଣ କହୁଛି ତତେ। ଗାଈମାନଙ୍କର କଥା କହିବା ନେଇ ମୁଁ ସନ୍ଦେହ ପ୍ରକଟ କରନ୍ତେ ସେ କହିଲା, "ଇଭ ବଭସଙ୍କବକ୍ଷ'ଗ୍ବ ରଛରଗ୍ବ ଷବଙ୍ଘର ଗ୍ବଷର କ୍ଷ୍ବକ୍ଟଙ୍ଗରକ୍ବ ଗ୍ବକ୍ଟ ଗ୍ବକ୍ଷ୍ବରବଳ ବ ଶକ୍ବରବଗ୍ବ କ୍ଷବଭ-ଶଙ୍କବଶର! ଜଣେ ଅଷ୍ଟ୍ରେଲିୟାନ ଫିଲୋସଫର କହିଥିଲେ।" ନା'ଟା ମନେ ପକାଇବାକୁ ଯାଇଁ ସେ ଯେମିତି ମୁଖ ଭଙ୍ଗି କଲା ମତେ ହସ ମାଡିଲା। ପ୍ରକୃତରେ ସେ ସେମିତି କିଛି ବୁଝୁଥିଲା ଯାହା ପ୍ରକାଶ କରିବାକୁ ଭାଷା ଯୋଗାଡ କରିପାରୁ ନଥିଲା। ମୁଁ ପରେ ଜାଣିଲି।

କିଛି ଦିନ ତଳେ ମୁନିସିପାଲ୍ଟି ର ଏକ ଘୋଷଣାରେ ସୃଜନ ଏବଂ ମୋ ଭିତରେ "ପଶୁ ସେବା" ସମର୍ପିତ ଚେତନାଟି ଆତୁର ହୋଇଉଠିଲା। ରାସ୍ତାରେ ବୁଲୁଥିବା ଅଲୋଡା ଗୋ'ମାତାଙ୍କର ଅବଶିଷ୍ଟ ଆୟୁଷ ପାଇଁ ସରକାରଙ୍କ ମୁକ୍ତାକାଶ ଗୋଷାଳା ଯୋଜନା। ସରକାରଙ୍କ ଗୁଡାଏ ଯୋଜନା କେବଳ ଉଦ୍‌ଘାଟନ ଉତ୍ସବ ଆଉ ନାମ ଫଳକ ସ୍ଥାପନାରେ ହିଁ ସିମିତ ରହିଯାଉଥିବା ବେଳେ ଯେ ଯୋଜନାଟି କିନ୍ତୁ ସତକୁସତ କାର୍ଯ୍ୟକାରି ହେଲା ଆମକୁ ଚକିତ କରିଦେଇ। କଲେଜ ଶେଷ କରି ଆମେ ସେତେବେଳେ କମ୍ପିଟେଟିଭ ପରୀକ୍ଷା ପାଇଁ ପ୍ରସ୍ତୁତ ହେଉଥାଉ।

ଦିନକର କହିଲା ସୃଜନ, "ଶୁଣ, ମୁଁ ଆଜି ସେ ଜାଗା ଦେଖି ଆସିଛି। ଡର୍ଜନେ ସରିକି ଗାଈ ତାର ବାଡ ସେପାଖେ ଘାସ ଚରୁଥିଲେ, ସିମେଣ୍ଟ କୁଣ୍ଡରୁ ପାଣି ପିଉଥିଲେ। ଭଲ ଲାଗିଲା ବନ୍ଦୋବସ୍ତ। ଯୋଗକୁ ଆମ ଦୁହିଙ୍କ ଘର ସେଇ ନିକଟରେ ଏଣିକି ସେଠି ଦେଖାହେବ।"

ମୁଁ ମଧ୍ୟ ଅନେକ ବାର ସେଠାରୁ ବୁଲି ଦେଖି ଆସିଥିଲି। ଆଖପାଖ ଅଞ୍ଚଳରେ

ରାସ୍ତାରେ ବିପଦକୁ ସାମ୍ନା କରୁଥିବା ଗୋମାତାଙ୍କୁ ସବୁଦିନିଆ ରହିବାକୁ ଜାଗାଟିଏ ମିଳିଯିବ। ମୁଁ ମନେ ମନେ ସରକାରଙ୍କ ଉଦ୍ୟମକୁ ପ୍ରଶଂସା ନକରି ରହି ପାରିଲିନାହିଁ।

ସୃଜନକୁ କହିଲି, " ଚାଲ୍ ଏଇକ୍ଷଣି ଯିବା।"

ବିଳମ୍ବ ନକରି ଆମେ ଦୁହେଁ ପହଞ୍ଚିଗଲୁ ଗୋଷାଳାରେ। ନୀଳ ଆକାଶ। ସବୁଜ ଘାସ ପଡିଆ। ଠାଏ ଠାଏ ବୁଦା ମାନଙ୍କ ଗହଣରେ ନିଶ୍ଚିନ୍ତରେ ବିଚରଣ କରୁଥିଲେ ଚାରି ଗୋଡିଆ ଅତିଥି ସମ୍ପ୍ରଦାୟ। ସେମାନଙ୍କୁ ଦେଖି ଖୁସି ଲାଗିଲା।

ପରଦିନ ଆମେ ଯଥା ସମୟରେ ପହଞ୍ଚିଗଲୁ ଗୋଷାଳାରେ। ଆମ ଉତ୍ସର୍ଗୀକୃତ ସେବା ଦାନରେ ସେଠା ଦାୟୀତ୍ୱରେ ଥିବା ଲୋକଙ୍କର କୌଣସି ଆପତ୍ତି ନଥିଲା। ବରଂ ଆମକୁ ଦେଖିଲା ମାତ୍ରେ ସେମାନେ ଚା' ଖାଇବା ଆଳରେ ମେଳ ହୋଇ ଗପ ଜମଉଥିଲେ।

ସୁଖିଲା ପାଣି କୁଣ୍ଡ ଦେଖିଲାମାତ୍ରେ ସୃଜନ ଝପଟିଯାଇ ପାଣି ଭର୍ତ୍ତି କରିଦେବ। ରୋଗିଣା ଗାଈଙ୍କ ଅବସ୍ଥା ଅନୁଧ୍ୟାନ କରି ପଶୁ ଡାକ୍ତରଙ୍କର ପରାମର୍ଶ କରିବାକୁ କହିବ। ମୁଁ ଘାସ ଆଣି ସେମାନଙ୍କ ମୁହଁରେ ଦିଏ। ସନ୍ଧ୍ୟା ଅତିକ୍ରାନ୍ତ ହୁଏ, ତଥାପି ଯେ ନିର୍ଭେଜାଲ୍ ସ୍ନେହଁଙ୍କୁ ଛାଡି ଘରକୁ ଯିବାକୁ ମନ ହୁଏ ନାହିଁ। କିନ୍ତୁ ବାପାଙ୍କ ଦେହାନ୍ତ ପରଠୁଁ ମା' ଅଫିସରୁ ଫେରିଲେ ଘରେ ଏକୁଟିଆଟା। ଘରେ ପହଞ୍ଚି ମୋତେ ନଦେଖିଲେ ଥରକୁ ଥର ଫୋନ୍ ଲଗାଇବ। ବ୍ୟସ୍ତ ହୋଇ ପଡିବ ଅକାରଣରେ। ଅତଏବ ରାସ୍ତା ଆଲୁଅ ଜଳିଲେ ମୁଁ ଘରମୁହାଁ ହୁଏ।

ଦିନେ ମୁଁ ଘରକୁ ବାହାରିଛି, ହଠାତ୍ ହଳେ ମୁନିଆ ଶିଙ୍ଗ ମୋ ପିଠି ପଛରେ ମାତ୍ର ଇଞ୍ଚଟିଏ ବ୍ୟବଧାନରେ ଦେଖି ପକାଇଲି। ଭୟରେ ମୋ ଦେହରୁ ପରସ୍ତେ ଝାଳ ବୋହିଗଲା। ଅବଶ୍ୟ ପର କ୍ଷଣରେ ବୁଝିଲି ସେ ଭୟ ଉଦ୍ରେକକାରୀ ଶିଙ୍ଗ ହଳକ ଆତଙ୍କର ଭ୍ରମ ମାତ୍ର। ସୃଜନ ହସୁ ହସୁ, କହିଲା, ଗାଈ ତତେ କିଛି କହୁଛି ନିଶ୍ଚୟ ! ସୃଜନର ସେଭଳି ରହସ୍ୟ ଉନ୍ମୋଚନରେ ଧ୍ୟାନ ଦେଲା ଭଳି କିଛି ଥିଲା ବୋଲି ମୋର ମନେହେଲାନାହିଁ। କିଛି ଦିନ ଭିତରେ କିନ୍ତୁ ଗାଈ ମୋ ପଛରେ ସେ କେତେ ଥର ବାଡ ଡେଇଁବାକୁ ଉଦ୍ୟମ କଲାରୁ ସେଠା ଲୋକେ ପ୍ରସ୍ତାବ ଦେଲେ, ତାର ଘେରା ସୀମିତ ପୃଥିବୀରେ ଆଉ ତାକୁ ରଖିବା ସମ୍ଭବ ନୁହଁ। ସେ ମୋ ସହ ଯାଉ।

ମୁକ୍ତି କାହାର କାମ୍ୟ ନୁହେଁ। ପିମ୍ପୁଡିଟେ ଦିଆସିଲ୍ ଖୋଳରେ ବନ୍ଦ କରିଦେଇ ଦେଖ ତ ସେ କେମିତି ବିକଳ ହେବ ବାହାରିଆସିବାକୁ। ସୁତରାଂ ଗାଈ କାହିଁକି କେବଳ "ମୋ" ପଛରେ ବାଡ ଡେଇଁବାକୁ ଉଦ୍ୟତ ହେଉଥିଲା ସେ ପ୍ରତି ମୁଁ ଗୁରୁତ୍ୱ

ଦେଲିନାହିଁ। ଗାଈ ମୋ ସହ ଆସିଲା। ଆମ ଘର ଗେଟ୍ ପାଖରେ ଜାମୁ ଗଛ ତଳେ ସେ ଅଧିକାଂଶ ସମୟ କଟାଏ। ଆଖ ପାଖରେ ବୁଲେ ସନ୍ଧ୍ୟା ଗଡିଲେ ଗେଟ ପାଖକୁ ଫେରିଆସି ଶୋଇ ପାକୁଳି କରେ। ଖୁବ୍ ସୁଧାର। ପଡୋଶୀ ଘର ବାଡ ଡେଇଁ ରାସ୍ତାକୁ ଉହୁଙ୍କି ଆସିଥିବା ଛନଛନିଆ କଖାରୁ ଡଙ୍କ ଗୁଡିକ ପ୍ରତି ମଧ୍ୟ ସେ ଥାଏ ଅନାସକ୍ତ। ପେଜ କି ପରିବା ଚୋପା ଦେଲେ ତା'ର ମହା ଆନନ୍ଦ।

ସେଦିନ ଗେଟ ପାଖରେ ଲକ୍ଷ କଲି ଗାଈ ମୋ ଉପରେ ଦୃଷ୍ଟି ସ୍ଥିର ରଖିଚି। ମୁଁ ତା'ର ଆଖିକୁ ଚାହିଁଲି। ସେ କଳା ଡୋଳାରେ ଥିଲା କି ବଶୀକରଣ ଶକ୍ତି। ମୋହଗ୍ରସ୍ତ ହୋଇଗଲି ମୁଁ। ତନ୍ଦ୍ରାଛନ୍ନ ହୋଇଗଲି। ମନେହେଲା ସତେକି ମୁଁ ମହାକାଶରେ ବିଚରଣ କରୁଛି। ଚାରିଆଡ ଶୂନ୍ୟ, ଅନ୍ଧକାର। ବିଜୁଳି ଚମକିଲା ପରି ଦିଶି ଯାଉଚି ମୁହଁ; ବାପା, ଜେଜେ ମାଆ...।

ସ୍ବଜନ କେତେବେଳେ ଆସି ମୋ ପାଖରେ ପହଞ୍ଚିଲାଣି ମୋତେ ଜଣା ପଡିନି। ସେ ମୋତେ ଝିଙ୍କିଦେଇ କହିଲା," ତୋ ଫୋନ କେତେ ବେଳୁ ରିଂ ହେଉଛି ଶୁଭୁନି ?"

ଫୋନ ଆରପଟୁ ଯେଉଁ ଦୁଃସମ୍ବାଦ ପାଇଲି ମୋ ପାଦତଳୁ ମାଟି ଖସିଗଲା ପରି ଲାଗିଲା। ମା'ର ସ୍କୁଟି ଆକ୍ସିଡେଣ୍ଟ୍ ହେଇଛି, ସେ ବର୍ତ୍ତମାନ ହସ୍ପିଟାଲରେ।

ଔଷଧ ଦୋକାନ, ହସପିଟାଲ୍, ଡାକ୍ତର କ୍ୟାବିନ୍ ଧାଁ ଦୌଡରେ କଟିଗଲା ସାତ ଆଠ ଦିନ।

- ଭଗବାନ ଭରଷା। ମା'ଙ୍କୁ ଘରକୁ ନେଇଯାଅ, ଯଥେଷ୍ଟ ସେବା କର। ଏଠି ଆମ ହାତରେ ଆଉକିଛି ନାହିଁ। ଶେଷରେ ଡାକ୍ତର ପରାମର୍ଶ ଦେଲେ।

ମୋର ଏକମାତ୍ର ପ୍ରିୟ ତଥା ପରିଚିତ ପୃଥିବୀର କ୍ଷୟ ଅବସମ୍ଭାବୀ ଜାଣିଲା ପରେ ମୋ ଭିତରେ ଗୋଟେ ଅଜଣା ଭୟ ଓ ଶୂନ୍ୟତା କ୍ରମେ ଗଭୀର ହେବାକୁ ଲାଗିଲା। ମାଉସୀ ଆସି ମା'ର ଯତ୍ନ ନେଲେ। ବନ୍ଧୁ ପରିଜନ ଯା' ଆସ କଲେ ସମସ୍ତଙ୍କ ଅଲକ୍ଷରେ ମୁଁ ପ୍ରାୟ ରାତିରେ ଘରୁ ବାହାରିଯାଇ ବିଶ୍ରାମରତ ଗାଈ ଦେହକୁ ଆଉଜି ବସେ। ତା'ର ଉଷୁମ ଦୀର୍ଘ ଶ୍ୱାସ ମୋ ଶିରା ପ୍ରଶିରା ଦେଇ ସଞ୍ଚରିଯାଏ ସ୍ନିଗ୍ଧ ଆଶ୍ୱାସନାର ତରଙ୍ଗ। ମନେହୁଏ ସେ ମୋର କିଏ ଅତି ନିଜର ଯେମିତି।

ଦିନେ ଦିନେ ମୋର ଡେରି ହେଲେ ସେ ଧୀରେ ହମ୍ବା ବୋଲି ଥରେ ଦୁଇ ଥର ଡାକଦିଏ। ଘର ଆଡକୁ ବାରମ୍ବାର ଚାହେଁ।

ସେଦିନ ରାତି ଅଧ ପ୍ରାୟ। ମା'ର ଦେହ ଅଧିକା ବିଗିଡି ଯାଇଥାଏ। ମାଉସୀ ତାଙ୍କ ଲୁଗା କାନିରେ ମୁହଁ ଚାପି କାନ୍ଦିବା ଯେତେ ଲୁଚାଇଲେ ବି ଧରା ପଡିଯାଉ

ଥାଏ। ଘରର ମୃତ୍ୟୁ-ଶୀତଳ ପରିବେଶରୁ ବାହାରି ଆସି ମୁଁ ଅଗଣାରେ ବସିଲି। ଗେଟ ପାଖ ଆଲୁଅ କେବାଠୁଁ ଜଳୁ ନାଇଁ କେଜାଣି। ତୋଫା ଜହ୍ନ ଆଲୁଅ ସହ ଅନ୍ଧାର ଫେଣ୍ଟି ହୋଇ ରାତିକୁ ରହସ୍ୟମୟ କରି ତୋଳି ଥାଏ। ଗେଟ ପାଖରେ ଜାମୁ କୋଳି ଗଛ ଡାଳଗୁଡ଼ିକ ମନ୍ଦ ମନ୍ଦ ପବନରେ ଦୋହଲୁଥାନ୍ତି। ସତେକି ଦିନ ତମାମ୍ ଛାୟା ଦାନ ପରେ କ୍ଳାନ୍ତ ହୋଇ ଟିକିଏ ଢୁଳାଇ ପଡୁଛନ୍ତି ଓ ପରକ୍ଷଣରେ ଚେଇଁ ଉଠୁଛନ୍ତି। ଏତିକିବେଳେ ମୋ କାନରେ ଫୁଙ୍କିଲା ପରି ଏକ ସ୍ୱର ଶୁଭିଲା, ବିଠଲ୍! ମୋ ତାଲୁରୁ ତଳିପା ଯାଏଁ ଯେମିତି ବିଜୁଳି ସଞ୍ଚରିଗଲା। ଥରେ ନୁହଁ ଲାଗି ଲାଗି ଦୁଇ ତିନିଥର ସେମିତି ଶୁଭିଲା। ପୃଥିବୀରେ ଜଣେ ମାତ୍ର ଲୋକ ମତେ "ବିଠଲ" ଡାକେ।

ବାପା! ମୁଁ ଅସ୍ପଷ୍ଟ ଉଚ୍ଚାରଣ କଲି।

ପୁଣି ସେହି ପରି ଶୁଭିଲା, ବ୍ୟସ୍ତ ହୁଅନା ସମୟ ହେଇନି।

କେତୋଟି ମାତ୍ର ଶବ୍ଦ ଯେ ଭାଙ୍ଗିଦେଇପାରେ ଲୁହା ପରି ଶକ୍ତ ଧୈର୍ଯ୍ୟର ବନ୍ଧ। ମୁଁ ହାତ ପାପୁଲିରେ ମୁହଁ ଚାପି ଭୋ ଭୋ ହୋଇ କାନ୍ଦି ପକେଇଲି।

ଏତିକିବେଳେ ଫାଟକଆଡୁ ଭୁସ୍ କି ଗୋଟେ ଶବ୍ଦ ମୋତେ ଚମକାଇ ଦେବାକୁ ଯଥେଷ୍ଟ ଥିଲା। ଦେଖିଲି ଗେଟ ଉପରକୁ ଦୋହଲୁଛି ରାତିଠୁଁ ବି କଳା ପିଣ୍ଡୁଳାଟାଏ। ଟିକିଏ ଆଖି ମାଡି ଦେଖିଲାରୁ ଜାଣିଲି, ପ୍ରକୃତରେ ଅସଂଖ୍ୟ ଉଡନ୍ତା ବାଦୁଡିଙ୍କ ସମଷ୍ଟି ହିଁ ସେଇ ଗୋଲାକାର ଆକୃତିର ସୃଷ୍ଟି। କିନ୍ତୁ ସେ ଶବ୍ଦର ଉତ୍ସ? ଗାଈ ବୋଧେ ଉଠିବାକୁ ଚେଷ୍ଟାକରି ପଡିଗଲା ନା କ'ଣ।

ପୁଣି ଫାଟକ ଆଡୁ ଶୁଭିଲା ଗଳା ରୁଦ୍ଧ ହେବା ପରି ଗୋଟେ କ୍ଷୀଣ ବିକଳ ଯନ୍ତ୍ରଣା। ବିସ୍ମୟରେ ମୁଁ ପାଟକ ପାଖକୁ ଦୌଡି ଗଲି। ଯାହା ଦେଖିଲି ହତଭମ୍ବ ହୋଇଗଲି।

ଗାଈର ବେକଟି ଢଳି ପଡିଛି ମାଟିରେ। ହାତ ମାରି ଦେଖିଲି ନିଶ୍ୱାସ, ନାଃ ଚାଲୁନି। ତା'ର ଖୋଲା ଚକ୍ଷୁ ଯୁଗଳ କିନ୍ତୁ ଜୀବନ୍ତ ବା ମୃତ ମଧ୍ୟରେ ପ୍ରଭେଦ ହରାଇଥାନ୍ତି। କିଂକର୍ତ୍ତବ୍ୟବିମୂଢ ମୁଁ ଆତର୍କୀତ ବାତ୍ୟାରେ ଡାଳ ପତ୍ର ଭାଙ୍ଗି ପଡିଥିବା ଗଛଟିଏ ପରି ଠିଆ ହେଇ ଥାଏ। ଜହ୍ନ ହଜିଗଲା କଳା ବାଦଲ ତଳେ, ସତେ କି ଗାଈଟିକୁ ଶେଷ ବିଦାୟ ଦେବା ନିମନ୍ତେ ଦୁଃଖରେ କଳା ଓଢଣୀଟିଏ ଟାଣିଦେଲା।

ଏତିକିବେଳେ ଅଗଣାରୁ ମାଉସୀ ଡାକ ଦେଲେ, "ଆରେ ଭିତରକୁ ଆ'। ମା 'ଖୋଜୁଛି ପରା।"

ଘର ଭିତରକୁ ଦଉଡିଗଲି ମୁଁ। ଈଶ୍ୱରଙ୍କ ଅପାର କୃପାରୁ ଘାଟି ଟଳିଗଲା- ଉପସ୍ଥିତ ମଉସା ଯିଏକି ପେଷାରେ ଜଣେ ଡାକ୍ତର, ମା'କୁ ଦେଖି ଘୋଷଣା କଲେ।

ଦେଖିଲି ମା' ଖଟ ବାଡକୁ ଆଉଜି ବସିଛି। ମନେହେଉଥାଏ ସତେ ଯେମିତି ସେ ଟିକିଏ ଅଧିକା ସମୟ ଶୋଇ ପଡିଥିଲା। ମୋତେ ଦେଖି କହିଲା, ବାହାରେ ଏକୁଟିଆ କାନ୍ଦୁଥିଲୁ କିରେ। ମୁଁ ଭଲ ହେଇ ଗଲିଣି ପରା।

ଉଶ୍ୱାସ ହୋଇଗଲା ଘରର ରୁଦ୍ଧ ପବନ। ଖୁସିର ବାତାବରଣ ପହଁରି ଗଲା ସାରା ଘରେ। ମା' ମୁଣ୍ଡକୁ ଆଉସି ଦେଲି ମୁଁ। ମୋ ଦେହରେ ଜୀବନ ସ୍ୱାଭାବିକ ହେଲା। ସେଦିନ କିନ୍ତୁ ମୋର କିନ୍ତୁ ସାରା ରାତି ଅଗଣାରେ ଚଉକିରେ ବସି ବସି କଟିଲା। ଗାଈର ମୃତ୍ୟୁକୁ ମୁଁ ସ୍ୱାଭାବିକ ଭାବରେ ଗ୍ରହଣ କରିପାରୁନଥାଏ।

ପରଦିନ ସୃଜନ ପହଞ୍ଚିଲା। ଦିହେଁ ଗାଈଟିର ମର ଶରୀରକୁ ଗୋଶାଳାକୁ ନେଇଗଲୁ। ସେଠାରେ ହିଁ ଗାତ ଖୋଳି ମାଟି ଘୋଡେଇ ଦେଲୁ। ତା' ଉପରେ ଗଛ ଚାରା ଟିଏ ପୋତିଲା ବେଳେ ସୃଜନ ଅନ୍ୟମନସ୍କ ହୋଇ କହିଲା, "ଶୁଣ, ଗାଈ ନିଶ୍ଚୟ ଏ ଗଛ ଛାଇ ହୋଇ ଓହ୍ଲାଇ ଆସିବ ତା' ପ୍ରିୟ ସବୁଜ ଘାସ ଉପରକୁ।"

"ଗାଈର ଅଚାନକ ମୃତ୍ୟୁ ଆଉ ପର କ୍ଷଣରେ ମା'ର ସୁସ୍ଥ ହୋଇ ଉଠିବା ଭିତରେ ଗୋଟେ ସୂକ୍ଷ୍ମ ସମ୍ପର୍କ ଅଛି- ନୁହେଁ? କହିଲାବେଳେ ମୁଁ ଅନ୍ୟମନସ୍କ ହୋଇପଡୁଥାଏ। ହୁଏତ ଗାଈଟି ପୂର୍ବରୁ ଜାଣିଥିଲା ଆମ ଘରକୁ ବିପଦ ଆସୁଛି। ତେଣୁ ସିଏ ମୋ ସହ ଚାଲି ଆସିଥିଲା ଆଉ ଆମ ଦୁର୍ଭାଗ୍ୟକୁ ନିଜ ଉପରେ ନେଇଗଲା।

କେତେଦିନ ସେମାନେ ଆମର ଏମିତି ମଙ୍ଗଳ ହିଁ କରୁଥିବେ। ବଦଳରେ ଆମେ ତାଙ୍କୁ ଦେଉଛେ ବା କ'ଣ।" ମୁଁ କୃତଜ୍ଞତାରେ ଆଖି ପୋଛିଲି।

ସୃଜନ ନିରବରେ ମୁଣ୍ଡ ହଲାଇଲା। ତା' ଅର୍ଥ ସେ ଏକମତ ଥିଲା ମୋ ସହ!

ତେବେ ରାତିରେ ଶୂନ୍ୟରୁ ବାପାଙ୍କ ସ୍ୱର, ବାଦୁଡି? କାହିଁକି ତାକୁ ଆଉ କିଛି ପଚାରିଲି ନାହିଁ।

■

ବ୍ୟର୍ଥ ପ୍ରତୀକ୍ଷା

ସକାଳୁ ସକାଳୁ ସୁନାପିଲାଟିଏ ପରି ହସିଲା ହସିଲା କଅଁଳିଆ ଖରାରେ ଚକମକ ଆକାଶଟା ମାତ୍ର କେତୋଟି ଘଣ୍ଟାରେ ଗୁମୁସୁମିଆ ମେଘରେ ଢାଙ୍କିହୋଇ ସୂର୍ଯ୍ୟଙ୍କୁ ଗୋଟାପଣେ ଗିଳି ଦେଲାଣି। ଶୀତ ସମ୍ପୂର୍ଣ୍ଣ ଆସିନଥିଲେ ବି ପାହାଡି ପବନ ଦିହକୁ ବରଫ ଭଳି କେଞ୍ଚିହେଲାଣି...ପାଣିପାଗ ଚେତାବନି, ଶ୍ନୋ-ଷ୍ଟ୍ରମ୍ ମାଡି ଆସୁଛି।

ସୋ ହ୍ୱାଟ୍!

କାଲିଫର୍ଣ୍ଣିଆର ପୂର୍ବରେ ଯେଉଁ ପାହାଡିଆ ରାଜ୍ୟଟି ନେବାଡା, ଠିକ୍ ତା'ରି ସୀମାକୁଲାଗି ଭୂସ୍ୱର୍ଗ "ଲେକ୍ ତାହୋ" ହିଲ୍ ଷ୍ଟେସନ୍ ରେ ଶୀତ ଋତୁରେ ବରଫ ଝଡ ସୂର୍ଯ୍ୟ ପୂର୍ବ ଦିଗରେ ଉଦୟ ପରି ସୁନିଶ୍ଚିତ।

ସାଧାରଣ ଗୋଟିଏ ଝଡର ସମ୍ଭାବନାରେ ଜନାର୍ଦ୍ଦନଙ୍କ ମୁଣ୍ଡରେ ଘୂର୍ଣ୍ଣିବାତ୍ୟା କାହିଁକି?

ଯଦି ପୃଥିବୀ ପ୍ରଳୟର ଲକ୍ଷ ନେଇ ଝଡଟା ଆସୁଥାନ୍ତା ତେବେ କଥା ଅଲଗା।

ଝିଅ ଆସୁଛି କାଲି! ସୁନୟନା।

ଦୀର୍ଘ ଦିନଧରି ଝିଅର ପ୍ରତୀକ୍ଷାରେ ଛଟପଟ ହୋଇ ଆସିଥିବା ଅସହାୟ ପିତୃତ୍ୱ ତାଙ୍କର ଝିଅ ଆସିବା ସମ୍ବାଦରେ ଯେତିକି ବିଭୋର ହୋଇଉଠୁଥିଲା, ଛାତି ତଳେ ରାଗଟା ସେତିକି ଘନୀଭୂତ ହେଉଥିଲା ଝଡ ଉଦ୍ଦେଶ୍ୟରେ। ସହରଟା ତା' ଲାଗି ନୂଆ, ଘର ପାଇବ ନପାଇବ। ଭଗବାନଙ୍କ ଉଦ୍ଦେଶ୍ୟରେ ହାତ ଉଠିଗଲା ତାଙ୍କର-ଝଡରେ ପଡି ମୋ ଝିଅ ହଇରାଣ ନହେଉ। ସୁନୟନା କେଉଁଠୁ ଆସୁଛି? କେତେବେଳେ ପହଞ୍ଚିବ। ଏକୁଟିଆ ଆସୁଛି କି ତା' ସ୍ୱାମୀ ପରିବାର ସଙ୍ଗେ ସେତିକି ବି ଜଣା ନାହିଁ ତାଙ୍କୁ। ଜାଣିବାର ଉପାୟ ବି ନାହିଁ।

ଯାହା ମନେ ପଡୁଛି ଫୋନରେ କହିଥିଲା, ମୁଁ ସୁନୟନା କହୁଛି। ଆପଣଙ୍କ ଝିଅ ସୁନୟନା। କାଲି ସକାଳେ ପହଞ୍ଚିବି...।"

କୋଇଠୁ ଆସୁଛୁ ମାଆ...ଆ ? ? ଟିକିଏ ବଡ ପାଟିରେ କହ ସୁନି ମାଆ ! କ'ଣ କହିଲୁ ? ? ଉତ୍ତର ନଥିଲା ଆର ପାଖୁ। ଫୋନ କଟି ଯାଇଥିଲା।

ଅଠଷଠି ଉପରେ ବୟସ ହେଲାଣି ଜନାର୍ଦ୍ଦନଙ୍କୁ, ଲୋଚା କୋଚା ଚମଡାର ଡେଙ୍ଗାଳିଆ ମଣିଷ ଜଣେ। ଅଣ୍ଟା ପାଖରୁ ଟିକିଏ ନଇଁ ଗଲାଣି, ନା କାନକୁ ଭଲ ଶୁଭୁଛି ନା ଦରକାର ସମୟରେ ମୁଣ୍ଡ କାମ କରୁଛି। କିନ୍ତୁ ଏତିକି ତ ସ୍ପଷ୍ଟ ଥିଲା " ସୁନୟନା" ଆସୁଛି। ହଜିଯାଇଥିବା ଧନ ଆସୁଛି।

ଏକୁଟିଆ ଲୋକ ସେ ଯେଣ ତେଣ ଚଳିଯାଉଥିଲେ ବର୍ଷର ଅଧାଦିନ ହୋଟେଲରୁ ମଗାଇ। ଘରଟା ଟିକିଏ ସଜାଡିବାକୁ ପଡିବ। ନହେଲେ ଚଳିବାରେ ହଟହଟା ହେବ ଝିଅ। କେଜାଣି ଭାଗ୍ୟରେ ଥିଲେ ନାତି ନାତୁଣୀଙ୍କ ମୁହଁ ଦେଖିବେ ଯେ ବୁଢାଦିନେ। ବୀଜଟିଏ...ଗଛଟିଏ...ତା'ପରେ ଫଳ ଆଶା ମଣିଷକୁ ଗୁଡାଇ ତୁଡାଇ ମାରେ ପରା। ଭାଗବତ ଗୀତାର ଭଗବାନ ଶ୍ରୀକୃଷ୍ଣଙ୍କ ବାଣୀ ମନେଥାଇବି ଭିଲିହୋଇଯାଏ।

ସୁନୟନାକୁ ଦେଖିବା ତ ଦୂର କଥା ଫୋଟ ଖଣ୍ଡେ ବି ନାହିଁ। ସୁନୟନା ଜନ୍ମ ପରେ ଦେବୀର କେଇ ଖଣ୍ଡି ଚିଠିକୁ ତଥ୍ୟ କରି ଅନୁମାନ ଲଗାଇବାଛଡା ଆଉ ଉପାୟ ବା କ'ଣ। " ସୁନୟନା ଗୋଟାପଣେ ମୋ ପରି ହୋଇଚି କେବଳ ଆଖି ଯୋଡିକ ତୁମ ପରି। ଠିକ୍ ତୁମ ପରି ନିରୀହ ଚାହାଣି।"

ଏବେ ସେ ବିବାହ ବୟସରେ ପହଞ୍ଚି ସାରିଥିବ। ବିବାହ ହୋଇ ସାରିଥିବ, କେଜାଣି। କେମିତି ଦେଖା ଯାଉଥିବ।

"ପଦ୍ମ ପରି ଢଳ ଢଳ ଚକ୍ଷୁ, ଶ୍ୟାମଳ ବର୍ଣ୍ଣ ଆଉ ଅସ୍ତ ବ୍ୟସ୍ତ କୁଞ୍ଚିତ କେଶ ରାଶି। ଢିଲା କରି ଖୋଷାଟିଏ ପକାଇଥିବ ତା' ମା' ପରି।

ବାପଘରେ କୋଉ ଝିଅର ଲୋଭ ନଥାଏ ଭଲା ମା' ହାତ ପରଷାରେ। ବାପା ବୋଲି କ'ଣ ଝିଅକୁ ଗଣ୍ଡେ ରାନ୍ଧି ଖାଇବାକୁ ଦେଇ ପାରିବେନି। ରିୟୁମାଟିକ୍ ବେମାରି ଯୋଗୁ ହାତ ଆଙ୍ଗୁଳି ଗୁଡିକ ଯନ୍ତ୍ରଣାରେ ଆଉ ବୋଲ ମାନୁ ନାହାନ୍ତି। ପରିବା କଟା ଛୁରି ଧରିବା ବି କାଠିକର ପାଠ।

ସହରରେ ଏକମାତ୍ର ଇଣ୍ଡିଆନ୍ ଗ୍ରୋଷରି ଷ୍ଟୋର ନିତିନ୍ ଭାଇଙ୍କ "ନମସ୍ତେ" ରେ ମନ ଲାଖି ଆଚାର ପାମ୍ପଡ ମିଳିଯିବ। ସନ୍ଧ୍ୟାପରେ ଆଖିକୁ ଭଲ ଦିଶୁନି ତେଣୁ ଡ୍ରାଇଭ କୁ ଆଭଏଡ କରିବାକୁ ଡାକ୍ତରଙ୍କ ଚେତାବନୀ ଅଣଦେଖା କରିବାକୁ ପଡିବ। ହାତରେ ଆଉ ମାତ୍ର ତିନି ଚାରି ଘଣ୍ଟାର ଦିନ ଆଲୋକକୁ ସଦଉପଯୋଗ ନକଲେ ଆଉ ସମୟ ନାହିଁ। ବାର୍ଦ୍ଧକ୍ୟର ଚେର ମାଡିଗଲାଣି ମସ୍ତିଷ୍କରେ ଯେ ଦରକାରୀ ଜିନିଷର

ଚିଠାଟିଏ ନକଲେ ଦୋକାନରେ ପହଞ୍ଚି ନିଜକୁ ନିଜେ ପଚାରିବା ସାର ହେବ କାହିଁକି ଆସିଥିଲେ ବୋଲି।

ଫ୍ରିଜ ଫାଙ୍କା। ପରିବାପତ୍ର, ଫାୟାର୍ ପ୍ଲେସ ଲାଗି କାଠ, ମହମବତୀ...। ଚିଠା ପ୍ରସ୍ତୁତ କରୁ କରୁ ମନଟା ତାଙ୍କର ନିତିନ୍ ଭାଇ ଷ୍ଟୋରରେ କାଚ ଭିତରେ ଥିବା ମିଠା ପାଖରେ ପହଞ୍ଚି ସାରିଥାଏ ଯାହାର ଥାଏ ଆବାଳ ବୃଦ୍ଧ ବନିତା ନିର୍ବିଶେଷରେ ସମସ୍ତଙ୍କ ସ୍ୱାଦ ଗ୍ରନ୍ଥିକୁ ବସ କରିବାର କ୍ଷମତା। ଯଦି ନାତି ଟୋକା କି ନାତୁଣୀ ସାଥିରେ ଥିବେ, ଅଜା ଘରେ ପିଲାଙ୍କ ପାଟିରେ ମିଠା ଟିକେ ବାଜି ବନିତ କି ଅଜା ଘର। ତାଙ୍କ ହାତର ଦହିମାଛ ଦେବୀର ଖୁବ ପସନ୍ଦ ଥିଲା।

ହଁ ଦେବୀର ପସନ୍ଦ ତାଲିକାରେ ଅନେକ କିଛିରୁ "ଲେକ ତାହୋ" ସହରରେ ଶୀତର ତୁଷାର ଥିଲା ଇଶ୍ୱରୀୟ। ଯେତେବେଳେ ନିଃଶବ୍ଦରେ ଆକାଶରୁ ଝରିଆସୁଥିଲା ଝୁରା ଝୁରା ଖୁସି ପରି, କଅଁଳ ପିଲାର ଦରୋଟି ହସ ପରି... ସ୍ୱର୍ଗୀୟ ଶୁଭ୍ର ତୁଷାର ସେତେବେଳେ ଦେବୀ ତୁଷାର ତାଙ୍କ ଆଡକୁ ଫିଙ୍ଗିଲାବେଳେ ସେ ସ୍ୱପ୍ନ ସଜଉଥିଲେ ଦେବୀକୁ ନେଇ ଗଢିବେ ନିଜସ୍ୱ ପୃଥିବୀ।

ବୟସର ଅପରାହ୍ନରେ ସ୍ମରଣ ଶକ୍ତି ଧୋଖା ଦେଲାଣି। କେଉଁଠି ଚଷମା ରହିଲା ? ଲଞ୍ଚ୍ ଖାଇଥିଲେ କି ନାହିଁ ? ଦି'ପହରରେ ଆଖି ଲାଗିଗଲେ ସନ୍ଧ୍ୟାରେ ଉଠି ଭାବୁଛନ୍ତି ସକାଳ ବୋଲି। ଅଥଚ ସ୍ମୃତି ପଟ୍ଟରେ ଜଳ ବତ୍ ସତେଜ ଅଛି ଅନେକ ବର୍ଷ ତଳେ ଦେବୀ ସହ ବିତାଇ ଥିବା ମାସ କେତୋଟି। ହୃଦୟରେ ପଥରରେ ଗାରପରି ରହି ଯାଇଛି ଦୁଇଟି ଆତ୍ମାର ଏକାତ୍ମ ହେବାର ଅନୁଭବ।

ଆଃ...ଆଜିଯାଏଁ ସୁରକ୍ଷିତ ଅଛି ତା'ଦେହର ସୁଗନ୍ଧ ତାଙ୍କ ଚାରିପଟେ ପବନରେ, ପତ୍ରରେ ହୀରା ପରି ଝଲ୍ ମଲ୍ କରୁଥିବା ଶିଶିରରେ। ଦେବୀ ତାଙ୍କର ପ୍ରଥମ ପ୍ରେମ, ଶେଷ ପ୍ରେମ। ପ୍ରିୟତମ।

ଦେବୀ ସହର ଛାଡିବା ପୂର୍ବରୁ କିଛି ମାସ ଲାଗି ତା'ର ଆତିଥ୍ୟ ସ୍ୱୀକାର କରିଥିଲା ତାଙ୍କ ମୋଟେଲ୍ "ୱାଇଲ୍ଡ ଉଲ୍ଫ" ର ରୁମ୍ ନମ୍ବର ଦଶରେ। ସେତେବେଳେ ଦେବୀ ପେଟ ପୋଷିବା ପାଇଁ ଉଲ୍ ବସ୍ତ୍ର ପ୍ରସ୍ତୁତି କରି ଟୁରିଷ୍ଟ୍ ଙ୍କୁ ବିକୁଥିଲା। ଏକୁଟିଆ ସ୍ତ୍ରୀଲୋକ ଦେଖିଲେ ଅନେକ ଜ୍ୱଳନ୍ତ ଆଖି ଖୋଜେ ପାପର ମୁହୂର୍ତ୍ତ ଟିଏ। ଶଜ ମାଛରେ ପୋକ ପକାଇବାକୁ ମଣିଷର ଅଭାବ ହେବେନାହିଁ। ଦେବୀ ତା' ଭ୍ୟାନଟି ଭିତରେ ରହିବା ଦେଖି ମାନବିକତା ଦୃଷ୍ଟିରୁ ସେ ଯେଉଁ ଦିନ ମୋଟେଲରେ ରହିବାର ପ୍ରସ୍ତାବ ଦେଇଥିଲେ, ବିନାପ୍ରତିବାଦରେ ଗ୍ରହଣ କରି ଥିଲା ଦେବୀ। ମୋଟେଲ୍ ରୁମ୍ ଭଡା ଦେଇ ପାରିବନାହିଁ ସେ ଏକଥା ତାଙ୍କୁ ଜଣା ଥିଲା। କୃତଜ୍ଞତାର ବୋଝ

ଉତାରିବାକୁ ଯାଇ ମୋଟେଲ୍ ର ଅନେକ ଛୋଟ ମୋଟ କାମ ନିର୍ବିଘ୍ନରେ କରିଦେଉଥିଲା ସେ।

ସନ୍ଧ୍ୟା ପରେ ଦେବୀ ହିଁ ମୋଟେଲ୍ କାଉଣ୍ଟର ସମ୍ଭାଳେ; ମୋଟେଲ୍ କୁ ଆସୁଥିବା ଟୁରିଷ୍ଟ୍ ଙ୍କ ହାତରେ ଧରାଇ ଦିଏ ସହରର ନକ୍ସା, ମୁଖ୍ୟ ଆକର୍ଷଣ ତାଲିକା। ରୁମ୍ ଚାବି, ନିୟୁଜ୍ ପେପର୍...ଆଃ! ସକାଳୁ ଦେବୀ ହାତର କପେ ଗରମ୍ ଚାହାରେ ତାଙ୍କର ଅଳସ ଭାଙ୍ଗେ। ସେତେବେଳେ ଜନାର୍ଦ୍ଦନଙ୍କୁ ବୟସ ତେଇଶି ହେବ। ଦେବୀ ତାଙ୍କଠାରୁ ବର୍ଷଟିଏ ମାତ୍ର ସାନ ଥିଲା। ସେତେବେଳେ ଦେବୀ ମନସ୍କ ଜୀବନଟା ତାଙ୍କର ମନେ ହେଉଥିଲା ସ୍ୱପ୍ନିଳ, ସମ୍ପୁର୍ଣ୍ଣ।

ସ୍ୱପ୍ନ ଭାଙ୍ଗିଗଲା ଯେତେବେଳେ ଭାଇ ନାଲି ଆଖିରେ ଧମକାଇଲେ, " ଗୋଟାଏ ବାରବୁଲା ସ୍ତ୍ରୀଲୋକକୁ ମୋଟେଲରେ ସ୍ଥାନ ଦେଇଛୁ ଜନ୍, ଲୋକେ ଅନେକ କିଛି କହିଲେଣି। ତତେ ଆଉ କେହି ମିଳିଲେନାହିଁ?"

ଭାଇଙ୍କ କ୍ରୋଧରୁ ମନେ ହେଉଥିଲା ଯେମିତି ସେ ଅସହାୟ ନାରୀକୁ ଆଶ୍ରୟ ଦେଇ ନାହାନ୍ତି ତ ଆଶ୍ରୟ ଦେଇଛନ୍ତି ଗୋଟାଏ ଉଗ୍ରପନ୍ଥୀକୁ।

ଭାଇଙ୍କ ଇଚ୍ଛା ସେ ଭାଉଜଙ୍କ ଲେଖାଯୋଖା ଭଉଣୀ ମିନାକ୍ଷୀଙ୍କୁ ବିବାହ କରନ୍ତୁ। ଯେହେତୁ ବଡଭାଇଙ୍କ ସହାୟତାରେ ଜନାର୍ଦ୍ଦନ ଆମେରିକା ଆସିପାରିଥିଲେ ତେଣୁ ଶରଣାର୍ଥୀ ପରି ସେମାନଙ୍କ ଇଚ୍ଛା ସାମ୍ନାରେ ମୁଣ୍ଡ ନୁଆଁଇ ଦେବାରେ ହିଁ ତାଙ୍କର ମଙ୍ଗଳ। ତାଙ୍କର କର୍ତ୍ତବ୍ୟ

ଦେବୀ ଚାହୁଁ ନଥିଲା ତାକୁ ନେଇ ଜନାର୍ଦ୍ଦନଙ୍କ ଭାଇ ଭାଉଜଙ୍କ ସମ୍ପର୍କ ତିକ୍ତ ହେଉ। କଥା କଥିତ ସମାଜ ତାଙ୍କ ସମ୍ପର୍କକୁ ଘୃଣା ଚକ୍ଷୁରେ ଦେଖୁ। ସମ୍ପର୍କର ପବିତ୍ରତା ସେମିତି ଥାଉ। ଅଦୃଶ୍ୟ ହୋଇଗଲା ସେ ସେଇ କାରଣାରୁ। ସହରଠୁ ଦୂରକୁ ସେ ଚାଲିଗଲା। ଠିକଣା ସୁଦ୍ଧା ଜଣାଇଲାନାହିଁ। କିନ୍ତୁ ଜନାର୍ଦ୍ଦନଙ୍କ ହୃଦୟରେ ଦେବୀ ସବୁଦିନ ଲାଗି ରହିଗଲା।

ଏବେଯାଏଁ ମୋଟେଲର ରୁମ୍ ନମ୍ବର ଦଶରେ ଟେଲିଭିଜନ ପଛପଟେ ଚାରି ଭାଙ୍ଗ ହୋଇ ଚିଠିଟି ଅଛି। ଜନାର୍ଦ୍ଦନ ଧୀରେ ଖୋଲିଲେ ରୁମ୍। ଟି.ଭି ପଛପଟେ ଗୋଟିଏ ଡବା ଭିତରୁ ବାହାର କରି ଆଣିଲେ ଚିଠିଟିଏ। ଦେବୀର ହସ୍ତାକ୍ଷର।

"ମୋତେ କ୍ଷମା କରିବ, ସହର ଛାଡି ମୁଁ ଦୂରକୁ ଚାଲିଯାଉଛି। ମୋ ଭିତରେ ତୁମରି ପ୍ରାଣ ଅଙ୍କୁରି ଉଠିଲାଣି। ଏଠାରେ ରହି ତୁମର ସାମାଜିକ ମର୍ଯ୍ୟଦାର୍ ଦାଗ ପକାଇବା ଅପେକ୍ଷା ଦୂରକୁ ଚାଲିଯିବା ଉଚିତ୍ ମଣିଲି। ମୋତେ ସନ୍ତାନ ଦେଇଥିବାରୁ ତୁମ ପାଖରେ ଚିର କୃତଜ୍ଞ। ଝିଅ ହେଲେ "ସୁନୟନା" ମୋ ମନ କହୁଛି ଝିଅଟିଏ

ହେବ। ସୁନୟନା କାହିଁକି ଜାଣ? ମନେଅଛି ସେଦିନ ତୁମେ ମୁହଁକୁ କିଛି ସମୟ ଚାହିଁ କ'ଣ ଭାବି ହଠାତ୍ ମନ୍ତ୍ରବତ୍ କହିଥିଲ-ସୁନୟନା। ମୋ ମନ କହୁଛି ଝିଅଟିଏ ହେବ। ସୁନୟନା ହିଁ ହେବ ଆମ ସନ୍ତାନ। ତୁମଠୁ ଦୂରକୁ ଚାଲି ଯାଉଛି ବୋଲି ମନ କଷ୍ଟ କରିବ ନାହିଁ। ମୋତେ ଖୋଜିବାର ଚେଷ୍ଟା କରିବ ନାହିଁ। ଭାଇଙ୍କ ପସନ୍ଦର ଝିଅକୁ ବିବାହ କରି ସଂସାର କରିବ। ସୁନୟନାକୁ ନିଶ୍ଚୟ ଦିନେ ତୁମ ପାଖକୁ ପଠାଇବି। ଏହା ମୋର ପ୍ରତିଶ୍ରୁତି।"

"ସୁନୟନା କୁ ନିଶ୍ଚୟ ଦିନେ ପଠାଇବି ତୁମ ପାଖକୁ।" ପ୍ରତୀକ୍ଷା ବିନା ଜୀବନ ନିରର୍ଥକ। ଏହି ପ୍ରତିଶ୍ରୁତିକୁ ପ୍ରତୀକ୍ଷା କରି ସେ ବଞ୍ଚିଛନ୍ତି ଏଯାବତ୍। ଝିଅକୁ ଦିନେ ଦେଖିବେ ଏହି ଆଶାରେ ସହର କିମ୍ବା ମୋଟେଲ୍ ଛାଡି ସେ ଅନ୍ୟ କେଉଁଆଡେ ଯାଇ ନାହାନ୍ତି।

ଅନେକ କିଛି ଆଜି କାହିଁକି ତାଙ୍କର ମନେ ପଡୁଛି। ଅତୀତ ହିଁ ତାଙ୍କ ସମ୍ବଳ। ଜୀବନର ମୂଳ ଆଶା। ଚାଳିଶି ବର୍ଷ ତଳେ ଠିକ୍ ଆଜି ଦିନ ପରି ଗୋଟିଏ ମଞ୍ଜ ଥରା ଶୀତ ଦିନେ ଭାଇ ଟିକେଟ୍ ପଠାଇ କହିଥିଲେ ଗାଁ ଛାଡି ଆମେରିକା ତାଙ୍କପାଖକୁ ଚାଲିଆସିବାକୁ। ଭାଇଙ୍କ ଆଦେଶ ଅମାନ୍ୟ କରିବା ଜନାର୍ଦନ ଶିଖି ନଥିଲେ। ସେଦିନରୁ ଆଜିଯାଏଁ ଭାଇଙ୍କର ୱାଇଲ୍ଡ ଉଲ୍ଫ ମୋଟେଲ୍ ମ୍ୟାନେଜ କରୁଛନ୍ତି ଜନାର୍ଦନ। ସହର କିମ୍ବା ମୋଟେଲ୍ ଛାଡିବାର ଅନେକ ପରିସ୍ଥିତି ଉପୁଜି ଥିଲେ ବି ସେ ଛାଡି ଯାଇପାରି ନାହାନ୍ତି।

ସେ ବର୍ଷ ପୁଅ ସୁକାନ୍ତ ଆଉ ଝିଅ ସୁନିତା ହାଇସ୍କୁଲ୍ ସରିଥାଏ ପତ୍ନୀ ମିନାକ୍ଷୀ, ପୁଅ ଝିଅ ମିଶି ଏକରକମ ବାଧ୍ୟ କରିଥିଲେ ତାଙ୍କୁ ଗୋଟିଏ ନିଷ୍ପତ୍ତି ନେବାକୁ। ନିୟୁର୍କ ରେ ରହୁଥିଲେ ମିନାକ୍ଷୀଙ୍କ ଭାଇ। ମିନାକ୍ଷୀ କହିଥିଲେ, ପିଲା ଦୁହିଁଙ୍କୁ ନେଇ ସେ ନ୍ୟୁୟର୍କ ଚାଲିଯିବେ। ଏହି ଛୋଟ ସହର ତାଙ୍କୁ କି ପିଲାଙ୍କୁ ଆଉ ଭଲ ଲାଗୁନାହିଁ। ସେ ବୁଝିପାରିଲେ ମିନାକ୍ଷୀ ତାଙ୍କ ସହ ଆଉ ରହିବାକୁ ଚାହୁଁ ନାହାନ୍ତି। ବିବାହ ପରଠୁଁ ପତ୍ନୀ ପରିବାରକୁ ସନ୍ତୁଷ୍ଟ କରିବାକୁ ଯେତେ ଚେଷ୍ଟା କଲେମଧ୍ୟ ସେସବୁ ପାଣିରେ ଗାରପରି ମିଳାଇ ଯାଉଥିଲା। ମିନାକ୍ଷୀଙ୍କ ଦୃଷ୍ଟିରେ ସେ ଜଣେ ଅପଦାର୍ଥ।

" ଏଇଠି ରହିବି। ତୁମେ ମାନେ ଯିବାକଥା ଯଦି ଯାଅ।" ଶୁଣାଇ ଦେଇଥିଲେ ନିଜ ନିଷ୍ପତ୍ତି। ପିଲାଙ୍କୁ ନେଇ ନିୟୁର୍କ ଚାଲିଯାଇଥିଲେ ମିନାକ୍ଷୀ। ଜନାର୍ଦମ ପ୍ରତ୍ୟେକ ମାସ ଟଙ୍କା ପଠାଇ ଦିଅନ୍ତି ମିନାକ୍ଷୀଙ୍କ ପାଖକୁ। ଝିଅ ସୁନିତା ସହ ଫୋନ ଯୋଗେ କଥା ହୋଇ ଯାଆନ୍ତି। ପରିବାର ପ୍ରତି ନିଜ ଦାୟିତ୍ୱରେ ଆଜିଯାଏଁ ହେଳା କରି ନାହାନ୍ତି ସେ।

ତୃଟି କରିଛନ୍ତି ଯଦି ସୁନୟନା ପାଇଁ। ପିତୃତ୍ୱ ତାଙ୍କର ଛଟପଟ ହୋଇଛି ସୁନୟନା ପାଇଁ। ଦେବୀଙ୍କୁ ହରାଇ ମୁହୂର୍ତ୍ତେ ସବୁ ଦୋଷୀ ଦୋଷୀ ଲାଗିଚି। ମିନାକ୍ଷୀଙ୍କୁ ବିବାହ କରିବା ପୂର୍ବରୁ ଦେବୀସହ ଶାଶ୍ୱତ ପ୍ରେମର ସ୍ୱାକ୍ଷର ସୁନୟନା। ତାଙ୍କର ପ୍ରଥମ ଝିଅ। ଦେବୀ ଯଦି ତାଙ୍କୁ ଛାଡି ଯାଇ ନଥାନ୍ତା ତେବେ ଆଜି ସୁନୟନା କୁ ନେଇ ତାଙ୍କ ସଂସାର ହସୁ ନଥାନ୍ତା କି।

କଲିଂ ବେଲ୍ ର ଆର୍ତ୍ତନାଦରେ ନିଦ ଭାଙ୍ଗିଲା ବେଳକୁ ବୁଝିଲେ ସକାଳ ହେଲାଣି। ଝର୍କା କାଚ ବାଟୁ ଦିଶୁଛି ତୁଷାରରେ ଆବୃତ ପୃଥିବୀ। ସମୟ ସାତଟା। ସେ ଦରଜା ଖୋଲିଲେ। " ନିୟୁଜ ପେପର୍ ଦରକାର ମିଷ୍ଟର ଜନ୍" କହିଲା ମୋଟେଲ୍ କାଉଣ୍ଟର ସମ୍ଭାଳୁଥିବା ପିଲାଟି। ଗେଷ୍ଟ୍ ମାନଙ୍କ ରୁମ୍ ସାମ୍ନାରେ ସେ ନିୟୁଜ୍ ପେପର୍ ରଖିଆସିବ।

ଆଜିକାଲି ଆଣ୍ଠୁ ଗଣ୍ଠି ବାତଟା ତୁଷାର ପଡିଲେ ଦୁଇଗୁଣା ତାକତରେ ତା'ର ପରାକ୍ରମ ଦେଖାଏ। ଯନ୍ତ୍ରଣାରେ ବ୍ୟସ୍ତ ହୋଇ ପଡନ୍ତି ସେ। ବସିବା ଜାଗାରୁ ଉଠି ପଡିଲେ ଆଣ୍ଠୁଟା ଭାଙ୍ଗିଯିବ ଯେମିତି ମଡ ମଡ ହୋଇ। ଯାବତୀୟ ବାର୍ଧକ୍ୟ ଜନିତ ବେମାରି ସବୁ ଦେହଟାକୁ ଉଈ ପରି ଖାଇ ଗଲାଣି। ଆଉ କେତେଟା ଦିନରେ ଯେ ଆତ୍ମା ପକ୍ଷୀଟି ଉଡି ନଯିବ କିଏ କହି ପାରିବ। କିନ୍ତୁ ସେ ତଥାପି ଆଶା ରଖିଛନ୍ତି ଝିଅକୁ ଟିକିଏ ଦେଖିବେ।

ଆଉ ମାତ୍ର କେତୋଟି ଘଣ୍ଟା ର ପ୍ରତୀକ୍ଷା। ଇଂରାଜୀର ଉକ୍ତି ଟିଏ ତାଙ୍କର ମନେ ପଡି ଗଲା, "ଟୁ ଏ ଫାଦର୍ ଗ୍ରୋଇଙ୍ଗ୍ ଓଲ୍ଡ ନଥିଙ୍ଗ୍ ଇଜ୍ ଡିଅରର୍ ଦାନ୍ ଏ ଡର୍ଟର୍।" ଏହି ଭାବଟି କ୍ରମଶଃ ତାଙ୍କ ସତ୍ତାକୁ ଆବୋରି ବସିଲା। କ୍ଷମା ମାଗିବେ ଝିଅକୁ ତାଙ୍କର ଅପରାଧ ପାଇଁ ଜନ୍ମରୁ ପିତାର ସ୍ନେହଁରୁ ବଞ୍ଚିତ ସେ। ସୁନନ୍ଦନା ସତରେ କାହାପରି ଦେଖିବାକୁ ?

ଏତିକି ବେଳେ କଲିଂ ବେଲ୍ ଗର୍ଜି ଉଠିଲା। ଅବସନ୍ନ ଆଖି ତାଙ୍କର ଉଜ୍ଜଳ ଦିଶିଲା। ଶୁଭ୍ର ସ୍ୱେଟର୍ କୁ ଦେବୀର ହାତ ତିଆରି ମଫଲର୍ ବେକରେ ଗୁଡାଇ ସେ ଗୋଡ ଘୋଷାରି କବାଟ କଖଲିଲେ। ଜନାର୍ଦ୍ଦନଙ୍କ ଆଖିରେ ନିର୍ଦ୍ଦିଷ୍ଟ କାହାକୁ ଖୋଜିଲା ପରି ଭାବଟିଏ ସ୍ଥିର ଥାଏ। କେଉଁ ଚେହେରାକୁ ଖୋଜୁଚନ୍ତି ସେ ? ପଦ୍ମ ପରି ଆଖି, କୁଞ୍ଚୁ କୁଞ୍ଚୁଆ କେଶ ?

ଆଖିରୁ କଳା ଚଷମା ଉତାରି ଆଗନ୍ତୁକା କହି ଉଠିଲେ, ଡାଡ୍ କ'ଣ ଚିହ୍ନି ପାରୁନ ? ମୁଁ ଫୋନ୍ କରିଥିଲି ଗତକାଲି। ମୁଁ ସୁନିତା...।

ଚମକି ପଡିଲେ ଜନାର୍ଦନ। ହତାଶାର ଧୁଆଁ ତାଙ୍କ ମନକୁ ଆଛନ୍ନ କରିପକାଇଲା।

ନିଜକୁ ଯଥା ସମ୍ଭବ ସଞ୍ଜତ କରି କହିଲେ, "ଆ ମାଆ ଭିତରକୁ ଚାଲିଆ।"

ଘର ଭିତରକୁ ପଶି ଆସୁ ଆସୁ ସୁନିତା ସମୟ ନଷ୍ଟ ନକରି କହିଲା, "ମମ୍ ପଠାଇଛି ତା'ର ଶାଢୀ କେତୋଟି ନେବାଲାଗି। ଫୋନ ରେ କହିଥିଲି ଭୁଲିଗଲ।"

ପ୍ରେମ, ସ୍ନେହଁ କ'ଣ ମଣିଷକୁ ଏମିତି ସ୍ତରକୁ ନେଇଯାଏ ଯେ ଶୂନ୍ୟର୍ ଦୃଶ୍ୟ ହୁଏ ମନ ଝୁରୁଥିବା ମୁହଁ. ଶୁଣା ଯାଏ ପ୍ରିୟ ଜନର ସ୍ୱର? ଯେମିତି ସେ ସୁନିତାର ଫୋନ୍ କୁ ସୁନୟନା ବୋଲି ଭାବିଥିଲେ।

ଧୀରେ ଧୀରେ ଠିଆ ହେବାପାଇଁ ମଧ୍ୟ ଶକ୍ତି ହରାଉଥିଲେ ଜନାର୍ଦ୍ଦନ। ଫାୟାର୍ ପ୍ଲେସ୍ ସାମ୍ନାରେ ଚଉକି ଉପରେ ଏକରକମ ନିଜକୁ ଲୋଟାଇଦେଇ ପଡି ରହିଥିଲେ ଜନାର୍ଦ୍ଦନ। ବେକଟି ଅଳ୍ପ ଢଳି ପଡିଥିଲା ଚଉକି କଡକୁ। ଆଖିରୁ ଚଷମାଟି ଚଟାଣରେ କେତେବେଳେ ଖସି ପଡିଛି।

ତଥାପି ମୁହଁରେ ଖୋଜିଲା ଖୋଜିଲା ଭାବଟିଏ-ଝିଅ ଆସିଲାକି? ଆସିଲା କି ମୋ ସୁନୟନା?

■

ନର୍ତ୍ତକୀ

ରାତିର ଅନ୍ଧାର ଅପସରି ଯାଇଥିଲା। ଝଲକି ଉଠିଥିଲା ମୁକ୍ତାକାଶ ମଞ୍ଚ ରଙ୍ଗିନ୍ ଆଲୋକରେ।

"କାହିଁ ଗଲେ ମୁରଲୀଫୁଙ୍କା, ଯୁବତୀ ରସିଆ କାମିନୀରଙ୍କା"

ଅନେକ ବେଳ ଧରି ପ୍ରାଣ ପ୍ରିୟ ଶ୍ରୀକୃଷ୍ଣଙ୍କୁ ପ୍ରତୀକ୍ଷା କରିବାପରେ ରାଧାଙ୍କ ମନ ଆତୁର ହୋଇ ଉଠୁଛି। କୃଷ୍ଣଙ୍କର ଆସିବାରେ କିନ୍ତୁ ବିଳମ୍ବର ଅନ୍ତ ନାହିଁ ଅଭିମାନରେ ସେ ମନେପକାଉଛନ୍ତି କୃଷ୍ଣଙ୍କୁ। କୃଷ୍ଣ ପ୍ରେମରେ କିପରି ମଥୁରାବାସୀ ମଗ୍ନ ସେ କଥା ସେ ନୃତ୍ୟ ମାଧ୍ୟମରେ ପ୍ରଦର୍ଶନ କରୁଛନ୍ତି।

ବିରହିଣୀ ରାଧାଙ୍କୁ ଦେଖି ଭାବବିହ୍ୱଳ ଦର୍ଶକ ମଣ୍ଡଳୀ-ନିଖୁଣ ସେହି ଅଭିନୟ। ମନେହେଉଥିଲା ଜହ୍ନ ତାରା ସମେତ ସତେ ଯେମିତି ସମୟ ବି ଫେରି ଯାଉଥିଲା ଅତୀତକୁ। ରାଧାଙ୍କ ବିରହର ନିରବ ସାକ୍ଷୀ ହେବେ। ନଟଖଟିଆ ପ୍ରଭୁ ଶ୍ରୀକୃଷ୍ଣଙ୍କ ଗୁଣ ଗାନ ଶୁଣିବେ ରାଧାଙ୍କ ମୁହଁରୁ।

ଗତ ରାତିରେ ଦୀର୍ଘ ସମୟ ଧରି ନୃତ୍ୟ ଅଭ୍ୟାସ ଓ ଆଜି ମଞ୍ଚ ପ୍ରଦର୍ଶନ ଜନିତ କ୍ଳାନ୍ତି ଯୋଗୁ, ସ୍ୱରା ଚାହୁଁଥିଲା ନିରୋଳା ବିଶ୍ରାମ। ଦର୍ପଣ ସାମ୍ନାରେ ଅଲିଭ ଅଏଲ୍ ନେଇ ମୁହଁରୁ ପ୍ରସାଧନ ପୋଛିବାକୁ ଯାଉଛି, ଠିକ୍ ସେହି ସମୟରେ ଆୟୋଜକ ମହାଶୟ ପହଞ୍ଚି ଅନୁରୋଧ କଲେ, "ମ୍ୟାଡମ୍, କିଛି ପ୍ରଶଂସକ ଆପଣଙ୍କୁ ଟିକିଏ ଦେଖା କରିବା ଲାଗି କହୁଛନ୍ତି, ଦୟାକରି ଦେଖାକରି ଦିଅନ୍ତୁ।"

ସେ ଓହ୍ଲାଇଗଲା ପୋର୍ଟିକୋକୁ। ଅବସନ୍ନ ମନ, ମଉଳା ଫୁଲ ପରି କ୍ଳାନ୍ତ ମୁହଁରେ ଯଥା ସମ୍ଭବ ହସ ଫୁଟାଇ ସେ ଭେଟିଲା ତା'ର ପ୍ରଶଂସକଙ୍କୁ। ଅଟୋଗ୍ରାଫ୍ ଦେଲାବେଳେ ହଠାତ୍ ଜଣେ ଯୁବକ ପାହାଚ ଚଢି ଉଠିଆସିଥିଲେ।

ସେ ଚମକି ପଡି ଘୁଞ୍ଚିଗଲା।

ଯୁବକ କିନ୍ତୁ ଝୁଙ୍କିପଡି ଅତ୍ୟନ୍ତ ଭଦ୍ର ଭାବରେ କହିଲେ, ଡରନ୍ତୁନାହିଁ ମାଡମ୍। ମୋ ମା' ଆପଣଙ୍କର ଜଣେ ପ୍ରଶଂସକ। ବୟସାଧିକ୍ୟ ଯୋଗୁରୁ ସେ ଏଠାକୁ ଆସିପାରି ନାହାନ୍ତି। କିନ୍ତୁ ଆଜିର ନୃତ୍ୟର ଭିଡିଓ ଦେଖିଲେ ସେ ଅତ୍ୟନ୍ତ ଖୁସି ହେବେ। ତାଙ୍କ ଲାଗି ଆପଣଙ୍କର ଯଥେଷ୍ଟ ଫଟୋ ମୁଁ ନେଇ ସାରିଛି।

ସ୍ୱରା ଆଶ୍ଚର୍ଯ୍ୟ ହୋଇ ଚାହିଁଲା ଆୟୋଜକଙ୍କୁ ପରେ ପରେ ପୁଣି ଯୁବକଙ୍କ ମୁହଁକୁ।

ଆୟୋଜକ କହିଲେ, "ମୁଁ ୟାଙ୍କୁ ଚିହ୍ନିଛି ମ୍ୟାଡମ୍। ଡରିବାର କୌଣସି କାରଣ ନାହିଁ।"

"ଗୋଟିଏ ବିନମ୍ର ନିବେଦନ ମୋର ରକ୍ଷା କରିବେ ? ନର୍ତ୍ତକୀର ପରିଧାନରେ ଆମ ଘରକୁ ଆପଣ ଆସିବେ", -ଯୁବକ ପୁଣି କହିଲେ, "ଜଣେ ବୃଦ୍ଧା ମା'ର ଏତିକି ମାତ୍ର ଅଭିଳାଷ, ସେ ଆପଣଙ୍କୁ ଟିକିଏ ଦେଖିବ। ଅର୍ଥାତ୍ ଆପଣଙ୍କ ରୂପରେ ସେ ରାଧାଙ୍କୁ ଦେଖିବ ମାଡମ୍। ତା'ର ଅନୁରୋଧ ଆପଣ ରକ୍ଷା କରିବେ ବୋଲି ମୋର ଆଶା।"

ଆଦୌ ବୁଝି ପାରି ନଥିଲା ସ୍ୱରା କେଉଁ ଅଜ୍ଞାତ କାରଣରୁ ମୃଦୁ ହସି ଭେଟିବ ବୋଲି ପ୍ରତିଶ୍ରୁତିଟିଏ ଦେଇଦେଲା।

ଯୁବକ ନିଜ ଠିକଣା ଆଉ ଫୋନ୍ ନମ୍ବର ଲେଖା କାଗଜଟିଏ ଧରାଇଦେଲେ ତା' ହାତରେ।

ଏକୋଇଶିଟି ବସନ୍ତ ଅତିବାହିତ କରିଯାଇଥିବା ଜୀବନରେ କେବଳ ଅଭିନୟ କଳା କୌଶଳ, ଅଭ୍ୟାସର ଶ୍ରମ ଭିତରେ, ସେ ସ୍ୱତନ୍ତ୍ର କିଛି ଖୋଜିବୁଲୁଥିଲା। ସେଦିନ ନୃତ୍ୟ ଗୁରୁ କହିଥିଲେ, " ଈଶ୍ୱର ଦତ୍ତ କଳା ତୋ ଭିତରେ ଫୁଲରେ ସୁରଭି ପରି ମହକୁଛି ଝିଅ। ପ୍ରଶଂସାର ଇନ୍ଦ୍ରଜାଲରେ ତୋର ପାଦ ଯେପରି ଛନ୍ଦି ନହେଉ।"

"ନୃତ୍ୟକୁ ମୁଁ ଭକ୍ତି କରେ ଗୁରୁଜୀ। ଭକ୍ତକୁ ପ୍ରଶଂସା ନୁହେଁ ମନ୍ଦିର ଲୋଡା, ଯେଉଁଠି ସେ ଈଶ୍ୱରଙ୍କ ସେବାରେ ସମୟ କଟାଇ ପାରିବ। ଠିକ ସେହିପରି ରଙ୍ଗମଞ୍ଚ ମୋ ପାଇଁ ମନ୍ଦିର ଆଉ ନୃତ୍ୟ କଳା ମୋ ଲାଗି ଈଶ୍ୱର। ଆପଣ ନିଶ୍ଚିନ୍ତ ରହନ୍ତୁ ଗୁରୁଜୀ।"

କିନ୍ତୁ ଯୁବକଙ୍କ ନିମନ୍ତ୍ରଣ ଯେ ଆଖିରେ ତା'ର ବୋଳିଦେଇଛି ଇନ୍ଦ୍ରଧନୁ। ବୋଧହୁଏ ଏହାକୁ ହିଁ କୁହାଯାଏ- ପ୍ରଥମ ଦେଖାରେ ପ୍ରେମ ? ମନର ରାଜକୁମାର ପରୀକାହାଣୀରୁ ଓହ୍ଲାଇ ଆସିଚନ୍ତି ସତେକି। ସେ ବୁଝିଲା ଯେ ସେ ଯେଉଁ ସ୍ୱତନ୍ତ୍ର କିଛି ଖୋଜୁଥିଲା ତାହା ହେଉଛି ସଚ୍ଚା ପ୍ରେମର ସ୍ପର୍ଶ। ତା'ମନ ଭିତରେ ବନ୍ଦିଥିବା କିଛି ସ୍ୱପ୍ନରେ ଡେଣା ଲାଗିଗଲା। ସେମାନେ ଉଡିଯିବାପାଇଁ ପାଇଁ କଲବଲ ହେଲେ।

ଯୁବକଙ୍କ ଆଡୁ ପ୍ରଥମେ ଫୋନ୍ ଆସିଲା। ଗୁରୁଜୀ ଅପେକ୍ଷା କରିଥା'ନ୍ତି ଆସନ୍ତା ଦୁଇ ଦିନମଧ୍ୟରେ ପୁଣି ଗୋଟିଏ ପ୍ରୋଗ୍ରାମରେ ଅଛି। ମୃଦଙ୍ଗ ଧରିଥିବା ବ୍ୟକ୍ତି ଜଣଙ୍କ ବ୍ୟସ୍ତ ହୋଇ ପଡିଲେଣି। ଅନ୍ୟାନ୍ୟ ବାଦ୍ୟ ଯନ୍ତ୍ରର ଦାୟିତ୍ୱରେ ଥିବା ବ୍ୟକ୍ତି ମାନେ ନିଜ ନିଜ ମଧ୍ୟ ଅଭ୍ୟାସ ଆରମ୍ଭ କରିଦେଲେଣି। ତଥାପି ଦେଖା ନାହିଁ ସ୍ୱରାର। ଯୁବକଙ୍କ ସହ ସେ ଗପସପରେ ପ୍ରଥମ କରି ସେ ଭୁଲି ଯାଇଥିଲା ସବୁ କିଛି।

"ଆଜି ଅପରାହ୍ନରେ ଆପଣ ଫ୍ରି ଅଛନ୍ତି କି ?" କିଛି ଦିନ ପରେ ପୁନର୍ବାର ସ୍ୱରାର ଫୋନ ଆସିଲା।

"ଆପଣଙ୍କ ପାଇଁ ମୁଁ ସବୁ ସମୟରେ ଫ୍ରି ମ୍ୟାଡମ୍। ଏମିତି ପଚାରି ମୋତେ ଲଜ୍ଜିତ କରନ୍ତୁ ନାହିଁ।"

ଆଉ ତାର କିଛି ଭାବିବାର ଥିଲା କି? ପହଞ୍ଚିବା ସମୟ ଜଣାଇଦେଇଛି ଯୁବକଙ୍କୁ।

ଘରଠାରୁ ପ୍ରାୟ ଦଶ କିଲୋମିଟର ଦୂର ଏକ ପାହାଡିଆ ରାସ୍ତାରେ ଗଡିଗଲେ ଦୁଇ ପାଖରେ ସୁଦୃଶ୍ୟ କୋଠା ଗୁଡିଏ। ବେଶି ସମୟ ଲାଗିଲାନାହିଁ ଘର ଖୋଜିବାରେ। ଶୁଭ୍ର କୋଠାଟିଏ, ଫାଟକରେ ଲେଖା ଠିକଣାଟି ମିଶି ଯାଉଚି ଯୁବକ ଦେଇଥିବା ଠିକଣା ସହ। ଡ୍ରାଇଭରକୁ ସେଠାରେ ଅପେକ୍ଷା କରିବାକୁ କହିଲା ସେ। କୋଠାର ଲୁହା ଫଟକ ଖୋଲି ଭିତରକୁ ପ୍ରବେଶ କରନ୍ତେ ବାରନ୍ଦାରୁ ତାକୁ ଦେଖି ସଂଖୁଳି ନେଲେ ଯୁବକ। ମିଳନର ଅପୂର୍ବ ଆଭ ଫୁଟି ଉଠିଥାଏ ସ୍ୱରାର କଜ୍ଜଳ ମଖା ଆଖି ଯୋଡିକରେ।

ଯୁବକଙ୍କ ବ୍ୟବହାର ଥିଲା ଭଦ୍ର। କିଛି ସମୟ କଥାବାର୍ତ୍ତା ମଧ୍ୟରେ ପଚାରିଦେଲା, ଆପଣଙ୍କ ମା' ?

ଯୁବକ କହିଲେ, "ଟିକିଏ ଅପେକ୍ଷା କରନ୍ତୁ। ଆପଣଙ୍କ ବ୍ୟସ୍ତତା ସୂଚାଇ ଦେଉଛି ମୋ ସହ ସମୟ କଟାଇବାକୁ ଆପଣ ଜମାରୁ ଚାହୁଁ ନାହାନ୍ତି।" ଏହି ଅବସରରେ ଯୁବକ ତାର ଦୁଇ ତିନୋଟି ଫଟୋ ଉଠାଇ ଦେଲେ। ତା'ପରେ ବସିବା ସ୍ଥାନକୁ ଫେରିଆସିଲେ।

ସଲଜ୍ଜ ହସି ସେ କହିଲା, "ନା ସେମିତି କୁହନ୍ତୁନାହିଁ। ଇଚ୍ଛା ନଥିଲେ ଆପଣଙ୍କୁ ଭେଟିବାଲାଗି ମୁଁ କ'ଣ ଆସିଥା'ନ୍ତି।"

ଏତିକିବେଳେ ହଠାତ୍ ଗୋଟାଏ ଆୱାଜରେ ସେ ଚମକି ଉଠିଲା। କକ୍ଷର ଭିତର ଦ୍ୱାର ସଶବ୍ଦେ ଖୋଲି ଗଲା। ସେ କିଛି ବୁଝିବା ଆଗରୁ ରଙ୍ଗମଞ୍ଚକୁ ପ୍ରବେଶ କଲା ପରି ପଶିଆସିଲେ ତିନିଜଣ ଯୁବକ। ସୋଫାରେ ଛେଚି ହେଲା ପରି ବସିଗଲେ

ସେମାନେ। ମଦର ତିବ୍ର ଗନ୍ଧ ତା' ଶରୀରରୁ ନିର୍ଗତ ପର୍ଫ୍ୟୁମ ସୁଗନ୍ଧକୁ ଦଳି ଚକଟି ଦେଲା। କିଛି କ୍ଷଣ ଆଗରୁ ମହକୁଥିବା କକ୍ଷର ରୁଦ୍ଧ ପବନ ଶଙ୍କୁଡି ଗଲା। ତା' ଆଖିର ପ୍ରଶ୍ନକୁ ବେଖାତିର କରି ଯୁବକ ସହଜ ସ୍ୱରରେ କହିଲେ, "ଏମାନେ ମୋର ବନ୍ଧୁ। ଏଥର ନୃତ୍ୟ ଆରମ୍ଭ କରନ୍ତୁ।"

ବିଷଧର ସାପ ପେଡିରୁ ମୁକୁଳି ଗଲା ପରି ବାଜି ଉଠିଟାଏ ଅଶ୍ଳୀଳ ସିନେମା ଗୀତ। ନାଚ୍ କହି କେହି ଜଣେ ତାକୁ ପଛରୁ ଠେଲି ଦେଲା। ପଡି ଯାଉ ଯାଉ ନିଜକୁ ସମ୍ଭାଳି ନେଲା ସେ। ପାଦରେ ନୂପୁର ହଳକ ଆର୍ତ୍ତନାଦ କରି ଉଠିଲେ। ତା' ଚକ୍ଷୁରୁ କଜ୍ଜଳ ଗାର ଲୁହରେ ବହିଯିବା ପୂର୍ବରୁ ସେ ବୁଝିଗଲା, ସମୁଦାୟ ଘଟଣା ଯୁବକଙ୍କର ହିଁ ଷଡଯନ୍ତ୍ର।

କଳାର ପୂଜାରିଣୀ ସ୍ୱରା। କାହା ଆଦେଶରେ ନାଚିବ? ଦେହ ତା'ର ଥରି ଉଠିଲା ଭୀଷଣ ଅପମାନରେ।

"ଟଙ୍କା ଦେଇଛି ତୁମର ସେ ମ୍ୟାନେଜରକୁ, ନାଚିବନି କିପରି। ଟଙ୍କା ପକାଇଲେ ବାଘ ବି ନାଚିବ ପରା।", ଯୁବକ ଚିତ୍କାର କଲେ। ହସି ପକାଇଲେ ତିନି-ମାତାଲ। ଦୃଷ୍ଟି ସେମାନଙ୍କର ତା' ସମଗ୍ର ଶରୀରକୁ ଭିଣି ପକାଉଥାଏ।

ମଣିଷର ହସ ଆଉ ଆଖିର ଆକ୍ରମଣ ଏତେ ହିଂସ୍ର ହୋଇପାରେ ତାର ଧାରଣା ନଥିଲା। ସେମାନେ ତା'ପ୍ରତି ଅଧିକା କିଛି କଦର୍ଯ୍ୟ ବ୍ୟବହାର ଦେଖାଇବା ପୂର୍ବରୁ ନିଜକୁ ବଞ୍ଚାଇ ଝଡ ପରି ବାହାରିଯାଇଥିଲା ସେ।

ଗେଟ୍ ନିକଟରେ ଡ୍ରାଇଭର ପଚାରିଲା, ମାଆ କ'ଣ ଅସୁବିଧା ହେଲାକି, ଏତେ ଜଲଦି ଚାଲିଆସିଲ ଯେ?

କ'ଣ କହିବ ସେ? କେବଳ ନିରବରେ ଲୁହ ପୋଛିଲା।

ସେଦିନ ଘରକୁ ଫେରିବା ପରେ ଥିଲା ତା'ର ମଞ୍ଚ ଅଭ୍ୟାସ। ତ୍ରିଶୂଳ ହସ୍ତା ମହିଷମର୍ଦ୍ଦିନୀ ମା' ଦୂର୍ଗାଙ୍କର ମୁଦ୍ରାରେ ବୁକୁ ତା'ର ପଡୁଥାଏ ଉଠୁଥାଏ, କ୍ରୋଧରେ ଚକ୍ଷୁ ଯୁଗଳ ରକ୍ତବର୍ଣ୍ଣ। ସତେ କି ପୃଥିବୀଯାକର ମହିଷାସୁରଙ୍କ ବିନାଶ ସଂକଳ୍ପରେ ସେ ଉତ୍ସବ ମନଉଛି, ପାଦ ତା'ର ଥକିଯାଉନଥାଏ। ଅବିଶ୍ରାନ୍ତ ସେ ନୃତ୍ୟ।

କୋଡିଏ ବର୍ଷ ବିତିଗଲାଣି ଇତିମଧ୍ୟରେ। ଆଜି ସ୍ୱାମୀ ଓ ଝିଅକୁ ନେଇ ତା'ର ସୁଖି ସଂସାର ସତ୍ତେ ବେଳାଭୂଇଁର ପରିତ୍ୟକ୍ତ ଶାମୁକାରେ ସମୟର ବାଲୁକା ଘୋଡାଇ ହୋଇଗଲା ପରି ତା' ହୃଦୟରୁ ସେଇ ବିଶ୍ୱାସ ଘାତକତାର କ୍ଷତ ଝାପସା ହୋଇଛି; କିନ୍ତୁ ଲିଭିପାରି ନାହିଁ।

ସେଦିନ ଗୋଟିଏ ଅଳସ ଅପରାହ୍ଣରେ ଶୟନ କକ୍ଷରେ ସ୍ୱରା ଓଡିଶୀ ସଙ୍ଗୀତ

ଶୁଣୁଥାଏ। ସଙ୍ଗୀତ ଶେଷରେ ସେ ରେକର୍ଡ ପ୍ଲେୟାର୍ ବନ୍ଦ କରି ବିଛଣାରେ ଟିକିଏ ଗଡ଼ିବ ବୋଲି ଭାବିଲା ବେଳକୁ ହଠାତ୍ ଚମକି ପଡ଼ିଲା।

ଝିଅ କକ୍ଷରୁ ଶୁଭୁଛି ଘୁଙ୍ଗୁର ମୃଦଙ୍ଗର ଶବ୍ଦ। ଝିଅ ଜଣେ ନୃତ୍ୟ ଶିଳ୍ପୀ। ଅସ୍ୱାଭାବିକ ନୁହଁ ସେ ଶବ୍ଦ। କିନ୍ତୁ କାହିଁ ସେ ଧ୍ୱନିରେ ନାହିଁ ଅଭିନୟର ମାଦକତା, ଅଛି କ୍ରୋଧର ଅଗ୍ନି। ଝିଅ ସହ କିଛି ଅଘଟଣ ଘଟିନାହିଁ ତ ? ବିବ୍ରତ ହୋଇ ପର୍ଦ୍ଦା ଆଡେଇଲା ସେ।

ଝିଅ ଆଖିରୁ ଝରୁଛି ଧାର ଧାର ନିଆଁ, ସେ ନାଚୁଛି ତାଣ୍ଡବ। ଝିଅର ଏପରି ଉଗ୍ର ରୁପ କେବେ ଦେଖିଥିଲା ପରି ମନେ ପଡୁନାହିଁ।

ହଠାତ୍ ସେ ଅବସ ମନେକଲା। ସ୍ୱରାର ସ୍ମୃତିରେ ଗୋଟିଏ ଦୁଃସ୍ୱପ୍ନ ପରି ପଶି ଆସିଲା ଅତୀତର ସେହି ଯୁବକ ଓ ତା'ର ବିଶ୍ୱାସଘାତକତା। ମୁହଁରୁ ଭଦ୍ର ମୁଖା ଖସି ପଡ଼ିବା ପରେ ମଣିଷର ବିଭତ୍ସ ରୂପ ହେ ଦେଖିଥିଲା ସେହି ଯୁବକଠିଁ। ସେ ଅନୁଭବ କଲା ତା' ପୁରୁଣା କ୍ଷତରୁ ରକ୍ତ ଝରୁଛି। ତା' ଭିତରେ କେଉଁ କାଳୁ ଆବଦ୍ଧ ଦୁଃଖ ଝରିବାକୁ ଲାଗିଲା–

ସେ କାନ୍ଦି ପକାଇଲା।

"ନୃତ୍ୟ ପ୍ରତିଯୋଗୀତା ଲାଗି ଅଭ୍ୟାସ କରୁଛି ମା'। ଏହାର ଫଳା ଫଳ ଉପରେ ମୋର ବିଦେଶ ଗ୍ରସ୍ତ ନିର୍ଭର କରେ। କ'ଣ ହେଲା ତୁମର। ଆଖି ଖୋଲ ମା'।" ସ୍ୱରାର କପାଳକୁ ଆଉଁସି ଦେଇ କହିଲା ଝିଅ।

ପଦ୍ମ କଢ ପରି ଢଳ ଢଳ ଆଖି ଖୋଲି ଚାହିଁଲା ସେ ଝିଅ ମୁହଁକୁ। ମେଘମୁକ୍ତ ଆକାଶପରି ତା' ମୁହଁ ଦିଶିଲା ନିର୍ମଳ।

ସେଦିନ ସେ କେବଳ ଏତିକି ଭାବୁଥିଲା, କୋଟି କୋଟି ଲୋକଙ୍କ ଭିତରେ ମଣିଷ ମୁଖା ପିନ୍ଧା ରାକ୍ଷସଙ୍କୁ ଚିହ୍ନିବା ଲାଗି ଯଦି କିଛି ଉପାୟ ଥାଆନ୍ତା ?

■

ଉପହାର

ଅଫିସ କାନ୍ଥ ଘଣ୍ଟା ସନ୍ଧ୍ୟା ସାତଟା ସୂଚାଇଲା ମାତ୍ରେ ହିଁ କର୍ମଚାରୀବୃନ୍ଦ ଘରମୁହାଁ ହୁଅନ୍ତି; କିନ୍ତୁ ସେବା ଆଜି ଯାଇପାରିନାହିଁ। ଫାଇଲ୍ କ୍ୟାବିନେଟ୍ ରୁ କିଛି ଫାଇଲ୍ ଆଣି ବିରକ୍ତିରେ କମ୍ପୁଟର ସାମ୍ନାରେ ବସି ପଡିଲା। ଦିନ ଯାକ କମ୍ପ୍ୟୁଟର ପରଦାକୁ ଚାହିଁ ଚାହିଁ ଆଖି ଯୋଡିକ ଥକିପଡିବା ଏବଂ ଅଣ୍ଟା ବିନ୍ଧିବା ସତ୍ତ୍ୱେ, ଫାଇଲ୍ କାମ ଆଜି ରାତି ସୁଦ୍ଧା ଶେଷ କରିବାକୁ, ତା' ବସ୍ ର ଅର୍ଡର୍ ଆଗରେ ଆଜି ତା'ର ଶିଘ୍ର ଘରକୁ ଯିବା ସମ୍ଭାବନାଟି ତେଲ ସରି ଆସୁଥିବା ଦୀପ ଶିଖା ଟିଏ ପରି କ୍ଷୀଣ ହୋଇଆସିଆଣି।

ମା' ଘଣ୍ଟାଏ ଆଗରୁ ଫୋନ୍ କରିଥିଲା କହିଲା, ବିଟୁ ଶହେଥର ପଚାରିସାରିଲାଣି ମମି କେତେବେଳେ ଆସିବ। କୋଉଠି ଖୁଡ୍ କି ହେଲେ ହେଇ ମମି ଆସିଲା କହି ଦଉଡି ଯାଉଛି ଦୁଆର ମୁହଁକୁ। ଆଉ ଡେରି କରନି ମାଆ। ଆଜି ତା' ଜନ୍ମ ଦିନରେ ଅନ୍ତତଃ ଟିକେ ଶିଘ୍ର ଆସିବୁ ସେବା। ସେ କ'ଣ ତୋ ବିନା କେକ୍ କାଟିବ ?

: ତାକୁ ବୁଝେଇ କହିଦେ ମା' ତା' ଲାଗି ସରପ୍ରାଇଜ୍ ଗିଫ୍ଟ ଆଣିବ ବୋଲି ମମିର ଟିକେ ଡେରି ହେଉଚି। ମୁ ଏଇ ପହଞ୍ଚୁଛି।

ପାଞ୍ଚବର୍ଷ ପୁରିଲା ବିଟୁକୁ। ଆଜି ଦିନଟି ପାଇଁ ତାହାର ଯେତେସବୁ ଯୋଜନା କ'ଣ ବ୍ୟର୍ଥ ହୋଇଯିବ। ଅଫିସ୍ ରୁ ଛୁଟି ନେଇ ଦିନ ଯାକ ବିଟୁ ସହ କଟାଇବ ବୋଲି ଭାବିଥିଲା। ଗଳି ମୁଣ୍ଡରେ ଶ୍ୟାମ ବାବୁଙ୍କ ଖେଳନା ଗୋକାନରୁ ବିଟୁ ପାଇଁ ତିନି ଚକିଆ ସାଇକେଲଟିଏ କିଣିବ ବୋଲି ପନ୍ଦର ଦିନ ତଳୁ କହି ରଖିଥିଲା। ସେତେବେଳେ ସେ କହିଥିଲେ ଏବେଠୁ ନେଇ ଯାଆନ୍ତୁ....ତା'ପରେ ସେବାର ମୁହଁକୁ ଚାହିଁ କିଛି ବିଝିଗଲା ପରି କହିଲେ, ଦରମା ପାଇଲେ ଦେଇଦେବେ।

: ବିଟୁକୁ ସରପ୍ରାଇଜ୍ ଦେବି ନା। ଆଗରୁ କିଣିଲେ ତା' ଆଖିରୁ ସେଇଟା ଲୁଚିବନାହିଁ ତେଣୁ ଭାବୁଛି ସେଇ ଦିନ କିଣିଦେବି ବୋଲି ହସିକି କହିଥିଲା ସେବା।

କିନ୍ତୁ ସେ କ'ଣ ଜାଣିଥିଲା ଅଫିସରେ ଛୁଟି ମିଳିବ ନାହିଁ ବଦଳରେ ଫାଇଲ କାମ ଅର୍ଜେଣ୍ଟ୍ ଆସି ପହଞ୍ଚି ଯିବ। ଯାକୁ ହିଁ କହନ୍ତି ବେଡି ଉପରେ କୋରଡା। ମା' ଅଛି ବୋଲି ବିଟୁକୁ ସମ୍ଭାଳି ଦେଉଛି। ସେବା ଅଫିସ୍ ରୁ ଫେରିଲେ ଚା' କପେ ଆଣି ଧରେଇ ଦେଉଛି। ପ୍ରଥମେ ପ୍ରଥମେ ପରୋକ୍ଷ ଭାବରେ କହୁଥିଲା, ଆଜିକାଲି ସିଧାସଳଖ କହିଲାଣି ଏକୁଟିଆ ପିଲାଟାକୁ କେମିତି ବଡ କରିବୁ ଟିକେ ଚିନ୍ତା କର। ଭଲ ମଣିଷ ଜଣେ ଦେଖି ବାହା ହେଇ ପଡ।

ଯେଉଁ ସୁବୋଧଙ୍କୁ ସେ ଏତେ ଭଲ ପାଉଥିଲା, ତାଙ୍କ ଅବେଳ ଦେହାନ୍ତ ପରେ ସେ କ'ଣ ବିଟୁକୁ ଏକୁଟିଆ ପାଳି ପାରିବନି। ସୁବୋଧଙ୍କ ଅପିସରେ କିରାଣୀ ଚାକିରିଟି ତାକୁ ମିଳିଲା ପରେ ସେ ଭାଙ୍ଗି ଯାଉ ଯାଉ ନିଜକୁ ସମ୍ଭାଳି ନେଇଛି। ବିଟୁକୁ ମା' ଓ ବାପା ଉଭୟଙ୍କ ସ୍ନେହଁ ଦେବା ଶିଖି ଗଲାଣି ଯା ଭିତରେ! ଆଉ ବି ବୁଝିଗଲାଣି ବିଟୁ ଓ ତା ମଧ୍ୟରେ ଆଉ କାହାର ପ୍ରବେଶ ଦୁହିଙ୍କ ପାଇଁ ଅସହ୍ୟ।

ସେବା ପୁଣି ଥରେ ଘଣ୍ଟାକୁ ଚାହିଁଲା।

ଆଉ ବସି ହେବନି ତାକୁ ଯିବାକୁ ହିଁ ହେବ। କେମିତି ବୁଝାଇବ ମ୍ୟାନେଜରକୁ, ଏକୁଟିଆ ପିଲା ବଢାଇବା ଯେତିକି ସମସ୍ୟା ସିମୀତ ଦରମାରେ ପୁଅର ସବୁ ପ୍ରକାର ଅଳି ଅର୍ଦଳିକୁ ପୁରଣ କରିବା ତା' ଠାରୁ ଆହୁରି ଅଧିକା ସମସ୍ୟାର ବ୍ୟପାର। ମାସକୁ ସାତ ହଜାରରୁ ତିନି ହଜାର ଘର ଭଡା ଚଲାପରେ ଆଉ କେତେ ସେ ବିଟୁର ସାଇକେଲ୍ ପାଇଁ ଖର୍ଚ୍ଚ କରି ପାରିବ। କିନ୍ତୁ ବିଟୁ ତିନି ଚକିଆ ସାଇକଲ୍ ଟି ପାଇଗଲେ ତା' ମୁହଁରେ ସେଇ ଖୁସି ଟିକକ!! ସ୍ୱର୍ଗ ଆଉ କାହାକୁ କୁହନ୍ତି କି?

ମମି ତାକୁ ଛାଡି ଅଫିସ୍ ଯାଉଚି ତେଣୁ ପାଉଣା ବାବଦରେ ଟାଇଗର ବିସ୍କୁଟ୍ ପ୍ୟାକେଟଟିଏ ସବୁ ଦିନ ମମିର ପର୍ସ୍ ଅଣ୍ଟାଳି ଆଦାୟ କରିବା ବିଟୁର ଅଭ୍ୟାସ। ଦିନେ ଦିନେ ସେବା ଭୁଲିଯାଏ। ସେଦିନ ବିଟୁ ରୁଷେ। ମମିଠୁଁ ଦୁଇଟି ବିସ୍କୁଟ୍ ପ୍ୟାକେଟ୍ ର ନିର୍ଭର ପ୍ରତିଶ୍ରୁତି ପରେ ଯାଇଁ ତା'ର ମାନ ଭଞ୍ଜନ ହୁଏ। ଆଜି ପୁଣି ତା'ର ଜନ୍ମଦିନ, ସେବା ଆଉ ବସିରହି ପାରିଲା ନାହିଁ। ହଠାତ୍ ମ୍ୟାନେଜର କ୍ୟାବିନ୍ କୁ ଉଠିଗଲା।

ଲୋକଟା କମ୍ପୁଟର ପରଦାକୁ ଚାହିଁ ରୁକ୍ଷ କଣ୍ଠରେ କହିଲା, ଫାଇଲ୍ ଶେଷ ହେଲା?

: ଅଳ୍ପ ବାକି ଅଛି। କାଲି ଶିଘ୍ର ଆସି ସାରିଦେବି।

: ଆଜି ଦିନ ଯାକ ତେବେ କ'ଣ କରୁଥିଲ? ତମର ଯେମିତି ଏଇନେ

ଘରକୁ ଫେରିବା ଜରୁରି ମୋର ସେମିତି ରାତି ପାହିଲେ ଫାଇଲ୍ କାମ ଶେଷ ହେବା ଜରୁରି। ମୁଁ କୋଉଟା ପଛରେ ପକେଇବି ନିଜେ କୁହ।

ସେବା ସେହିପରି ଅନୁନୟ ଭଙ୍ଗିରେ ଲୋକଟା ଆଡକୁ ଚାହିଁ ରହିଥାଏ। କେତିଟି ମିନିଟ୍ ର ନିରବତା ଯୁଗଟିଏ ପରି ମନେ ହେଲା।

ହଠାତ୍ ଗୁମ୍ଫା ଭିତରୁ ନିର୍ଦ୍ଦେଶ ପରି ଗମ୍ଭିର ସ୍ୱର ଶୁଭିଲା, ଆଚ୍ଛା ଫାଇଲ୍ ତକ ମୋ ଟେବୁଲ୍ ରେ ରଖିଦେଇ ଯାଅ। କାଲି ସକାଳ ନଅଟା ସୁଦ୍ଧା ଆସି ଶେଷ କରିଦେବ।

ସିଓର୍ ସାର୍ କହି ସେବା ସ୍କୁଲ୍ ଛୁଟି ଘଣ୍ଟା ବାଜିଲେ ପିଲାଏ ଯେମିତି ଉଚ୍ଛୁଳି ଉଠନ୍ତି ଠିକ୍ ସେମିତି ମନରେ ଟେବୁଲ୍ ଉପରୁ ପର୍ସ ଉଠାଇ ଅଫିସ୍ କରିଡର୍ ର ଶୂନ୍ୟ କ୍ୟାବିନ୍ ଗୁଡିକ ପାର ହୋଇ ଓହ୍ଲାଇଗଲା ରାସ୍ତାକୁ। ସ୍କୁଟି ଷ୍ଟାର୍ଟ୍ କରି ମା'କୁ ଫୋନ୍ ଯୋଗେ ଜଣାଇ ଦେଲା, ବିଟୁ ପାଇଁ ଶ୍ୟାମ ବାବୁଙ୍କ ଦୋକାନରୁ ସାଇକେଲ୍ ଟି ନେଇ ପହଞ୍ଚୁଛି। ବୋଧହୁଏ କାର୍ଯ୍ୟ ବ୍ୟସ୍ତତା ହେତୁ ମାଆ କେବଳ ଶିଘ୍ର ପହଞ୍ଚ କହି ଫୋନ ରଖିଲା।

ଅଫିସ୍ ରୁ ଘର ଚାରି କିଲୋମିଟର। ରାତି ଆଠଟା। ଆଖ ପାଖର ଦି'ଚାରିଟା ଖେଳଣା ଦୋକ। ସେଦିନ ଭାଇ ପୁଅ ସୋମୁର ଖେଣଣା ଗଦାରୁ ବିଟୁ ଗୋଟାଏ ଖେଳଣା ଜାହାଜ ଆବିଷ୍କାର କଲାପରେ ତା'ର ଖୁସି ଦେଖିବା ଭଳିଥିଲା। ଜାହାଜରେ ଟିକି ଟିକି ପ୍ଲାଷ୍ଟିକ ପାଇଲଟ୍ ଓ ମଣିଷଙ୍କୁ ଦେଖି ଜିଦି କଲା ସେଇଟା ନବ ବୋଲି।

ସୋମୁ ବି କୋଉ କମ୍। ତା' ଖେଳଣା ସେ କାହାକୁ ଦବନି ବୋଲି ସଫା ଶୁଣାଇ ଦେଲା। ଅଝଟହୋଇ କାନ୍ଦି ଗଡିଗଲା ବିଟୁ। ଘରକୁ ଫେରିଲା ବାଟରେ ନିଶ୍ଚୟ କିଣିବା ବୋଲି ସେବାଠୁଁ ଶୁଣିବା ପରେ ଯାଇଁ ତୁନି ହେଲା। ସେଦିନ ଫେରିବା ବେଳକୁ ଶୋଇ ପଡିଥିଲା ବିଟୁ। ପରଦିନ ଖେଳଣା ଜାହାଜ କଥା ପୁରା ପାସୋରି ଯାଇଥିଲା।

ମାସ ଶେଷରେ ବିଟୁର ସ୍କୁଲ୍ ଖର୍ଚ୍ଚ, ଘର ଖର୍ଚ୍ଚ ପରେ ଖେଳଣା କିଣା ବଜେଟ୍ ଟପି ଗଲେ ଖେଳଣା କିଣି ପାରେନି ସେବା। କିନ୍ତୁ ବିଟୁକୁ ସେ ଗପ ଶୁଣାଇବାରେ ହେଳା କରେନି। ଗପର ହାତୀ, ଘୋଡା, ବାଘ, ଭାଲୁ, ମଣିଷ ଆଦିଙ୍କୁ ବିଟୁ ଘରେ ପଡିଥିବା କାଗଜ, ଡିଆସିଲ୍ ଖୋଳ, ପ୍ଲାଷ୍ଟିକ୍ ମଗ ଇତ୍ୟାଦିଙ୍କୁ ରୂପ ଦିଏ।

: ମମି ଦେଖ, ଏଇଟା ସେଇ ବୁଢା ବାଘ, ଏଇଟା ହାତ ଭଙ୍ଗା ହନୁ ମାଙ୍କଡ, ସେ ଅଫିସରୁ ଫେରିଲେ ବିଟୁ ଗେହ୍ଲା ହୁଏ। ତା' ଚିତ୍ର ବହି ମେଲାଇ ଦିଏ। ଦିନ ତମାମ ସଞ୍ଚି ରଖିଥିବା ଖୁସିର ପସରା ମେଲାଇ ଧରେ।

ଶ୍ୟାମ ବାବୁଙ୍କ ଖେଳଣା ଦୋକାନ ରାତି ଦଶଯାଏଁ ଖୋଲା। ସାଇକଲଟି ନେଇ ସେ ପହଞ୍ଚି ପାରିବ ବୋଲି ସେ ଭାବିଲା। ଆସନ୍ତା ମାସରେ ସାଇକେଲ୍ ପଇସା ଦେଇଦେବ ଶାମ ବାବୁଙ୍କୁ। ତାଙ୍କ ଝିଅ ଶ୍ୟାମାଲି ବର୍ଷେ ବଡ ବିଟୁଠାରୁ ଦୁହିଙ୍କର କିନ୍ତୁ ବନ୍ଧୁତା ନିବିଡ। ଏକା ସ୍କୁଲ୍ ରେ ପଢନ୍ତି। ଶ୍ୟାମବାବୁ ଦୁହିଁଙ୍କୁ ନେଇ ସ୍କୁଲ୍ ରେ ଛାଡି ଆସନ୍ତି। ଚଲା ରାସ୍ତା ତେଣୁ ଫେରିଲା ବେଳେ ମା' ଯାଇ ନେଇଆସେ। ସତରେ ଶ୍ୟାମ ବାବୁ ନଥିଲେ ତା' ଅସୁବିଧା ଦୁଇଗୁଣା ହୋଇଯାଇଥା'ନ୍ତା। ଭଗବାନଙ୍କ ଉଦ୍ଦେଶ୍ୟରେ ମନେ ମନେ ହାତ ଯୋଡିଲା ସେବା।

ସେଦିନ ସୁବୋଧ ହସ୍ପିଟାଲ୍ ରେ ଥିଆନ୍ତି ସେବା ତାଙ୍କରି ପାଖରେ ଜଗି ରହେ। ଡାକ୍ତରଙ୍କ ବରାଦରେ ଔଷଧ ଆଣେ, ନରିଂହୋମରେ ରାତି କଟାଏ।

ସେତେବେଳେ ଘରେ ବିଟୁର ସବୁ ଖବର ବୁଝନ୍ତି ଶ୍ୟାମ ବାବୁ। ମା' ରାନ୍ଧିଦେଲେ ଘରୁ ଖାଇବା ପହଞ୍ଚାଇ ଦିଅନ୍ତି ଶ୍ୟାମ ବାବୁ।

ସେବା ବୁଝିପାରେନି ତାଙ୍କ ସ୍ତ୍ରୀ ଯେ କଣ୍ଢେଇ ପରି ଗୁଲୁଗୁଲିଆ କୁନି ଝିଅଟିକୁ ଛାଡିଦେଇ କେମିତି ପୂର୍ବ ପ୍ରେମିକସହ ଭାଗିଗଲା। ଝିଅକୁ ସାବତ ମା' ଅବହେଳା କରିବ ଏହି ଆଶଙ୍କାରେ ଶ୍ୟାମ ବାବୁ ଆଉ ବିବାହ କଲେନାହିଁ। ଘରେ ଝିଅ ଲାଗି ସମୟ ଦେଇ ପାରିଲେନାହିଁ ବୋଲି ଚାକିରି ଛାଡି ଘର ସାମ୍ନାରେ ଦୋକାନ ଦେଲେ। ସମସ୍ତିଙ୍କର ମନ ବୁଝୁଥିବା ଲୋକଙ୍କୁ ବୋଧେ ଇଶ୍ୱର ବେଶି ଦୁଃଖ ଦିଅନ୍ତି। ଶ୍ୟାମ ବାବୁ କିନ୍ତୁ ଅଜବ ମଣିଷ। ଯେତେ ଚିନ୍ତାରେ ଥିଲେ ବି ହସ ହସ ମୁହଁ। ଶ୍ୟାମାଲି ଅବିକଳ ତାଙ୍କ ପରି ହେଇଛି। ଟିକି ଗୋରା ମୁହଁଟିରେ ଛୋଟୋ ଛୋଟୋ ମୋତି ପରି ଦାନ୍ତ ହସିଦେଲେ ଭାରି ସୁନ୍ଦର ଦିଶେ।

ମା' ନରମ କରି କହେ, ଶ୍ୟାମ ବବୁ ଜଣଙ୍କ ଭଲ ଲୋକ ପରି ମନେ ହେଉଛନ୍ତି। ତୋର ଟିକେ ଭାବିଲେ କ'ଣ ହୁଅନ୍ତା 'ନି।

: କ'ଣ ଆଉ ଭାବିବି। ବିଟୁର ଭବିଷ୍ୟତ ଆଉ ଖୁସି ଛଡା ମୋର ଆଉ କିଛି ବି ଭାବିବା ଲାଗି ମନ ହଉନି ମା'।

: ତଥାପି କହି ମା' ଲମ୍ବା ନିଶ୍ୱାସ ନିଏ।

ସେବା ସମ୍ମାନ ଦିଏ ଶ୍ୟାମ ବାବୁଙ୍କୁ। ତାଙ୍କ ପରି ଜଣେ ପରଉପକାରୀ ବନ୍ଧୁ ପାଇଥିବାରୁ ନିଜକୁ ଧନ୍ୟ ମନେ କରେ। ଶ୍ୟାମ ବାବୁଙ୍କ ତରଫରୁ ମଧ୍ୟ ସେ ସମ୍ପର୍କ ସମ୍ଭାଳିବାରେ କେବେ ବି ଅବହେଳା ହୋଇନି। ପୁଣି ଥରେ ଗୋଟେ ନୂଆ ସମ୍ପର୍କରେ ବାନ୍ଧି ହେବାର ସ୍ୱାର୍ଥରେ କ'ଣ ଥାଏ ଭଲା।

ଅଦୂରରେ ଏକ ଖେଳଣା ଦୋକାନରୁ ପୁରୁଣା ହିନ୍ଦି ସିନେମା ଗୀତ ଭାସି ଆସୁଛି-

"ଲକଡିକି କାଠି, କାଠିପେ ଘୋଡା, ଘୋଡେକି ଦୁମ୍ ପେ ଜୋ ମାରା ହାଥୋଡା

ଦୌଡା ଦୌଡା ଦୌଡା ଘୋଡା ଦୁମ୍ ଉଠାକେ ଦୌଡା...।"

ପିଲାଙ୍କୁ ଆକୃଷ୍ଟ କରିବା ଲାଗି ଦୋକାନୀର ସଙ୍ଗୀତ ଚୟନକୁ ମନେ ମନେ ପ୍ରଶଂସା କଲା ସେବା। ଭିଡ ଆଡେଇ ଗୋଟେ ସ୍କୁଲ୍ ବ୍ୟାଗ ଦୋକାନରେ ପଶିଗଲା ସେ। ସ୍ପାଇଡର୍ ମ୍ୟାନ ଚିତ୍ରର ବ୍ୟାଗଟିଏ ବିଟୁ ପାଇଁ ପସନ୍ଦ କଲା। ଦୋକାନିକୁ ପଇସା ଦେଇ ବ୍ୟାଗ ଜରିଟିକୁ ସ୍କୁଟିରେ ରଖି ସେ ଏକମୁହାଁ ଶାମ ବାବୁଙ୍କ ଦୋକାନ ଆଡେ ଆଗେଇ ଗଲା।

ଗଳିଟା ସବୁବେଳେ ଅନ୍ଧାରୁଆ। ବୁଲା କୁକୁର କେତୋଟି ଘୁମଉଛନ୍ତି। ଶାମ ବାବୁଙ୍କ ଖେଳଣା ଦୋକାନର ଆଲୁଅ ଗଳି ମୁଣ୍ଡରୁ ଅଳ୍ପ ଦେଖାଯାଏ। ଟିକ୍ ମିକ୍ ନୀଳ, ହଳଦୀଆ ଆଲୁଅ ମିଞ୍ଜି ମିଞ୍ଜି ହୋଇ ରାସ୍ତାରେ ପଡେ। ସେବାକୁ ଗଳିଟା ଆଜି ଖାପଛଡା, ଅନ୍ଧାରୁଆ ମନେ ହେଲା। ଦୋକାନ ସାମାରେ ପହଞ୍ଚି ଦେଖିଲା ଦୋକାନ ବନ୍ଦ, ପିଣ୍ଡା ତଳକୁ ଘୁମଉଥିଲା କୁକୁରଟା ତାକୁ ଚିହ୍ନିପାରି ଲାଙ୍ଗୁଡ ହଲାଇଲା। ସେବା ବିକଳ ହେଇଗଲା। ପଚାରି ଦେଇଥା'ନ୍ତା କି, କିରେ ଆଜି ଶ୍ୟାମ ବାବୁ ଗଲେକୁଆଡେ। ମନକଥା ବୁଝିପାରିଲା ପରି କୁକୁରଟା ଧୀରେ କରି ଭୁକିଦେଲା।

ତା'ର ହଠାତ୍ ମନେପଡିଗଲା, ମା' କହୁଥିଲା ଶ୍ୟାମ ବାବୁଙ୍କ ମାଆଙ୍କ ଦେହ ଖରାପ, ସେ ଗାଁ କୁ ଯିବେ ବୋଲି କହୁଥିଲେ।

ଏଇ କଥା ସେବାର ଆଗରୁ କାହିଁକି ମନେ ପଡିଲା ନାହିଁ? କିଂକର୍ତ୍ତବ୍ୟବିମୂଢ଼ ହୋଇ ଠିଆ ହୋଇ ରହିଲା ସେ। ତା' ପରେ ପାଦେ ପାଦେ କରି କେତେବେଳେ ତା' ଘର ଦୂଆର ମୁହଁରେ ପହଞ୍ଚି ଗଲାଣି, କଲିଂବେଲ୍ ଚିପିବାକୁ ହାତ ବଢାଇଚି, ମା' କବାଟ ଖୋଲି କହିଲା,

"ଏତେ ଡେରି କଲୁ ଯେ। ତତେ ଅପେକ୍ଷା କରି ବିଟୁ ଶୋଇ ପଡିଲାଣି।"

ପୃଥିବୀଯାକର କ୍ଳାନ୍ତି ତା'ଉପରେ ଅଜାଡି ହୋଇ ପଡିଲା ସତେ ଯେମିତି।

"ଶୋଇ ପଡିଲା", ଅସ୍ପଷ୍ଟ ଭାବରେ ସେ ଦୋହରାଇଲା।

ସ୍ପାଇଡରମ୍ୟାନ ବ୍ୟାଗର ଜରିଟା ରଖିଦେଇ ସୋଫା ଉପରେ ବସି ପଡିଲା ସେବା। ପୁଅର ଜନ୍ମଦିନ ଆଜି। ଉପହାର ଦୂର କଥା ତା'ଲାଗି ସମୟ ଟିକିଏ ଦେଇ ପାରିଲା ନାହିଁ। ତାକୁ କାନ୍ଦ ମାଡିଲା।

ହଠାତ୍ ଗୋଟେ କୋଳାହଳ ସହ ରଙ୍ଗିନ୍ ଆଲୁଅ ଜଳି ଉଠିବା ଦେଖି ସେ

ଆଶ୍ଚର୍ଯ୍ୟ ହୋଇଗଲା। ବିଟୁ ଆସି ତା' ବେକରେ ଝୁଲି ପଡିଲାଣି। ସେ ନିଶ୍ଚୟ ସ୍ୱପ୍ନ ଦେଖୁଛି।

ମା' ହସି ହସି ଉଚ୍ଚ ସ୍ୱରରେ କହିଲା, "ସରପ୍ରାଇଜ୍।" ଭଲକରି ଇଂରାଜି କହିପାରୁ ନଥିବା ମାଆ ମୁହଁରେ ଇଂରାଜୀ ଶବ୍ଦଟି ଖାପଛଡା ଲାଗୁଥିଲେ ବି ମନେ ହେଉଥିଲା ସେଇ ଶବ୍ଦଟି ଭିତରେ ଖୁନ୍ଦି ହୋଇଛି ସଂସାର ଯାକର ସୁଃଖ।

ଶ୍ୟାମ ବାବୁଙ୍କୁ ଦେଖି ସେବା ଯେତିକି ଆଶ୍ଚର୍ଯ୍ୟ ହେଲାନି କାହ୍ନୁ କରକୁ ନାଲି ରଙ୍ଗର ଗୋଟେ ବଡ ପ୍ୟାକେଟ୍ ଉପରେ ଆଖି ତା'ର ସ୍ଥିର ହୋଇଗଲା। ଆଉ ଘରକୁ ଡାକିନେଇ ଶ୍ୟାମ ବାବୁ କହିଲେ, "ଆପଣଙ୍କ ଫେରିବା ଡେରି ହେବ ବୋଲି ମାଉସୀଙ୍କଠାରୁ ଜାଣିବା ପରେ ଆପଣ ବାଛିଥିବା ସାଇକଲଟି ମୁଁ ବିଟୁ ଲାଗି ନେଇ ଆସିଛି। ଭଲ କଲି ନା।"

ଖୁସି ସବୁ ବୃକ୍ଷରୁ ପୁଷ୍ପ ପରି ବର୍ଷିଗଲା ତା' ଉପରେ। ସେହି ଅପ୍ରତ୍ୟାଶିତ ମୁହୂର୍ତ୍ତ ପ୍ରତି କୃତଜ୍ଞତାରେ ଭରିଗଲା ତା'ର ଅନ୍ତର। ଅନେକ ଦିନ ପରେ ସେବାର ଆଖିରେ ଖୁସିର ଲୁହ ପରି କିଛି ଚିକ୍ ଚିକ୍ କଲା।

■

ଅଦୃଶ୍ୟ ସମ୍ପର୍କ

ଦୃଶ୍ୟଟିରେ ଥିଲା କିଛି ରହସ୍ୟ। ପ୍ରକୃତରେ ସେହି ରହସ୍ୟ ହିଁ ମୋତେ ମୃଦୁ ଆହ୍ୱାନ କରୁଥିଲା ଖୋଜିବାକୁ, ଜାଣିବାକୁ, ବୁଝିବାକୁ।

ସୂର୍ଯ୍ୟ ଏଇ ଏଇ ପହଡ ଭାଙ୍ଗିଥିଲେ, ତଥାପି ରବିବାରିଆ ପାର୍କଟା ଢୁଳାଉଥିଲା କୁହୁଡିରେ।

ପାର୍କର କୋଣକୁ କାଶତଣ୍ଡି ବୁଦାକୁ ଲାଗି କାକର, କୁହୁଡି ଭିଜା ବେଞ୍ଚ ଉପରୁ ବସିବସି ଦେଖୁଥିଲି ପୃଥିବୀକୁ, ଭାବୁଥିଲି ଶୂନ୍ୟତାକୁ। ଅଗତ୍ୟା ମୋ ସାମ୍ନାରେ ଇଟା ଖଞ୍ଜା ସରୁ ରାସ୍ତାର ଶେଷ ମୁଣ୍ଡରୁ ଦୃଶ୍ୟ ହେଲା ଯାଆଁଳା ଫଳ ପରି ସେ ଦୃଶ୍ୟଟା।

ସବୁଜ ଲଟା, ପତ୍ର ଅଢୁଆଳରୁ ହଲି ଦୋହଲି ଘୁଞ୍ଚି ଘୁଞ୍ଚି ଆସୁଥିଲା। ପାଖକୁ ପାଖକୁ ଦିଶିଲା ଚାରିଟା ଗୋଡ। ପରସ୍ପର ଅଣ୍ଟାରେ ଛନ୍ଦା ଛନ୍ଦି ଚାରିଟା ହାତ। ଏବଂ ଧଳା ପରିଧାନ। ଦି'ଟା ମୁହଁ ଓ ଶେଷରେ ସମ୍ପୂର୍ଣ୍ଣ ଦୁଇଟି ମଣିଷ। ଜଣଙ୍କ ହାତରେ ଧୂଆଁ ଉଠା ସିଗାରେଟ୍ ଅନ୍ୟ ଜଣଙ୍କ ହାତରେ ଟି'ମଗ୍-ଗ୍ରିନ୍ ଟି..କଫି।

ମୋ ସାମ୍ନାଦେଇ ଦୁହେଁ ଅତିକ୍ରାନ୍ତ କରିଯାଆନ୍ତେ ଅଗତ୍ୟା ମୋ ଆଖି ପଡିଗଲା ଡାହାଣ ପାଖର ଲୋକଟି ଉପରେ। ମୁଁ ତାକୁ ଚିହ୍ନିଛି। ବ୍ରେକ କଶିଲା ପରି ଦୁହେଁ ବି ଅଟକି ଗଲେ। ଛାଡି ଛାଡି ଠିଆ ହୋଇଗଲେ। ଡାହାଣ ପାଖ ଲୋକଟା ସିଗାରେଟ୍ ଧରିଥିବା ହାତଟିକୁ ପଛକୁ ବୁଲାଇନେଲା। ମୋତେ ଚାହିଁ ତାର ଅଭିବାଦନ-ଗୁଡମର୍ଣିଙ୍ଗ୍ ମ୍ୟାଡମ୍ !

ମୁଁ ବେଞ୍ଚରୁ ଟିକିଏ ଘୁଞ୍ଚିଯାଇ କହିଲି, " ଗୁଡମର୍ଣିଙ୍ଗ। ବସନ୍ତୁ।"

ଡାହାଣ ପାଖ ଲୋକଟିର ନାଁ ସମ୍ୟକ। ଆର ଲୋକଟିର ନାଁ ଯଦିଓ ଜାଣିନଥିଲି ସମ୍ୟକ ସହିତ ପ୍ରାୟ ତାକୁ ଦେଖି ଦକ୍ଷେହି ଚିହ୍ନି ଯାଇଥିଲି।। ଦିହେଁ ମୋରି ଆପାର୍ଟମେଣ୍ଟ୍ ର ପୂର୍ବ ପାଖ ବିଲଡିଙ୍ଗ ରେ ରହନ୍ତି। ବାଙ୍ଗାଲୋର୍ ମଲ୍ଟି ନ୍ୟାସନାଲ୍ ଆଇ.ଟି କମ୍ପାନୀରେ

କାର୍ଯ୍ୟ କରନ୍ତି। ବୟସ ଅନୁମାନ ତିରିଶି ହେବ। ମୋ ସ୍ୱାମୀ ଶୁଭେନ୍ଦୁ ସେମାନଙ୍କର ମ୍ୟାନେଜର ହେତୁରୁ କେତେବେଳେ କେମିତି ରବିବାରିଆ ଦୁହେଁ ଆସି ପହଞ୍ଚି ଯାଆନ୍ତି ଆମ ଘରେ। ଲଞ୍ଚ କି ସମୟ ହୋଇଥିଲେ ଶୁଭେନ୍ଦୁ ବାଧ କରନ୍ତି, ଖାଇଦେଇ ଯିବାକୁ।

ଆଜି ମୁଁ ହଠାତ ପଚାରିଲି, ତୁମ ବନ୍ଧୁଙ୍କ ନାଁ।

ତୁଳା ପରି ହାଲୁକା ସ୍ୱର ଶୁଭିଲା, "ଦୀପ୍।"

"ମାଡମ୍ ଏଥର ଗଣେଶ ପୁଜାରେ ପଟଲଗ୍ କରିବା।" ଦୀପର ପିଠିରେ ସ୍ନେହରେ ହାତ ବୁଲାଇଆଣି କହିଲା ସମ୍ୟକ୍, "ଇଏ ବଢିଆ ସମୋସା ଚାଟ୍ ବନାଏ।"

" ନିଶ୍ଚୟ, ମୋତେ ଖାଲି ସୋସାଇଟି ଚେୟାରମ୍ୟାନ୍ ମିସେସ୍ ଆହୁଜାଙ୍କୁ ଜଣାଇଦେବାକୁ ପଡିବ।"

ମୋ ଝିଅର ନାଚ କ୍ଲାସକୁ ଯିବାର ସମୟ ହୋଇଗଲାଣି। ମୁଁ ତରତରହୋଇ ଯିବାକୁ ଉଠିଲି। ମୋ ଠୁଁ ବିଦାୟ ନେଇ ଦୁହେଁ ହଲି ଦୋହଲି ଚାଲିଗଲେ। ପରସ୍ପର ପ୍ରତି ସ୍ନେହଁ ଶ୍ରଦ୍ଧାରେ ଯେ ବନ୍ଧା ସେମାନେ ତାଙ୍କ ହାବଭାବରୁ ସ୍ପଷ୍ଟ ବାରି ହୋଇ ପଡୁଥାଏ। ମୋ ଭିତରେ ଯେମିତି କିଏ କହିଦେଲା, "ମେଡ ଫର୍ ଇଚ୍ ଅଦର୍।"

ରାସ୍ତା ଧାରରେ ଉଦ୍ଦେଶ୍ୟହୀନ ଭାବରେ ଘୁରି ବୁଲୁଥିବା ଦି'ଚାରିଟା ବୁଲା କୁକୁର, ତଳ ଫ୍ଲୋର ର୍ ମିସେସ୍ ଓ ମିଷ୍ଟର ମଜୁମଦାରଙ୍କ ମଧ୍ୟରେ ରବିବାରିଆ କଳି ଓ ଲିଫ୍ଟ ଟପି ମୁଁ ଘରେ ପହଞ୍ଚିଲା ବେଳକୁ ମୋ ଝିଅ ପ୍ରସ୍ତୁତ ହୋଇସାରିଥାଏ ନାଚ କ୍ଲାସ୍ ଲାଗି।

ଅବଶ୍ୟ ଏହାର କିଛିଦିନ ପରେ ସମ୍ୟକ୍ ଓ ଦିପ୍ ପରସ୍ପର ବନ୍ଧୁତ୍ୱର ଗୋପନ ଦିଗଟିକୁ ଉନ୍ମୋଚନ କରିଥିଲେ ମୋ ଆଗରେ ଅପ୍ରତ୍ୟାଶିତ। ମୁଁ ଆଶ୍ଚର୍ଯ୍ୟ ହେଲି। ପୂର୍ବରୁ ଦେଖୁଥିଲି ପାର୍କରେ ପରସ୍ପର ବାହୁ ବେଷ୍ଟନି ଭିତରେ ଭ୍ରମଣରତ ପୁରୁଷ ଯୋଡି ସବୁ। କେବଳ ବନ୍ଧୁତା ଛଡା ତାଙ୍କ ମଧ୍ୟରେ ଯେ ପ୍ରେମ ସମ୍ପର୍କ ଥିବ ଏହା ମୋର ଧାରଣା ନଥିଲା।

ସମ୍ୟକର ବହିର୍ମୁଖୀ ବ୍ୟକ୍ତିତ୍ୱ, ଦୀପ୍ ଇଣ୍ଟ୍ରୋଭର୍ଟ, କିଛିଟା ଇମୋସନାଲ୍। ସମ୍ୟକର ବଳିଷ୍ଠ ବାହୁରେ ଇଗଲ୍ ର ଟାଟୁ ଏବଂ ଦିପର କୋମଳ ହାତରେ ଗୋଟିଏ ସରି ମୋତିର ବ୍ରେସଲେଟ୍। ଏତେ ସବୁ ଅସମଞ୍ଜଶ୍ୟ ଭିତରେ ବି ଦୁହେଁ ଦୁହିଁଙ୍କର ସାନିଧରେ ସନ୍ତୁଷ୍ଟ। ବାହୁ ବେଷ୍ଟନି ରେ ସୁରକ୍ଷିତ। ଜିଇବାରେ ମଗ୍ନ ଓ ଜୀବନରୁ ନିରୀହ ଖୁସି ଗୋଟାଇବାରେ ଆଛନ୍ନ।

ଦୁହିଙ୍କ ସମ୍ପର୍କ ଓ ମାନସିକତା ମୋ ମୁଣ୍ଡରେ ଖିଅ ଧରୁ ଧରୁ ବେଶ କିଛି ଦିନ ନେଲା। ଅବଶ୍ୟ ଡେର୍ ଆୟ୍ ଦୁରୁସ୍ତ ଆୟେ ରିତିରେ। ମୁଁ ମନେ ମନେ ଭାବିଲି

ପୁରୁଷ ଦୁହେଁ ପରସ୍ପରକୁ ପ୍ରେମକଲେ ଅସୁବିଧା କେଉଁଠି। ଈଶ୍ୱର କେଉଁଠି କହିଛନ୍ତି ପ୍ରେମ ନାରୀ ଓ ପୁରୁଷ ଯୋଡ଼ିର ବ୍ୟକ୍ତିଗତ ବ୍ୟାପାର। ପୁରୁଷ ଦୁହେଁ ପରସ୍ପରକୁ ପ୍ରେମକଲେ ଅସୁବିଧା କେଉଁଠି।

ପ୍ରେମ ପରା ଅନ୍ଧ। ପୁରୁଷ ଜଣେ ଯଦି ହୃଦୟାବେଗରେ ସମଲିଙ୍ଗୀ ସାଥି ଚୟନ କଲା। ହୃଦୟ ଦିଆ ନିଆ ହେଲା କାହାର କ୍ଷତି କ'ଣ। ସମୟ କ୍ରମେ ସେମାନଙ୍କର ଭଲ ପାଇବା ପବିତ୍ର ମନେ ହେଲା। ଯଦିଓ ସମାଜ ନଜରରେ ଓ ଆଇନ୍ ଆଇନ୍ ଦୃଷ୍ଟିରେ ସେମାନଙ୍କ ସମ୍ପର୍କର କୌଣସି ନାମ ନାହିଁ। ମୋ ମତରେ ସେମାନେ କୌଣସି ପାପ କରୁନଥିଲେ।

ଟୁ ମିନିଟ୍ ମାଗିପରି ପ୍ରେମ ଯେତେବେଳେ ଚକ ମକ୍ ବିୟୁଟି ପାର୍ଲର୍ ପଛରେ ନଚେତ୍ କଲେଜ୍ ପରିସରରେ ଘଟିଯାଉଛି, ପୁରୁଷ ନାରୀ ବିବାହ ନକରି ଲିଭ ଇନ୍ ରିଲେସନ ରେ ରହିବା ଆଇନ୍ ସମ୍ମତ ହୋଇଛି। ପୁଣି ବର୍ଷ ଗୋଟାରେ ନୂଆ ବନ୍ଧୁ ଖୋଜ। ପୁରୁଣା ସ୍ୱପ୍ନର ପାଉଁଶ ଭିତରୁ ନୁଆ ସ୍ୱପ୍ନ କଅଁଳୁଛି। ବସାରେ ନୁଆ ଚଢେଇ ଆସି ଖପର ଖପର ହେଉଚି।

ଯେ ସେଇ ସହର ଯେଉଁଠି ଚକମକ ଆଲୋକରେ ଜହ୍ନ ନିଜକୁ ଛୋଟ ମଣି ଲୁଚିଯାଏ କୁଢ କୁଢ ଅବର୍ଜନା ପଛରେ। ପେଟର ଭୋଖ ପାଇଁ ଚାଷି ଜୀବନ ହରାଏ ସର୍ବସାଧାରଣରେ। ଇନକିଲାବ ନାରା ପୁରୁଣା ହୋଇଗଲାଣି, ଅଲଗା ପ୍ରକାର ନାରା ନହେଲେ ସରକାରଙ୍କ କାନ ବଧିର। ହେଇ ହେଇ ବାହା ନହୋଇ ନାରୀ ପୁରୁଷ ଏକାଠି ରହିଗଲେ, କାହା ସ୍ତ୍ରୀ ପର ପୁରୁଷ ସହ ପଳାଇଲା ଶଃ। କିଏ ଫିକର କରେ।

ଅଥଚ ସମ୍ୟକ ଓ ଦୀପ୍ ଦୁହିଙ୍କ ସମ୍ପର୍କକୁ ନେଇ ରୋଚକ ଖବର ମୋ ଆପାର୍ଟମେଣ୍ଟର୍ ଘର ଘର ଘୁରି ବୁଲୁଚି ଭାବିଲେ ଆଶ୍ଚର୍ଯ୍ୟ ଲାଗେ। ପ୍ରେମ ତେବେ ଶତ୍ରୁ ଆକର୍ଷଣ କରେ ?

ପୃଥିବୀ ଗଡିଗଲା ସପ୍ତାହେ ଆଗକୁ।

ସେଦିନ ଶୁଭେନ୍ଦୁ ଘରେ ବ୍ରେଡ ବନଉଥିଲେ। ମୁଁ ପାର୍କକୁ ୱାକରେ ବାହାରିଲା ବେଳକୁ କହିଲେ, ଦୁହିଙ୍କୁ ଦେଖିଲେ ଡାକିଦେବ। ଆଜି ବ୍ରେଡ ଆଉ ସୁପ୍ ତୁମର ହମ୍ବଲ୍ ସେଫ ଙ୍କ ହାତରେ ଡିନର ଲାଗି।

ମୁଁ ପୁଣି ସମ୍ୟକ ଏବଂ ଦୀପଙ୍କୁ ଭେଟିଲି ପାର୍କରେ। ଦୁହିଙ୍କୁ ଘରକୁ ଡାକିବାରୁ ଆଗ୍ରହରେ ଆସିବେ ବୋଲି ଜଣାଇଦେଲେ।

ଘରେ ପହଞ୍ଚି ଶୁଭେନ୍ଦୁଙ୍କୁ କହିଦେଲି ଡିନର ଗେଷ୍ଟ ଆଜି ଆସୁଛନ୍ତି। ଶୁଭେନ୍ଦୁ

ବ୍ରେଡ ପାଇଁ ଇଷ୍ଟ ଫେଣ୍ଟିଲାବେଳେ କହିଲେ, "ଭଲ କଲ। ଦୁହିଁଙ୍କୁ ଏକଘରିଆ କରିଦେଇଛନ୍ତି ଏଠି।"

ସେଦିନ ଦିନ ବିତିଲା କିଛି ଛୋଟ ମୋଟ କାମରେ। ଚାରିଟା ବେଳକୁ ମେଘ କୁଆଡୁ ମାଡି ଆସିଲା। ବର୍ଷା ସମ୍ଭାବନାରେ ଚଢେଇଙ୍କ ଖୋଜା ଲୋଡା କିଚିରି ମିଚିରି ଆରମ୍ଭ ହୋଇ ଗଲାଣି। ମୁଁ ବାଲକୋନୀରେ ବସି ଭାବୁଥାଏ, ସତରେ ପକ୍ଷୀଙ୍କ ସମ୍ପର୍କ କେଡେ ଗଭୀର। କୁଆଟିଏ ମରି ପଡିଥିଲେ ଶୋକାତୁର କୁଆଙ୍କର ଭିଡ ଆଉ ବିକଳ ରାବ ଦେଖିଲେ କିଏ କହିବ ଆଜିର ମଣିଷ ସମ୍ପର୍କ ଯାଠୁଁ ଉର୍ଦ୍ଧ୍ୱରେ ବୋଲି।

"ଘନିଷ୍ଠ ସମ୍ପର୍କ ଗଢେ ଆତ୍ମା...",ନୂଆ ବର୍ଷ ପାର୍ଟିରେ କୌତୁକିଆ ପ୍ରଶ୍ନ ଉତ୍ତରରେ ସମ୍ୟକ କହିଥିଲା। ଆମର କ'ଣ ଆତ୍ମା ଯାଇଛି ଛୁଟିରେ। ଆମ ସମ୍ପର୍କ ଗୁଡାକ ଫାଟି ଯାଉଛି କାହିଁକି। ଖେଳ ଖେଳରେ ମଜ୍ଞ କଥାଟା କହିଦେଲା ଟୋକା। କହିଲେ ଗାଢା ନାଲି ଲିପଷ୍ଟିକ୍ ମଖା ଓଠରେ ଅଧିକାରିଣୀ ମିସେସ୍ ଭଦ୍ରା। ତାଙ୍କ ସ୍ୱର ଓ ଚିତ୍କାର ଉଭୟ ଶୁଭେ ମୋର ଉପର ଫ୍ଲୋରରୁ ତାଙ୍କ ଘରୁ। ସ୍ୱାମୀଙ୍କ ବମ୍ବେରେ ବିଜନେସ୍ ଚାଲିଛି ତେଣୁ ସେ ସେଠାରେ ରୁହନ୍ତି। ମିସେସ୍ ଭଦ୍ରା ଯଦିଓ ନିଜ ସ୍ୱାମୀଙ୍କୁ ପୁରା ଛାଡି ନାହାନ୍ତି ତେବେ ପାର୍ସିଆଲି ସେପାରେଟେଡ୍।

ସେ ମୁକ୍ତ ବିହଙ୍ଗ। ରୁହନ୍ତି ତାଙ୍କର କଲେଜ ପଢୁଆ ଝିଅ ସହ। ଉଡିବୁଲନ୍ତି ନୂଆ ନୂଆ ମଣିଷଙ୍କ ସହ। ମୁକ୍ତ ବିହଙ୍ଗତ୍ୱ ହିଁ ତାଙ୍କର ବିଶେଷତ୍ୱ। ତାହାରି ପ୍ରଲୋଭନରେ ଆକୃଷ୍ଟ ହୋଇ ଆସନ୍ତି ମଣିଷମାନେ ମୁକ୍ତିର ସ୍ୱାଦ ଚାଖିବାକୁ। କିନ୍ତୁ ବିହଙ୍ଗ ମାନେ ଯେ ଗୋଟିଏ ସାଥି ସହ ବସା ବାନ୍ଧି ରହି ଯାଆନ୍ତି ଜୀବନ ତମାମ।

ଶିତେସ୍ ମୋ ପାଟିରେ ସୁପ୍ ଚାମଚେ ଦେଇ ଚାହିଁଥାନ୍ତି। ମୁଁ ଇସାରାରେ ପର୍ଫେକ୍ଟ ହୋଇଛି କହି ଫୋନ୍ ଲଗାଇଲି।

ସମୟ ହୋଇ ଗଲାଣି ତଥାପି ସେମାନଙ୍କ ଦେଖା ନାହିଁ। ସମ୍ୟକ୍ ଓ ଦୀପ୍ ଯୁଆଡେ ଯାଆନ୍ତି ସାଥିହୋଇ ଯାଆନ୍ତି। କଜଳପାତି ପରି ଜଣଙ୍କୁ ଦେଖିଲେ ଆଖି ଆରଜଣଙ୍କୁ ଖୋଜେ। ହଠାତ୍ ଦାଣ୍ଡ କବାଟରେ ମୃଦୁ ଆଘାତ ଶୁଣି ମୁଁ ଫୋନ କାଟି କବାଟ ଖୋଲିଲି।

"ମାଡମ୍ ଆମେ ଆସିଗଲୁ।" କହିଲା ସମ୍ୟକ।

ହଳେ ଜିନ୍ସ ଓ ଧଳା ସାର୍ଟରେ ଦୁହେଁ ଖୁସି ଦିଶୁଥିଲେ। ମୋ ହାତରେ ଫୁଲ ତୋଡାଟିଏ ଧରେଇ ଦେଇ ସୋଫାରେ ବସିପଡିଲେ ଦୁହେଁ। ଶିତେସ୍ ଦୁହିଙ୍କ ଲାଗି ୱାଇନ୍ ଗ୍ଲାସ ସଜାଡିଦେଲେ। ୱାଇନ୍ ର ସ୍ୱାଦ ଉପଭୋଗ କରୁ କରୁ ଗପ ସପ

ହେଉଥିଲେ ସେମାନେ। ମୁଁ ସେମାନଙ୍କୁ ଲକ୍ଷ କରୁଥାଏ। ଯେତେ ଦେଖିଲେ ମୋତେ ଲାଗୁଥାଏ ପ୍ରେମରେ ବୁଡି ରହିଥିବା ଯୋଡି ଟିଏ।

ପୁରୁଷ ଦୁହେଁ ଯଦି ହାତରେ ବନ୍ଧୁକ ଧରିବେ ସମାଜ ଦୃଷ୍ଟିରେ ଦୃଷ୍ଟି କଟୁ ହୁଏନାହିଁ। ଅଥଚ ପୁରୁଷ ଯୋଡି ଟିଏ ପରସ୍ପର ବାହୁ ବେଷ୍ଟନିରେ ଦୃଶ୍ୟ ହୁଅନ୍ତି ସମାଜ ଆଖିରେ ଯିବନାହିଁ। ଯିଏବି କହିଥିଲେ ଏକଦମ୍ ଠିକ୍ କହିଥିଲେ ମ୍ୟାଡମ୍। ଗ୍ଲାସରୁ ଟିକିଏ ୱାଇନ୍ ଢୋକି କହିଲା ସମ୍ୟକ।

କିଶୋରଟିଏ ଦେଖୁଛି ଦର୍ପଣରେ-କାହାର ଯେ ମୁହଁ? ଶରୀର ଓ ତା' ମଧ୍ୟରେ ଅଛିକି କିଛି ସାମଞ୍ଜସ୍ୟ। ନାନିର ଚୁଡି ପିନ୍ଧି ସେ ବାରମ୍ବାର କାହିଁକି ଦର୍ପଣ ଦେଖୁଛି। ଘରେ ଧରାପଡିଯାଏ ତାର ନୂଆ ସଉକ। ମାଡରେ ପିଠି ଫାଟୁଛି। ଡାକ୍ତର ପାଖକୁ ଘୋଷରା ହେଉଛି। ଔଷଧ, ଡେଉଁରିଆ ପୂଜା କରି ଖୋଳପା ତଳର ତାକୁ ଚପାଇ ଦେବାର ବିଫଳ ଚେଷ୍ଟା ପରେ ସେ ଜାଣିଗଲା। ବୁଝିବା ବୟସ ହୋଇଯାଇଥିଲା ତା'ର କିମ୍ବା ବୟସ ହେବା ଆଗରୁ ବୁଝିଗଲା ଯେ ତା'ର ଉପସ୍ଥିତି ଆଉ ଗ୍ରହଣୀୟ ନୁହେଁ।

ସାନ ଭାଇ ଉପରେ ତା 'ମାନସିକତାର ପ୍ରତିକୂଳ ପ୍ରଭାବ ପଡିବ, ସେଥିଲାଗି ବାପା ତାକୁ ହଷ୍ଟେଲ ପଠାଇ ଦିଅନ୍ତି।

କିଶୋରଟି କ୍ରମଶଃ ଯୁବକ ହୁଏ। ବନ୍ଧୁଙ୍କ ଗହଣରେ ଥାଇ ବି ସେ ନିଃସଙ୍ଗ।

ଗୋଟିଏ ଭିନ୍ନ ପରିଚୟର ଶରୀର ଭିତରେ ଆବଦ୍ଧ ଶିଶୁଟି କ୍ରମଶଃ ଯୁବକ ଅବସ୍ଥାକୁ ଉତ୍ତୀର୍ଣ୍ଣ ହୁଏ। ତା'ର ଚିନ୍ତା ଧାରା ସହ ଶରୀର ଖାପ ଖାଏନାହିଁ।

ସବୁଠାରୁ ସୁଖଦ ଓ ଗୁରୁତ୍ୱପୂର୍ଣ୍ଣ ସମ୍ପର୍କ କେଉଁଟା ଜାଣିଛନ୍ତି? ପ୍ରଶ୍ନର ଉତ୍ତର ଅପେକ୍ଷା ନକରି ସେ ନିଜେ କହିଲା, ନିଜ ସହ ନିଜର। ନିଜକୁ ବୁଝିବାକୁ, ଆପଣେଇବାକୁ ମଣିଷ ଖୋଜେ ସାଥି। ନବ ଯୁବକଟି ଖୋଜେ ଅନ୍ୟ ଜଣେ ଯିଏ ତା' ଶରୀର ଭେଦି ଆତ୍ମାକୁ ଦେଖିପାରିବ।

ଆପଣ ମାନଙ୍କ ପରି ଆମର ଏଯାଏଁ ବିବାହ କରିବାର ଅଧିକାର ନାହିଁ। ସମାଜର ସ୍ୱିକୃତିରେ ଆମେ ବିବାହ କରୁନା କିନ୍ତୁ ମନ ଭିତରେ ଇଶ୍ୱରଙ୍କୁ ଶାକ୍ଷିରଖି ବିବାହ ସମ୍ପର୍ଣ୍ଣ ହୋଇଯାଇଛି ଆମ ଦୁହିଙ୍କର।

କୁହନ୍ତୁ ତ ଏଇ ସାମାଜିକ ବିବାହ କ'ଣ ତା'ର ଗରିମା ବଜାୟ ରଖିଛି। କେତେ ଜୁଇ ଜଳୁଛି ସ୍ୱପ୍ନର। ସାନ ସାନ ପିଲା ଅନାଥ ହେଉଛନ୍ତି ଦାମ୍ପତ୍ୟ ଜୀବନର ଅତୁଆ କଳହରେ ଛନ୍ଦିହୋଇ।

ଡିନର ପରେ ସମୟ ବିତିଗଲା ଅନେକ ଉତ୍ତର ବିହୀନ ପ୍ରଶ୍ନ, ଦ୍ୱନ୍ଦ ଓ ଗପ

ସପର ମୃଦୁ ଗୁଞ୍ଜନରେ। ବାହାରେ ଝିପି ଝିପି ବର୍ଷା ପବନର ବେଗ ବଢିଥାଏ। ଦୁହେଁ ଯିବା ଲାଗି ଉଠିଲେ।

ପରଦିନ ସକାଳୁ ଝିଅକୁ ସ୍କୁଲରୁ ଛାଡି ଆସୁଛି ଠିକ ଏତିକିବେଳେ ଲିଫ୍ଟରେ ଧସେଇ ପଶିଆସିଲେ ମିସେସ୍ ଭଦ୍ରା। ତାଙ୍କ ଦେହରୁ ହାବୁକାଏ ଝାଳମିଶା ପର୍ଫ୍ୟୁମ୍ ର ଅସ୍ୱସ୍ତିକର ଗନ୍ଧରେ ମୁଁ କଲବଲ ହୋଇଗଲାବେଳକୁ ଫୁସ୍ ଫୁସ୍ ସ୍ୱର ଶୁଭିଲା। ଯଦିଓ ଲିଫ୍ଟରେ ଆମେ କେବଳ ଦୁଇଜଣ ହିଁ ମହଯୁଦଥାଉ।

ସେ ଦିଜଣ ସମ୍ୟକ ଆଉ ତା' ରୁମ ମେଟ, ବୋଥ୍ ଆର୍ "ଗେ କପୁଲ୍"। ସମଲିଙ୍ଗୀ। ଛିଃ କି ଯୁଗ ହେଲା ଆମପରି ଭଦ୍ର ଲୋକ ଏ ସୋସାଇଟିରେ ରହୁଚୁ ଦେଖିଲା ବେଳକୁ ଦିହେଁ କାର ଭିତରେ ଗେଲ ହେଉଥିଲେ। ମୋ ସାନ ଝିଅ ଦେଖି କହିଲା ବୋଲି ଜଣା ପଡିଗଲା ନା।

କେତେଦିନ ବିଲେଇ ଲୁଚି ଲୁଚି କ୍ଷିର ପିଇବ। ଯେତେ ଇଷାରା କଲେ ବି ଟୋକା କାହିଁକି ମୋ ପାଲରେ ପଡୁନଥିଲା ଏଇଠୁ ଜଣାପଡିଲା। ମିସେସ୍ ଆହୁଜାଙ୍କୁ କହିବାକୁ ପଡିବ ସୋସାଇଟିରେ ଏମିତି ବେଲଜ୍ୟା ଜୋଡି ଭାଙ୍ଗିବା ଦରକାର। ସେମାନଙ୍କୁ ଏଠୁ ତଡିବା ଆବଶ୍ୟକ। ମୁଁ ସମସ୍ତଙ୍କ ଭଲ ପାଇଁ କହୁଛି।

ମଣିଷଙ୍କୁ ଭଲ ପାଇବା ଗୋଟିଏ ସ୍ୱତନ୍ତ୍ର ସଂସ୍କାର ଆଜ୍ଞା। ସେମାନେ ସେହି ସଂସ୍କାରରେ ଆବଦ୍ଧ। ଆପଣ ବୁଝି ପାରିବେନାହିଁ। ଅବଶ୍ୟ ଦୁରରୁ ଦୃଶ୍ୟ ହେବ ଯାଆଁଳା ଫଳ ପରି, ପାଖକୁ ପାଖକୁ ଦିଶିବ ଚାରିଟା ଗୋଡ, ପରସ୍ପର ଛନ୍ଦା ଛନ୍ଦି ହାତ ଓ ପରେ ପରେ ଖୁସି ଖୁସି ଦୁଇଟି ମଣିଷ। ସେ ଖୁସି ଆପଣଙ୍କ ଆଖିରେ ଦିଶିବନାହିଁ।

ରକ୍ଷା ଲିଫ୍ଟ ଠିକ ସମୟରେ ମୋ ଫୋରରେ ଅଟକିଲା। ମୁଁ ପଛକୁ ନଚାହିଁ ଏକମୁହାଁ ବାହାରି ଆସିଲି। କିନ୍ତୁ ତାଙ୍କ ମୁହଁରୁ ପଦୁଟିଏ ଶୁଣି ନଥିଲି। ସେ କ'ଣ ଭାବୁଥିବେ ସେ ଆଡକୁ ମୋର ନିଘା ନଥିଲା।

■

ଯାତ୍ରା

ଦିନବନ୍ଧୁ ମାଷ୍ଟ୍ରେ ବଡ ଚିନ୍ତାରେ ପଡିଗଲେ। ଏକଦା ପିଲାଙ୍କୁ ପଢାଇଲା ବେଳେ ଉଡାଜାହାଜ ସମ୍ପର୍କିତ ଯାବତୀୟ ସାଧାରଣ ଜ୍ଞାନ ବିତରଣ କରିଥିବେ ; କିନ୍ତୁ ଉଚ୍ଚତାକୁ ପ୍ରବଳ ଭୟ କରୁଥିବା ମାଷ୍ଟ୍ରେଙ୍କୁ ଯେ ଦିନେ ସେଇ ଉଡନ୍ତା ଯାନରେ ବସିବାକୁ ପଡିବ କଦାପି ଭାବି ନଥିଲେ।

ପତ୍ନୀ ବିୟୋଗ ପରେ ଆମେରିକାରୁ ପୁଅ ଶନ୍ତନୁ ଅଡି ବସିଲା, ବାପା, ଟିକେଟ ପଠାଇ ଦେଇଛି। ମୋ ପାଖକୁ ଚାଲିଆସ କିଛି ଦିନ ଲାଗି। ମାଷ୍ଟ୍ରେଙ୍କୁ ଛନକା ପଶିଲା। ସେ ନିଶ୍ଚିନ୍ତ ଥିଲେ ପୁଅ ତାଙ୍କର ଫେରି ଆସିବ ବର୍ଷ କେତେଟାରେ। ସେପରି ନହୁଅନ୍ତେ ସେ ଚିନ୍ତାରେ ପଡିଗଲେ। ତାଙ୍କୁ ଯିବା କି ଜରୁରି। ସାହୁ ଗୁଡିଆ ପୁଅ ପାଞ୍ଚ ବର୍ଷ ହେଲାଣି ଲଣ୍ଡନରେ। ତା ବୋଲି କ'ଣ ସାହୁ ଗୁଡିଆ ବରା, ଜଲେବି ଛଣା ବନ୍ଦ କରି ଲଣ୍ଡନ ପଳାଇବ ? ତାଙ୍କ କହିବା କଥା ହେଲା ତୁମେ ସବୁ ଯେଉଁଠି ରହୁଛ ରୁହ ଭଲରେ ରୁହ। ଆମ ମାନଙ୍କୁ ସେଠାକୁ ଭିଡନାହିଁ।

ମାଷ୍ଟ୍ରେଙ୍କ ଭୟ କଥା ଜାଣିଥିବା ଶାନ୍ତନୁର ଜଣେ ବାଲ୍ୟ ବନ୍ଧୁ ଦିପେଶ ବୁଝାଇଲା।

"ମଉସା ଦି'ଟା ଇଂଜିନ୍ ଅଛି ପରା ଫ୍ଲାଇଟ୍ ରେ। ଗୋଟେ ଖରାପ ହେଲେ ଆଉ ଗୋଟେ କାମରେ ଆସିବ, ଏତେ ଡାକୁଛି ଯେତେବେଳେ ଯାଉନା ଦିନ କେତେଟା ବୁଲି ଆସିବ। ସବୁ ଦିନ ସେଠି ରହିବାକୁ କିଏ କହୁଚି। "

ପୁଣି ଯୋଡିଲା, ଆମେ ମାନେ ଆମେରିକା ଯିବାକୁ ସୁଯୋଗ ଖୋଜୁଛୁ। ତୁମକୁ ଡାକିଲେ ଯାଉନ।

ସାହାସ ପାଇବା ପରିବର୍ତ୍ତେ ଆହୁରି ବିକଳ ଦେଖାଗଲେ ସେ। କେଉଁ ଅଜଣା ସୂତ୍ରରୁ ଦିନବନ୍ଧୁ ମାଷ୍ଟ୍ରେଙ୍କ ମୁଣ୍ଡରେ ବସା ବାନ୍ଧିଥିବା କିଛି ଧାରଣାକୁ ଭିତ୍ତି କରି ସେ

ଯୁକ୍ତି ବାଢିଲେ, ପଶ୍ଚିମୀ ଦେଶରେ କାଳେ ସମୁଦ୍ର ତଟରେ ଯୁବକ ଯୁବତୀଙ୍କ ଅଙ୍ଗ ପ୍ରଦର୍ଶନୀ କିମ୍ବା ସର୍ବ ସାଧାରଣରେ ପ୍ରେମ ଏକ ମାମୁଲି ବ୍ୟପାର। ଏ ବୟସରେ ସେଗୁଡା ସେ ଦେଖିବା କଥା କି।

ସେ ସାଇତି ରଖିଥିବା ସମସ୍ତ ଯୁକ୍ତି ଗୁଡିକ କ୍ଷେପଣ କଲେ। ଯଦି ଗୋଟିଏର ଲକ୍ଷ ଅବ୍ୟର୍ଥ ଯାଏ ତେବେ ତାଙ୍କ କାମ ବନିଯିବ। ସେ ଆମେରିକା ଯିବେନାହିଁ।

-ଅନ୍ୟାନ୍ୟ ଦେଶ ମାନଙ୍କରୁ ପ୍ରତିଭା ାନଙ୍କୁ ନେଇ ଯାଉଛି।। ଯାହାଦ୍ୱାରା ପାଶ୍ଚାତ୍ୟ ସଭ୍ୟତାର ବିକାଶ ଦୃତ ଗତିରେ ହେଲାବେଳକୁ ଅନ୍ୟାନ୍ୟ ଦେଶରେ ଏବେ ମଧ ବେକାରୀ ସମସ୍ୟାର ଭୂମିକମ୍ପ ଦେଶର ମୂଳଦୁଆ ଦୋହଲାଇ ଦେଉଛି।

-ଆମେରିକାନ୍ ପାରିବାରରେ ପତି ପତ୍ନୀଙ୍କ ମଧରେ ଛାଡପତ୍ର ଜୀବନର ଧାରା ବନିଯାଇଛି। ପ୍ରକୃତରେ ବି ଏହିପରି ଗୁଡିଏ କାରଣରୁ ପଶ୍ଚିମୀ ସଭ୍ୟତା ପ୍ରତି ବିମୁଖ ଥିଲେ ଦିନବନ୍ଧୁ ବାବୁ।

କିନ୍ତୁ ତାଙ୍କର ଏହି ବଳିଷ୍ଠ ଯୁକ୍ତି ଗୁଡିକ କାମ ଦେଲା ନାହିଁ। ଅବଶେଷରେ ଶାନ୍ତନୁର ଜଣେ ବନ୍ଧୁ ସହ ମାଷ୍ଟ୍ରେଙ୍କର ଆମେରିକା ଯିବାର ବ୍ୟବସ୍ଥା ହେଲା। ମାଷ୍ଟ୍ରଙ୍କ ପାଖ ସିଟରେ ବସି ବନ୍ଧୁ ଜଣଙ୍କ ଅବଶ୍ୟ ମଝିରେ ମଝିରେ ତାଙ୍କ ସୁବିଧା ଅସୁବିଧା ପଚାରି ବୁଝିବାରେ ହେଳା କରି ନଥିଲେ। ଆକାଶ ମାର୍ଗରେ ମାଷ୍ଟ୍ରେ ଅଧିକାଂଶ ସମୟ ନିଦ୍ରା ଯାଉଥିଲେ। ଉଜାଗର ସମୟତିକ ସେ ମନେ ମନେ ହନୁମାନ ଚାଳିଶା ଭଜୁଥିଲେ।

ହଠାତ୍ ଦେହରେ ଗୋଟାଏ ଝଟକା ଲାଗିଲାରୁ ମାଷ୍ଟ୍ରେଙ୍କ ନିଦ ଭାଙ୍ଗିଗଲା। ଛାନିଆ ହୋଇ ସେ ଶନ୍ତନୁ ବନ୍ଧୁଙ୍କୁ ଚାହିଁଲେ। ସେତେବେଳକୁ ବନ୍ଧୁ ଜଣଙ୍କ ହାତ ବଢାଇ ମାଷ୍ଟ୍ରେଙ୍କ ଅଣ୍ଟାରେ ବନ୍ଧା ଯାଇଥିବା ସିଟ୍ ବେଲଲ୍ଟ ଖୋଲୁଥିଲେ।

"ପ୍ଲେନ୍ ଲାଣ୍ଡିଙ୍ଗ କରି ସାରିଲାଣି ସା! ଉଠି ପଡନ୍ତୁ।"

ଶିଶୁଟିଏ ମାଆ ସାଥିରେ ଲାଗି ଲାଗି ଚାଲିଲା ପରି ମାଷ୍ଟ୍ରେ ଶାନ୍ତନୁର ବନ୍ଧୁ ପିଛା ଧରିଆ'ନ୍ତି ଲଗେଜ୍ ଏରିଆରୁ ସୁଟକେସ୍ ନେଇ ଏୟାର ପୋର୍ଟରୁ ବାହାରିଲା ପର୍ଯ୍ୟନ୍ତ।

ସାନ ଫ୍ରାନସିସକୋର ଏୟାର୍ ପୋର୍ଟ ବାହାରକୁ ବାହାରି ଶାନ୍ତନୁକୁ ଦେଖିଲା ପରେ ତାଙ୍କ ଦେହରେ ଜୀବନ ପଶିଲା।

ପ୍ରଥମ ଦିନ ସେ ଟିକିଏ ଡେରିରେ ଶଯ୍ୟା ତ୍ୟାଗକଲେ। ଯାତ୍ରା କ୍ଳାନ୍ତି ଯୋଗୁରୁ ଦିହ ଅବଶ ଲାଗୁଥାଏ। ସେଦିନ ଥାଏ ଶନିବାର ଶାନ୍ତନର ଅଫିସ୍ ଛୁଟି। ବ୍ରେକଫାଷ୍ଟରେ ଚୁଡା, ଦହି ଦେଖି ମୁହୁର୍ତ୍ତେ ପାଇଁ ଭୁଲିଗଲେ ଯେ ସେ ଏବେ ସୁଦୂର ଅମେରିକାରେ।

ବାରି ଆଡେ ଟିକିଏ ବୁଲି ଆସିବାକୁ ବାହାରି ଗଲା ବେଳକୁ ଶାନ୍ତନୁ କହିଲା, "ବାପା, କୁଆଡେ ବାହାରିଲେ ?"

ସେ ଅଟକି ଗଲେ। ତାଙ୍କର ମନେ ପଡିଗଲା ପ୍ରାୟ ସତର ଘଣ୍ଟାର ଯାତ୍ରା !

ଏଠି ନାଲି ଚୁଡା ? ଖାଇଲାବେଳେ ବିସ୍ମୟ ପ୍ରକାଶ କଲେ ମାଷ୍ଟ୍ରେ।

"ବାପା ଆମେରିକା ହେଉଛି କିଣା ବିକାର ଦେଶ। ଆପଣ ଯାହା ଚାହିଁବ। ନମିଳିଲେ ମଗାଇ ଦେବାର ଉତ୍ତମ ବ୍ୟବସ୍ଥା ଅଛି। ଧରନ୍ତୁ ଆପଣ ଫାରମର୍ ମାର୍କେଟରେ କାଙ୍କଡ ଖୋଜୁଛନ୍ତି, ତେବେ ହାଟରେ ବିକୁଥିବା ଚାଷିଙ୍କୁ କହିବେ। ସେମାନେ ଆପଣଙ୍କ ଇଚ୍ଛାକୁ ଗମ୍ଭୀରତାର ସହ ନେବେ। ଆସନ୍ତା ବର୍ଷ ଆପଣ ଦେଖିବେ ହାଟରେ ବହୁଳ ପରିମାଣରେ କାଙ୍କଡ ମିଳୁଛି।" କହିଲା ଶାନ୍ତନୁ।

ଗତ ରାତିରେ ଶାନ୍ତନୁ ତାଙ୍କୁ ଏୟାରପୋର୍ଟ୍ ରୁ ଆଣିଲା ବେଳେ ଯାତ୍ରା କ୍ଳାନ୍ତି ଯୋଗୁ ଭଲ କରି ରାସ୍ତା ଘାଟ ଦେଖି ପାରି ନଥିଲେ। ପରଦିନ ସକାଳୁ ଚାରି ଆଡକୁ ଆଖି ବୁଲାଇ ଆଣି ପଚାରିଲେ, "କିରେ ଶାନୁ ଏଠି ମଣିଷ ସବୁ ଗଲେ କୁଆଡେ। କିଏ ଯେପରି ସଫା କରି ଓଳାଇ ଦେଲା ପରି ଲାଗୁଛି ବିଚରା ମାନଙ୍କୁ। ମଣିଷତ ଦୂର କଥା କୁକୁର ପିଲାଟିଏ ବି ରାସ୍ତାରେ ନାହିଁ।"

" ଷ୍ଟ୍ରେ ଆନିମଲ୍ ଙ୍କ ଲାଗି ସେଲଟର୍ ବ୍ୟବସ୍ଥା ଅଛି ବାପା। ଯଦି ସେମାନେ ରାସ୍ତାରେ ବୁଲିବେ ତେବେ ଆମେ ଏତେ ସ୍ୱଚ୍ଛନ୍ଦରେ ଗାଡି ଚଳାଇ ପାରିବୁ କି। ଦୁର୍ଘଟଣା ହେବନାହିଁ ?"

ଅବଶ୍ୟ ଏୟାରପୋର୍ଟରେ ପ୍ରବଳ ଜନ ଗହଳି ଆଗରେ ତା' ଠାରୁ ମାତ୍ର ଚାଳିଶି ମାଇଲ୍ ଦୂରତାରେ ନିରୋଳା ସହରଟି ଦେଖି ଆଶ୍ଚର୍ଯ୍ୟ ହେବା କଥା। ମାତ୍ର ଶନ୍ତନୁ କହିବା କଥା ହେଲା ଡାଉନଟାଉନ୍ କୁ ଘେରି ଅନେକ ଛୋଟ ବଡ ସହରଥାଏ। ସେହି ସହର ଗୁଡିକରେ ଅପେକ୍ଷାକୃତ ଗହଳ ଚହଳ କମ୍, ଗଛ ବୃକ୍ଷ ଅଧିକ। ଆମେରିକାରେ କାଳେ ଏମିତି ବି ସହର ଅଛି ଯେଉଁଠି ଲୋକ ସଂଖ୍ୟା ମାତ୍ର ଚାରି ପାଞ୍ଚ ହଜାର।

ସେଦିନ ଯୋଜନା ଅନୁଯାୟୀ ଲାଇବ୍ରେରୀକୁ ଯିବା ଥିଲା ପ୍ରଥମରେ। ଶାନ୍ତନୁ କାରଟି ରାସ୍ତାରେ ପହଁରିଲା ପରି ମାଡିଯାଉଥାଏ। ମସୃଣ ଜନଶୂନ୍ୟ ରାସ୍ତା, ମଣିଷଙ୍କ ଜାଗା କିନ୍ତୁ ନେଇ ଯାଇଥାଆନ୍ତି ପ୍ରଚୁର ଗାଡି ମଟର। ପ୍ରବଳ ଟ୍ରାଫିକ୍ ପାର ହୋଇ ସେମାନେ ପହଞ୍ଚିଲେ ପାଠାଗାରରେ।

ଦୁଇ ମହଲା ବିଶିଷ୍ଟ କୋଠାଟିଏ ବାହାରୁ ଆଧୁନିକ ସ୍ଥାପତ୍ୟ ଏବଂ ସମ୍ଭ୍ରାନ୍ତର ଛଟା ଏହାର ପ୍ରତିଟି ଇଞ୍ଚରେ ବାରି ହୋଇଯାଉଥାଏ। ଭିତରକୁ ପ୍ରବେଶ କରନ୍ତେ

ତାଙ୍କୁ ମନେହେଲା ଯେ ଯେମିତି ଏକ ମନ୍ଦିର ଯେଉଁଠି ପୂଜା ପାଆନ୍ତି ଥାକ ଥାକ ପୁସ୍ତକ। ଯେ କୌଣସି ପୁସ୍ତକ ପ୍ରେମୀ ହେଉଚନ୍ତି ସେ ମନ୍ଦିରର ପୂଜକ। ପୁସ୍ତକ ଗୁଡିକର ଶାନ୍ତି ପୂର୍ଣ୍ଣ ବିଶ୍ରାମରେ ଯେପରି ସୂତାଏ ନାକୁରୁ ବ୍ୟାଘାତ ନଆସେ ସେଠାରେ ଉପସ୍ଥିତ ସମସ୍ତେ ଥାଆନ୍ତି ଯଥା ସାଧ୍ୟ ଯତ୍ନ ଶୀଳ। ଛୁଞ୍ଚିଟିଏ ପଡିଲେ ଝଣ କରି ଶବ୍ଦ ହେବ ପରା।

ସାନ ପିଲାଏ ମଧ୍ୟ ପିଲାଙ୍କ ଲାଗି ସ୍ୱତନ୍ତ୍ର କୋଠରିରେ ବହି ଘାଣ୍ଟିଲା ବେଳେ ଯଥା ସମ୍ଭବ ନୀରବତା ରକ୍ଷା କରି ସତେକି ଜଣେଇ ଦେଉଥାଆନ୍ତି, ଡିସିପ୍ଲିନ୍ କେବଳ ବଡ ମାନଙ୍କର ଦାୟିତ୍ୱ ନୁହେଁ। ସତରେ ଯେ ଆମେରିକାନ୍ ମାନେ ଚିର ଜିଜ୍ଞାସୁ। ଡିସିପ୍ଲିନ୍ ସେମାନଙ୍କର ଅସ୍ଥି ମଜ୍ଜାଗତ।

ସେଠା ହୋଇଥିଲେ ଶ୍ରେଣୀରେ ପିଲାଙ୍କୁ ଏତିକି ଶାନ୍ତି ରକ୍ଷା ଲାଗି ତାଙ୍କୁ କେତେ ବାର ବେତ କାଢିବାକୁ ପଡିଥା'ନ୍ତା ତା'ର ହିସାବ ନାହିଁ। ଆଜିକାଲି ସେ ଅଧିକାର ବି ଶିକ୍ଷକଙ୍କର ନାହିଁ। ଶ୍ରେଣୀ ଗୃହକୁ ଭଗବାନ୍ ଭରସା।

କେତେ ଗୁଡିଏ ଥାକ ଅଣ୍ଡାଳି ଶାନ୍ତନୁ ଦୁଇଟି ଇଂରାଜୀ ଉପନ୍ୟାସ ବହି ଖୋଜିନେଲା। ଦିନବନ୍ଧୁବାବୁ ବୁଲି ଦେଖୁଥାନ୍ତି ରାଶି ରାଶି ପୁସ୍ତକ। ହାତ ପାଆନ୍ତାରେ ଜ୍ଞାନର ଗନ୍ତାଘର। ଲାଇବ୍ରେରୀରେ ପ୍ରାୟ ଘଣ୍ଟାଏ ସମୟ ଅତିବାହିତ ପରେ ମାଷ୍ଟ୍ରେ ଭାବୁଥିଲେ ଏହି ପୁସ୍ତକ ମନ୍ଦିରରେ ଦିନଟିଏ ବିତିଗଲେ ସୁଦ୍ଧା ମିନିଟିଏ ପରି ମନେ ହେବ।

ଏକଦା ତାଙ୍କ ସ୍କୁଲ୍ ରେ ଲାଇବ୍ରେରୀଟିଏ ପ୍ରତିଷ୍ଠା କରିବା ଲାଗି ଚେଷ୍ଟା କରିଥିଲେ ଦିନବନ୍ଧୁ ବାବୁ। ମାତ୍ର ଗାଁ ଲୋକଙ୍କୁ ସ୍କୁଲ୍ ର ଖେଳପଡିଆ ଦରକାର। ଖେଳପଡିଆ ନିର୍ମାଣ ହେଲା ମାତ୍ର ଯଥେଷ୍ଟ ଅନୁମୋଦନ ଅଭାବରେ ପାଠାଗାର ନିର୍ମାଣ ସ୍ଥଗିତ ରହିଲା। ଲୋକେ ମଧ୍ୟ କେବେ ଚାହିଁ ନାହାନ୍ତି ପୁସ୍ତକଙ୍କୁ ନିମନ୍ତ୍ରଣ କରିବାକୁ।

ସେକେଣ୍ଡ ୱାଲ୍ଡ ୱାରର ବର୍ଣ୍ଣନା ସମ୍ବଳିତ ବହିଟିରେ ସେ ଆଖି ବୁଲାଇଲା ବେଳେ ଶାନ୍ତନୁ ଆସି କହିଲା, " ବାପା,ଚାଲ ସମୁଦ୍ର ଆଡୁ ବୁଲି ଆସିବା। " ବହି କେତୋଟି ସାଥିରେ ନେଇ ସେମାନେ ଲାଇବ୍ରେରୀ ଛାଡିଲେ।

ଗହଳି ରାସ୍ତା ପଛରେ ପକାଇ କାର ଯେତେବେଳେ ନିର୍ଜନ ରାସ୍ତା ଧରିଲା ସମୁଦ୍ର ଦିଶିଲା ପାହାଡ ଘେରରେ ଧ୍ୟାନସ୍ଥ ଯୋଗୀଟିଏ ପରି, ଶାନ୍ତ ଓ ଗମ୍ଭୀର। ପାଗ ଥାଏ ମେଘୁଆ ଆଉ ପବନର ମୋହିନୀ ଉନ୍ମାଦନା ସତ୍ତ୍ୱେ ସମୁଦ୍ର ଯେମିତି ପଣ କରିଥାଏ ଆଖି ଖୋଲିବ ନାହିଁ। କାରରୁ ଓହ୍ଲାଇ ଦୁହେଁ ବାଲୁକା ଉପରେ କିଛି ବାଟ ଆଗେଇ ଗଲେ।

ବେଳାଭୂଇଁରେ ଠାଏ ଠାଏ ଯୁବକ ଯୁବତୀ ଯୋଡି, ହସିଲା ପରିବାର, ଦୁଇ ଜଣ ମଗ୍ନ ଚିତ୍ରକର ଏବଂ କେତୋଟି ପୋଷା କୁକୁରଙ୍କ ଛୋଟ ଛୋଟ ଲହଡିକୁ ଛୁଇଁବାର ପ୍ରତିଯୋଗୀତାର ସମଷ୍ଟି ଥିଲା ସେଦିନର ସମୁଦ୍ର କୂଳର ଦୃଶ୍ୟ। ଶାନ୍ତନୁ ବାଲି ଉପରେ ସତରଞ୍ଚିଟିଏ ବିଛାଇ ଦେଲା। ଦିହେଁ ସମୁଦ୍ରକୁ ଚାହିଁ ବସିଗଲେ।

ଅବଶ୍ୟ ବାଦାମ୍ ବିକାଳୀ, ଚେନାଚୁର୍ ବାଲା ଦିଶୁନଥାନ୍ତି। ସେ ଭାବିଲେ ସମୁଦ୍ର କୁଳରେ ଯଦି ଚେନାଚୁର୍ ଚର୍ବଣର ମଜା ନହେଲା ତେବେ କି ସମୁଦ୍ର ବୁଲା। ମାଷ୍ଟ୍ରେଙ୍କ ମନ କଥା ବୁଝିପାରିଲା ଭଳି ତାଙ୍କ ହାତରେ ଗୋଟେ ଛୋଟ ପ୍ୟାକେଟ୍ ଧରାଇଦେଇ କହିଲା, "ଫ୍ଲାସରେ ଚାହା ଆଣିବାକୁ ଭୁଲିଗଲି ବାପା। ଏଥିରେ ବାଦାମ ଭଜା ଅଛି।"

ସେ ବାଲୁକା ଶଯ୍ୟାରେ ବସି ଗୋଟାଏ ପର୍ଯ୍ୟାଟକର ଆଖିରେ ଚାହିଁଲେ ଚାରିଆଡକୁ।

ଛୋଟ ପିଲା ବାଲିରେ ଗଡି ଖେଳୁଥାନ୍ତି। କାଚ କି କଣ୍ଟା ଫୁଟିଯିବାର ଭୟ ନାହିଁ। ଚାରିଆଡ ପରିଷ୍କାର। ତେବେ କାହିଁ ତ ସେ ଦେଖୁନାହାନ୍ତି ଉପସ୍ଥିତ ଯୁବକ ଯୁବତୀ ଯୋଡି ମାନଙ୍କ ମଧ୍ୟରେ କିଛି ଆପତ୍ତି ଜନକ ଆଚରଣ। ବରଂ ସଂଯମତା ସେଇ ମାନଙ୍କଠିଁ ଦେଖିବା କଥା ବୋଲି ତାଙ୍କର ଧାରଣା ହେଲା।

"ଯିଏ ଯେଉଁ ବିଦ୍ୟାରେ ନିପୁଣ ସେମାନେ ଏଠାରେ ପାଇଯାଆନ୍ତି ତାଙ୍କୁ ବୁଝିପାରିଲା ପରି ପରିବେଶ ଟିଏ। ସୃଷ୍ଟି ହୁଏ ସୁଯୋଗ। ଆମେରିକା ସେଇ ଟ୍ୟାଲେଣ୍ଟଙ୍କର ରଙ୍ଗମଞ୍ଚ ବାପା।" ସେଦିନ ସାନ ଫ୍ରାନସିସକୋର ଗୋଲଡେନ୍ ଗେଟ୍ ବ୍ରିଜରେ ସନ୍ଧ୍ୟା ଭ୍ରମଣ ଅବସରରେ ବ୍ରିଜର ଇତିହାସ ବର୍ଣ୍ଣନା କଲାବେଳେ କହିଲା ଶାନ୍ତନୁ।

ବ୍ରିଜ୍ ର ସାଇଡଓ୍ୱାକରେ ପଦ ଚାରଣା କରୁକରୁ ସେ ଲକ୍ଷ କରୁଥା'ନ୍ତି ବ୍ରିଜକୁ। ମଝିରେ ମଝିରେ କ'ଣ ଭାବି ଅନ୍ୟମନସ୍କ ହୋଇଯାଉଥାନ୍ତି ମାଷ୍ଟ୍ରେ।

"ରଙ୍ଗମଞ୍ଚ ଅଭାବରେ ପ୍ରତିଭା ଝରିଯାଏ ବଣ ମଲ୍ଲୀ ପରି। ହଜିଯାଏ ସୁବାସ !"

ଭାଷି ଉଠିଲା ମାଷ୍ଟ୍ରେଙ୍କ ସ୍ମୃତିରେ ସେଦିନର ମେଧାବୀ ଛାତ୍ର ଗୋପର ମୁହଁ।

"ଚୁଲି ଜଳୁନି ଘରେ ସେ ନିଆଁଲଗା ପାଠରୁ ମିଳିବ କ'ଣ", ଏମିତି ଗୋଟାଏ ବିସ୍ଫୋରଣ ପରେ ବାପା ତା'ର ସ୍କୁଲରୁ ନାମ କଟାଇ ଭିଡିନେଉଛି ବିଲ ଆଡକୁ। ଏପରି କେତେଥର ଅତୀତରେ ହୋଇଛି। ଗୋପ ପରି ଅନେକ ଅନେକ ଛାତ୍ର ବହି ଛାଡି ମାଟି ଆଡକୁ ମୁହାଁଇଛନ୍ତି।

ସେଦିନ ସ୍କୁଲ୍ ସାମ୍ନାରେ କିଂକର୍ତ୍ତବ୍ୟବିମୂଢ ଭାବରେ ଚାହିଁରହିଥିଲେ ମାଷ୍ଟ୍ରେ।

ଦେଖୁଥିଲେ ଗୋପର ସେ କରୁଣ ଚାହାଣି ଭିତରେ ଅସ୍ତ ହୋଇଯାଉଛି ଗୋଟାଏ ଭବିଷ୍ୟତ । ଦେଶର ଭବିଷ୍ୟତ ।

"ତା' ଆଖିରେ ପ୍ରଶ୍ନ, ସେ କାହିଁକି ପଢି ପାରିବନାହିଁ ? ମାଷ୍ଟ୍ରେଙ୍କୁ ସବୁ ପ୍ରଶ୍ନର ଉତ୍ତର ଜଣା ପରା ।"

ସେ ବିକଳ ଚାହାଣି ଦିନବନ୍ଧୁ ବାବୁଙ୍କର ମନେ ଅଛି । ସେତେବେଳେ ଉତ୍ତର ଶୂନ୍ୟ ଦିନବନ୍ଧୁ ବାବୁ ଭାବୁଥିଲେ ଗଣତନ୍ତ୍ରର କେଉଁ ଅନ୍ଧାର ଗଳି ରେ ଲୁଚି ଯାଇ ପାରନ୍ତେ ଯଦି । ସେଦିନ ଆଉ ଆଜିର ଶିକ୍ଷା ବ୍ୟବସ୍ଥାରେ ପ୍ରଭେଦ ଖୋଜୁଥିଲେ ମାଷ୍ଟ୍ରେ । ଆଜି କେବଳ ଫମ୍ପା ପ୍ରତିଶୃତି ଛଡା ଆଉ କ'ଣ ଅଛି ।

ସୂର୍ଯ୍ୟାସ୍ତର ଆକାଶକୁ ଚାହିଁଲେ ସେ । ପରସ୍ତ ପରସ୍ତ ମେଘ ସନ୍ଧିରେ ଶହ ଶହ ଗୋପମାନଙ୍କ ଆଖି ଆଉ ଚାହାଣି ତାଙ୍କୁ କଲବଲ କଲା । ତାଙ୍କ ଛାତି ତଳେ କେଉଁ କାଳୁ ଗୁମୁରୁ ଥିବା କୋହ ଉଠିଗଲା ଆଖି ଯାଏଁ । ଚଷମା ପୋଛିଲେ ।

"ଆମରି ପ୍ରତିଭା ଯେ ଦେଶ ନେଇ ଯାଉଛି, ନେଇ ଯାଉ", ବୋଲି ଉଚ୍ଚ ସ୍ୱରରେ ସେ କହିବାକୁ ଚାହୁଁଥିଲେ ।

" କ୍ଷତି କ'ଣ । ଛାତ୍ରର ସଫଳତା ଶିକ୍ଷକର କାମ୍ୟ । ସେ ଯେଉଁ ପୃଥିବୀରେ ଥାଉ, ଯେଉଁ ରଙ୍ଗମଞ୍ଚରେ ଥାଉ ।" ଗୁଣୁ ଗୁଣୁ ହେଲେ ମାଷ୍ଟ୍ରେ ।

ଶାନ୍ତନୁ କହୁଥାଏ ଜାଣିଚ ବାପା, ଏଇ ଅସ୍ତ ସୂର୍ଯ୍ୟ ବର୍ତ୍ତମାନ ଭାରତରେ ଉଦୟ ହେଉଥିବ...ଆହୁରି କ'ଣ ସବୁ କହୁଥାଏ ।

ଆର ମୁଲକରେ ସୂର୍ଯ୍ୟ ଉଦୟ ସଙ୍କେତରେ ଅପସରି ଯାଉଥାଏ ଅନ୍ଧାର କ୍ରମଶଃ ।

■

ବୟସ୍କ

ଗଲା ମାସ ଆଗ ପଛ ହୋଇ ବାଲ୍ୟ ବନ୍ଧୁ ଦୁହିଙ୍କ ଦେହାନ୍ତ ପରେ ଶମ୍ଭୁନାଥ ବିଷାଦଗ୍ରସ୍ତ ହୋଇପଡିଲେ। ଯାବତୀୟ ବାର୍ଦ୍ଧକ୍ୟ ଜନିତ ରୋଗରେ ପୀଡିତ ଶଯ୍ୟାଶାୟୀ ଦେହଟା ଆଉ କେତେଦିନ? ତାଙ୍କ ଅନୁପସ୍ଥିତିରେ କେମିତି ଦିଶିବ ଯେ କୋଠରି? କେତେଗୁଡିଏ ଅବାନ୍ତର ପ୍ରଶ୍ନ ତାଙ୍କୁ ଖୁବ୍ ତାତ୍ପର୍ଯ୍ୟପୂର୍ଣ୍ଣ ମନେହେବାକୁ ଲାଗିଲା।

ସନ୍ଧ୍ୟା ଆସନ୍ନ ପ୍ରାୟ। ସେ ଖଟରେ ଶୋଇ ଶୋଇ ଶୁଣି ପାରୁଥିଲେ ଦାଣ୍ଡରେ ପିଲାଙ୍କ ଖେଳ କୋଳାହଳ। ଅଦୂରରେ ମନ୍ଦିରରୁ ସନ୍ଧ୍ୟା ଆଳତି, ତା ଛଡା କେତେ ଗୁଡିଏ ଶବ୍ଦ ସେ ଆଗରୁ ଶୁଣିବାକୁ ଚେଷ୍ଟା କରି ନଥିଲେ ଯେପରିକି ଘର ଫେରନ୍ତା ପକ୍ଷୀଙ୍କର ଆଳାପ ଆଲୋଚନା ଏବେ କିନ୍ତୁ ସ୍ପଷ୍ଟ ଭାବରେ ଶୁଣୁଥିଲେ ବୁଝି ପାରୁଥିଲେ ବି କିଛି କିଛି। ସେ ପୁଣି ଭାବିବାକୁ ଲାଗିଲେ।

ଖଟ କଡକୁ ଯେଉଁ ଛୋଟ ଟେବୁଲ୍ ଟି ତା' ଉପରେ ଗହଳ ଲଗେଇଥିବା ଔଷଧ ପୁଳାକ ଅଦୃଶ୍ୟ ହୋଇଯିବ ପ୍ରଥମେ। ତକିଆ ପାଖରେ ସେ ରଖିଥାନ୍ତି ଗୋଟିଏ ସବୁଜ ରଙ୍ଗର ସ୍ୱେଟର, ପ୍ରଭା କେବେ ଦିନେ ବୁଣିଥିଲେ ତାଙ୍କ ଲାଗି, ପିନ୍ଧିଛନ୍ତି କମ୍ ସ୍ମୃତି ପରି ସାଇତିଛନ୍ତି ବେଶି; ବାବୁନା କାହାକୁ ଦେଇ ଦେବ ବୋଧେ।

ତକିଆ କଡରେ ହାତ ବୁଲାଇ ଆଣି ବିଚଳିତ ହୋଇପଡିଲେ ବୃଦ୍ଧ ଶମ୍ଭୁନାଥ। ସ୍ୱେଟରଟି ନାହିଁ। କାହାକୁ ଡାକିବେ ବୋଲି ଅସ୍ପଷ୍ଟ ଉଚ୍ଚାରଣ କଲେ। ଶୁଣିବାକୁ ବୋଧହୁଏ ଘରେ କେହି ନଥିଲେ। ତମାମ ଜୀବନରେ କେତେଜଣ ଅବା ତୁମକୁ ଶୁଣନ୍ତି ନା ବୁଝନ୍ତି। ଜୀବନର ଶେଷ ପର୍ଯ୍ୟାୟରେ ତାହା ହୃଦୟଙ୍ଗମ ହେବା ଅପେକ୍ଷା ବରଂ ସଅଳ ବୁଝିଯିବା ଭଲ।

ପ୍ରଭା ତାଙ୍କ ପତ୍ନୀ। ତା ସଂସାର ଛାଡିବା ଗୋଟିଏ ଯୁଗ ହେଲାଣି। ଏବେ ମଧ

ସେ ସ୍ୱେଟରରେ ହାତ ରଖିଲେ ତା' ଦେହର ଉଷ୍ଣତା ବାରିପାରନ୍ତି ଶମ୍ଭୁନାଥ। ମୁହଁ ପାଖରେ ତୋଳି ଧରିଲେ ଗୋଟିଏ ପ୍ରିୟ ପରିଚିତ ବାସ୍ନା ତାଙ୍କ ଚେତନାକୁ ଆବୋରି ବସେ । ସେ ବାସ୍ନା ଘରର ବାୟୁ ସହ ଗୋଳିହୋଇ କ୍ରମଶଃ ଗୋଟିଏ ନାରୀ ଆକୃତିରେ ପରିଣତ ହୋଇଯାଏ। ଛୁଇଁବାକୁ ହାତ ବଢାନ୍ତି ଶମ୍ଭୁନାଥ। "ପ୍ରଭା"... ଗୋଟିଏ ଅସ୍ପଷ୍ଟ ଉଚ୍ଚାରଣ ତାଙ୍କ ମୁହଁରୁ ବାହାରିଯାଏ କେବଳ। ମରୀଚିକା ପରି ଅଦୃଶ୍ୟ ହୋଇଯାଏ ସେଇ ନାରୀ ମୂର୍ତ୍ତି।

ଅଭ୍ୟସ୍ତ ହାତ ତାଙ୍କର ଉଠିଗଲା ଓଦା ଆଖି ପାଖକୁ। ଆଜିକାଲି ଯେତେ ଆଖି ପୋଛିଲେ ବି ସବୁ ଅସ୍ପଷ୍ଟ। ପରଳ, ଧୂଳି କି ଲୁହ ଜାଣିବାର ଆବଶ୍ୟକତା ନାହିଁ। ଆଖି ବନ୍ଦ କରି ସେ ଦେଖି ପାରନ୍ତି ଦୀର୍ଘ ସତୁରି ବର୍ଷର ଘର ସଂସାର ଯାହା ଆଜି ତାଙ୍କୁ କେଉଁ ଅଜଣା ଇଲାକାରେ ଜନଶୂନ୍ୟ ବାଙ୍କ ଉଠା ପିଚୁ ରାସ୍ତା ପରି ମନେ ହେଉଛି। ଛାଇର ଆଭାସ ସୁଦ୍ଧା ନାହିଁ। ସେ କେତେ ଦୂର ଆସିଲେଣି କୁଆଡକୁ ଯିବେ ତା' ବି ଜଣା ନାହିଁ।

ବାବୁନା ଝିଅ 'ରୁଲି'କୁ ଦଶ ବର୍ଷ ପୂରିଲାଣି। କାଲିପରି ମନେ ପଡୁଛି ସେଦିନ ବାବୁନା ମେଡିକାଲରୁ ପହଞ୍ଚି କହିଥିଲା, "ବାପା ଜାଣିଛ ନା ବୋଉ ମୋ ଝିଅ ହୋଇ ଆସିଛି।"

"ଖୁବ ଭଲ, ପ୍ରଭୁ ଜଗନ୍ନାଥ ତା'କୁ ଘଣ୍ଟ ଘୋଡାଇ ରଖନ୍ତୁ, ଆଚ୍ଛା ସେ କ'ଣ ତୋ ବୋଉ ପରି ଆରିସା ପିଠା ବନେଇ ପାରିବ ?"

ସମୟ ଆସିଲେ ଶିଖିଯିବନି, ହସିଦେଇ ବାବୁନା ପଳାଇଲା ବେଳେ ଶୁଣି ପାରିନଥିଲା ବୃଦ୍ଧଙ୍କର କ୍ଷୀଣ ସ୍ୱର; ମୁଁ କଣ ଆଉ ଥିବି କିରେ।

ବୃଦ୍ଧ ଅନୁଭବ କଲେ ବାବୁନା ସ୍ତ୍ରୀ ଆସି ପାଦରେ ସୋରିଷ ତେଲ ମାଲିସ କରୁଛି। କହିଲା, "ବାପା ସ୍କୁଲ୍ ପାଖରେ ସେ ଯେଉଁ ଜମି ଖଣ୍ଡକ, ଯେ କହୁଥିଲେ ଭଲ ରେଟ୍ ରେ ଯିବ, ପଇସା ଝିଅ ନାଁରେ ରଖି ଦିଅନ୍ତେ।"

ଶମ୍ଭୁନାଥ ଅଳ୍ପ ଘୁଞ୍ଚେଇ ଆଣିଲେ ଗୋଡ। ଗୋଟେ ଅସହାୟତା ଘୋଟି ଆସିଲା ତାଙ୍କ ଚେତନା ଉପରେ। ସେଇ ଜମି ଖଣ୍ଡକରେ ଅସ୍ଥି ଅଛି "ପ୍ରଭା"ର ଆଉ ତାଙ୍କର ବି ଇଚ୍ଛା ସେଇଠି ଦାହ ହେବେ। ବାବୁନାକୁ ସେ ଜଣାଇଛନ୍ତି ତାଙ୍କ ଶେଷ ଇଚ୍ଛା। କିନ୍ତୁ ପାଦ ପାଖରେ ବସିଥିବା୍ ସ୍ତ୍ରୀଲୋକଟି ଉତ୍ତର ଆଶା କରୁନି ବରଂ ନିଷ୍ପତ୍ତି ଶୁଣଉଛି। ତାଙ୍କର ଇଚ୍ଛା ଅନିଚ୍ଛା ଜଣାଇବାର ପ୍ରୟୋଜନ କ'ଣ ? ବରଂ ତାଙ୍କର ନିରୁତ୍ତର ରହିବା ହିଁ ଉଚିତ୍ ଉତ୍ତର ହେବ।

ବୃଦ୍ଧଙ୍କ କାନରେ ଜମି ବିକିବା କଥା ପକାଇଦେଇ ସ୍ତ୍ରୀ ଲୋକଟି ଉଠି ଚାଲିଗଲା।

ଆଧୁନିକ ମାନଦଣ୍ଡରେ ସ୍ୱଚ୍ଛଳ ଜୀବନ ପାଇଁ ଯାହା କିଛି ଦରକାର ବାବୁନା ଚାକିରୀରେ ତାହା ସମ୍ଭବ ହୋଇପାରିଛି । ଶମ୍ଭୁନାଥ ବି ଜୀବନ ଯାକ ସଞ୍ଚି କରିଦେଇଛନ୍ତି ଜମି ବାଡି କିଛି । ହଁ ଏଇ ମାନେ ତୁମକୁ ପ୍ରସ୍ତୁତ କରନ୍ତି ପୃଥିବୀ ଛାଡିବାକୁ । ଛଞ୍ଚାଣ ପରି ଝାମ୍ପି ନିଅନ୍ତି ମାୟା, ହୃଦୟ ଜଳା କଥା କହି । ମଜ୍ଜି ରୁହ ଯେ ପର୍ଯ୍ୟନ୍ତ ତୁମ ହାଡରେ ରସ ଅଛି । ଯେ ପର୍ଯ୍ୟନ୍ତ ତୁମ ଉତ୍ତର ପୀଢି ତୁମଠୁଁ ଅପହରଣ କରି ନନେଇଛନ୍ତି ଜିଇ ବାର କଳା । ବାଉଳି ଚାଉଳି ହେଲେ କି ଶମ୍ଭୁନାଥ ।

ଅଦୂରରେ ଦିନୁ ସାହୁ ଗୁଡିଆ ଦୋକାନରୁ ପବନରେ ଭାସି ଆସୁଛି ଗରମ ଆଳୁଚପର ବାସ୍ନା ! ସେ ଲୋଭନୀୟ ବାସ୍ନା ମସ୍ତିଷ୍କକୁ ଏପରି କବଳିତ କରିପାରେ ତାଙ୍କର ଧାରଣା ନଥିଲା । ମାୟାର ପଦ୍ମତୋଳା କୁ କିଏ ଆଡେଇ ପାରିଲାଣି । ଆଉ କିଛି ଦିନ ମୃତ୍ୟୁକୁ ଫାଙ୍କି ଦେବାର ଇଚ୍ଛା କେଡେ ପ୍ରବଳ ସତରେ ।

କ'ଣ ଅଛି ପାଦତଳେ ଏଇ ଚାଖଣ୍ଡେ ମାଟିରେ । ଆକାଶର ନୀଳ ରଙ୍ଗରେ । ପକ୍ଷୀର କାକଳି ଏତେ ମଧୁର, ଏସବୁ ଯେ କାହିଁକି ଛାଡି ଯିବାକୁ ପଡେ । କାହିଁକି ଗୋଟାଏ ଅଜଣା ବାଟରେ ଆଖିରେ ଅନ୍ଧ ପୁଟୁଳି ବାନ୍ଧି ଯିବାକୁ ବାଧ ହୁଏ ମଣିଷ । ପ୍ରଶ୍ନ ସବୁ ତାଙ୍କୁ କଲବଲ କଲେ ।

ସମସ୍ତ ଶକ୍ତି ଠୁଳ କରି ସେ ଉଠିପଡୁଥିଲେ ; ହେଲେ ଦେହରେ ପ୍ରାଣ ଥିବାର ସଂକେତ ଦେଇ ଗୋଡ ଯୋଡିକ ଅଳ୍ପ ହଲିଗଲେ ଯାହା । ଏଥର ଦେହଟା ଆଗ ଅପେକ୍ଷା ଆହୁରି ଅବସ, ନିଷ୍କ୍ରିୟ ।

ସେ ପୁଣି ତାଙ୍କ ମସ୍ତିଷ୍କରେ ଏଣେ ତେଣେ ଘୁରି ବୁଲୁଥିବା ଅନେକ ଭାବନାରୁ ସେଇ ଗୋଟିକ ଖୋଜିବାକୁ ଚେଷ୍ଟାକଲେ । ଯାହା ସେ ଭାବୁଥିଲେ କିଛିକ୍ଷଣ ଆଗରୁ ? ହଠାତ୍ ମନେ ପଡିଗଲା ସ୍ୱେଟରଟି ତକିଆ କଡରେ ନାହିଁ ।

ସେଦିନ ସନ୍ଧ୍ୟା ବେଳୁ ବୃଦ୍ଧଙ୍କ କକ୍ଷରୁ ଶୁଣାଯାଉଥିଲା ଗୋଟିଏ କ୍ଲାନ୍ତ କ୍ଷୀଣ ସ୍ୱର ଯାହା ପରିବାର ଲୋକଙ୍କୁ ବିରକ୍ତ କରିବାକୁ ଯଥେଷ୍ଟ ଥିଲା- ବାବୁନା କିରେ- କିଏ ଟିକିଏ ଶୁଣ... । ବାବୁନା.... ।

■

ସାନ ଫ୍ରାନସ୍ସିକୋ-ସୁନା ହାତକଡି

ନୋବେଲ୍ ବିଜେତା ଆମେରିକାନ୍ ଲେଖକ ଜନ୍ ଷ୍ଟାଇନବ୍ୟାକ୍ ଏକଦା କହିଥିଲେ- "ସାନ୍ ଫ୍ରାନସିସକୋ ହେଉଛି ସେହି ସୁନା ହାତକଡି ଯାହାର ଚାବି ଫିଙ୍ଗି ଦିଆ ଯାଇଛି" । ଉତ୍ତର ଆମେରିକାର କଳା, ସ୍ଥାପତ୍ୟ କେନ୍ଦ୍ରସ୍ଥଳ ତଥା ପାସିଫିକ୍ ମହାସାଗର ତଟବର୍ତ୍ତି କାଲିଫର୍ଣ୍ଣିଆର ଏହି ମନୋରମ ନଗରଟି ପୁରାତନ ଓ ଆଧୁନିକର ଏକ ବିରଳ ପ୍ରଦର୍ଶନ। ଐଶ୍ୱର୍ଯ୍ୟର ଛଟା ଏଠି ସବୁଆଡେ, ହେତୁ ସିଲିକନ ଭ୍ୟାଲିର ଟେକ୍ନୋଲୋଜି କମ୍ପାନୀ ଗୁଡିକରୁ ପ୍ରଚୁର ଅର୍ଥ ନିବେଶ।

ବିବାହ ପରଠୁଁ କାଲିଫର୍ଣ୍ଣିଆର ସିଲିକନ ଭାଲିରେ ମୋର ବାର ବର୍ଷରୁ ଊର୍ଦ୍ଧ୍ୱ ରହଣି କାଳରେ ଏଠାରୁ ମାତ୍ର ଚାଳିଶ ମାଇଲ୍ ଦୂରରେ ଅବସ୍ଥିତ ସାନ୍ ଫ୍ରାନସିସକୋ ବୁଲି ଯିବାର କୌଣସି ସୁଯୋଗ ମୁଁ ଏଡାଇ ପାରେନାହିଁ ଏଯାବତ। ସେଦିନ ଥାଏ ଜୁନର ଏକ ଶନିବାର। ଦୀପକ ପୂର୍ବଦିନ ରାତିରୁ କହିଥିଲେ, ଆସନ୍ତା କାଲି ଅଫିସ୍ କାମରେ ସାନ୍ ଫ୍ରାନସିସକୋ ଯିବି, ତୁମେ ବି ଚାଲ ଘେରାଏ ବୁଲି ଆସିବ!

ପାଣିପାଗ ସୂଚନା ଦେଖିଲି। ସାନ ଫ୍ରାନସିସକୋର ପାଣି ପାଗ ସ୍ୱତନ୍ତ୍ର-ରାତିରେ ସମୁଦ୍ର ଆଡୁ କୁହୁଡି ମାଡି ଆସେ ଆଉ ଥରେ ଥେରେ ମଧ୍ୟାହ୍ନ ଯାଏଁ ସହର ବୁଡି ରହିଥାଏ ନୀଳ କୁହୁଡିର ଆବରଣରେ। ପାସିଫିକ୍ ମହାସାଗର ଆଡୁ ଥଣ୍ଡା ପବନ ସ୍ଥଳ ଭାଗର ଗରମ ପବନ ସହ ମିଶି କୁହୁଡି ସୃଷ୍ଟି କରନ୍ତି। ତେଣୁ ଏହାକୁ କୁହୁଡିର ସହର ବା ଫଗ୍ ସିଟି ବୋଲି ମଧ୍ୟ କୁହାଯାଏ। ଏଠାରେ ବର୍ଷର ସବୁ ସମୟରେ ଜ୍ୟାକେଟଟିଏ ଦରକାର, ପ୍ରଥମତଃ ସହରର କେନ୍ଦ୍ର ସ୍ଥଳରେ ଆକାଶଚୁମ୍ବୀ ଅଟ୍ଟାଳିକା ଗୁଡିକର ବୂହ୍ୟ ଭେଦି ସୂର୍ଯ୍ୟ କିରଣ ବିରଳ। ତା' ଛଡା ସମୁଦ୍ର କୂଳରେ ଛତା କିମ୍ବା

ସ୍କାର୍ଫ ଉଡାଇ ନେବାରେ ଦକ୍ଷ ଥଣ୍ଡା ହାଓଆର ଦୁଷ୍ଟାମି। କିନ୍ତୁ ମୋଟଉପରେ ଏଠାର ପାଣିପାଗ ମନୋରମ କୁହାହେବ।

ସେଦିନ ସକାଳ ଆଠଟାରେ ଆମେ ବାହାରିଗଲୁ। ଆକାଶ ନିର୍ମଳ-ତାପମାତ୍ରା ପ୍ରାୟ ୨୨ ଡିଗ୍ରି ସେଲସିଅସ୍। ସାଥିରେ ନେଇଥାଏ ପାଣି ବୋତଲ, ହାଲକା ଜ୍ୟାକେଟ। ପ୍ରାୟ ସାଢେ ଆଠଟା ବେଳକୁ ଆମେ ଟୋଲ ଗେଟ ପାରହୋଇ ଗୋଲଡେନ୍ ଗେଟ୍ ବ୍ରିଜ୍ ଉପରେ ପହଞ୍ଚି ଯାଇଥିଲୁ। ସମୁଦ୍ର ଉପରେ ପ୍ରାୟ ଦେଢ ମାଇଲରୁ ଉର୍ଦ୍ଧ ଆଧୁନିକ ଇଂଜିନିୟରିଂର ଚମତ୍କାର ଗୋଲଡେନ୍ ଗେଟ୍ ବ୍ରିଜ୍ ବଆରପାଖେ ପହଞ୍ଚିଗଲେ ହିଁ ଆକାଶ ଆଡକୁ ମାଡିଯିବାକୁ ପ୍ରତିଯୋଗୀତାରେ ବ୍ୟସ୍ତ ଅଟ୍ଟାଳିକା ମାନ ଦେଖାଯିବେ। ସେସବୁ ରୁଚିସମ୍ପର୍ଣ୍ଣ ଅଫିସ, ବ୍ୟାଙ୍କ, ସଂଗ୍ରହାଳୟ ଆଦି ଓ ତିକ୍ଷ୍ଣ ଉଠାଣି, ଗଡାଣି ସଡକ ଗୁଡିକ ମଧ୍ୟ ଦେଇ ସହରର କେନ୍ଦ୍ରସ୍ଥଳ ପାରି ହୋଇଗଲେ ସମୁଦ୍ର କୂଳ ପଡିବ।

ସେଦିନ ଯୋଜନା ଅନୁଯାୟୀ ଦୀପକ ମୋତେ ସାନ ଫ୍ରାନସିସିକୋର ଚୀନା ଟାଉନରେ ଛାଡିବେ। ସେଠୁଁ ସମୁଦ୍ର କୂଳକୁ ଚାଲି ଚାଲି ଗଲେ ପଚିଶ ମିନିଟ। ସେ ଫେରିବା ଯାଏଁ ହାତରେ ମୋର ତିନି ଚାରି ଘଣ୍ଟା ମୁକ୍ତ ସମୟ। ବୁଶ୍ ଷ୍ଟ୍ରିଟ୍ ଓ ଗ୍ରାଣ୍ଟ୍ ଆଭେନ୍ୟୁ ରାସ୍ତା ଦୁଇଟିର ମିଳନ ସ୍ଥଳରେ ଉତ୍ତର ମୁହାଁ ଡ୍ରାଗନ ଆକୃତିର ତୋରଣ "ଡ୍ରାଗନ ଗେଟ୍"ଠୁଁ ଆରମ୍ଭ ଚୀନା ଟାଉନ୍। ଏସିଆ ବାହାରେ ଏହା ସବୁଠୁ ବୃହତ୍ ଏବଂ ପୁରାତନ ଏସିଆନ କମ୍ୟୁନିଟି। ଡ୍ରାଗନ୍ ଗେଟକୁ ଲାଗି ଜଣେ ଚୀନା ତରୁଣୀ ଫାଲୁନଗଙ୍ଗ ନାମରେ ଏକ ମେଡିଟେସନ୍ ପ୍ରଦର୍ଶନ ମୁଦ୍ରାରେ ଦେଖିବାକୁ ମିଳେ। ତା' ସହ ସ୍ମୃତି ମଧୁର ବାଦ୍ୟ ଯନ୍ତ୍ରର ଧୀର ମୂର୍ଚ୍ଛନା ଯାହାର ପ୍ରଭାବରେ ରାସ୍ତାର ଗହଳ ଚହଳ ରେ ବି ଜଣେ ଆଖି ମୁଦି ଧ୍ୟାନରେ ବସି ଯାଇ ପାରିବ ବୋଲି ମୋର ମନେହେଲା।

ଏଠାରେ କହି ରଖେ ଯେ ଫାଲୁନ-ଗଙ୍ଗ ହେଉଛି ଚୀନର ଏକ ପ୍ରାଚୀନ ଯୋଗ ପଦ୍ଧତି ଚୀ-ଗଙ୍ଗ୍ ଉପରେ ଆଧାରିତ ଯୁବ ପୀଢିର ଏକ ମେଡିଟେସନ୍-ମୂଳ ମନ୍ତ୍ର: ଅଭ୍ୟନ୍ତରୀଣ ଜାଗୃତି। ଆଧୁନିକ ଚାଇନାର କମ୍ୟୁନିଷ୍ଟ ଶାସକଙ୍କ ଦ୍ୱାରା ଏହି ଯୋଗାଭ୍ୟାସକୁ ଚୀନରେ ନିଷିଦ୍ଧ କରାଯାଇଛି। ଏହାର ନିଶାରେ ପଡି ଯୁବ ପୀଢି କାମ କରିବା ପ୍ରତି ବୀତସ୍ପୃହ ହେବେ ଓ ଦିନ ରାତି ଅଭ୍ୟନ୍ତରୀଣ ଜାଗୃତିରେ ଲାଗିପଡିବେ। ଏହା ଦେଶ ଲାଗି କଦାପି ମଙ୍ଗଳମୟ ନୁହେଁ।

ମୁଁ ଚୀନା ଟାଉନ୍ର ଗହଳି ତଥା ଈଷତ୍ ଉଠାଣି ରାସ୍ତାରେ ଚାଲିଲାବେଳେ ମୁଣ୍ଡ ଉପରେ ମାଳ ମାଳ ନାଲି କାଗଜ ଲଣ୍ଠନ ଝୁଲୁଥିବା ଦେଖି ମନେ ହେଉଥାଏ ସତେ

କି ମୁଁ ଚୀନରେ ପହଞ୍ଚି ଯାଇଛି। ରାସ୍ତା ଦୁଇ ଧାରରେ ଖୁନ୍ଦା ଖୁନ୍ଦି ହୋଇ ହରେକ୍ ରକମର ଦୋକାନ। ଗିଫ୍ଟ ସପ୍, ରନ୍ଧା ଉପକରଣ, ଅଳଙ୍କାର ଦୋକାନ ଆଉ ରେଷ୍ଟୋରାଁ ଆଦି ଦେଖିଲେ ଜଣା ପଡିବ ଶସ୍ତା ଚୀନା ମାଲ୍ ଆଉ ପୁଣି ଦାମୀ ରୁଚି ପୂର୍ଣ୍ଣ ଗୃହ ସଜ୍ଜା ସରଞ୍ଜାମ ବିକ୍ରିର ଏତାଦୃଶ ସହାବସ୍ଥାନ ବୋଧହୁଏ ପୃଥିବୀରେ ଆଉ କେଉଁଠି ଦେଖିବାକୁ ମିଳିବ ନାହିଁ।

ଚାଲୁ ଚାଲୁ ମୁଁ ୱିଣ୍ଡୋ ସପିଙ୍ଗ୍ ର ଆନନ୍ଦ ନେଉଥାଏ। ଗିଫ୍ଟ ସପ୍ ଗୁଡିକରେ ପର୍ଯ୍ୟାଟକଙ୍କ ପସନ୍ଦର କିଛି ଉପହାର ସାମଗ୍ରୀ ଏହିପରି; ପାପୁଲି ଆକାରର କାଗଜ ପଙ୍ଖା, ସିଲ୍କ୍ କନାର ଛୋଟ ମୁଣା, ମାଳିଗୁନ୍ଥା ବ୍ରେସଲେଟ୍, ସ୍ୱାଗତ ମୁଦ୍ରାରେ ଅନବରତ ହାତ ହଲାଉଥିବା ପ୍ଲାଷ୍ଟିକ୍ ଲକି ବିରାଡି, କ୍ରିଷ୍ଟାଲ୍ ର ପଶୁ ପକ୍ଷୀ, ଫୁଲଙ୍କ କ୍ଷୁଦ୍ର ଆକୃତି ଆଦି। ଅଧିକାଂଶ ଉପହାର ସାମଗ୍ରୀ ରେ ନାଲି ରଙ୍ଗର ପ୍ରାଧାନ୍ୟ। ବୁଝିପାରେନି ଚୀନା ମାନଙ୍କର ନାଲି ରଙ୍ଗଟି ଏତେ ପ୍ରିୟ କାହିଁକି, ଶୁଭ ରଙ୍ଗ ନିଶ୍ଚୟ ହୋଇଥିବ।

ପ୍ରାୟ ଘଣ୍ଟାଏ ଚାଲିଲା ପରେ ରେଷ୍ଟୋରାଁ ଗୁଡିକ ଅଧିକ ମାତ୍ରାରେ ମୋର ଦୃଷ୍ଟି ଆକର୍ଷଣ କଲେ। ହଙ୍ଗକଙ୍ଗ ରେଷ୍ଟୋରାଁ, ଚାଇନା ବିଷ୍ଟ୍ରୋ, କ୍ଲେ ପଟ୍, ଓରିଏଣ୍ଟାଲ୍ ପର୍ଲ୍ ପ୍ରଭୃତି। ବୁଝିଲି ଯା ଭିତରେ ମୋତେ ଭୋକ ହେଲାଣି। ଗୋଟେ ଛୋଟ ତଥା ପରିଷ୍କାର ରେଷ୍ଟୋରାଁ ଦେଖି ତାହାର କାଉଣ୍ଟରରେ ଭେଜି ଫ୍ରଏଡ ରାଇସ ବୋଲି ଉଚ୍ଚାରଣ କଲି ଓ ଇଙ୍ଗିତରେ ହିଁ ବୁଝାଇଦେଲି ଯେ ମୁଁ ଖାଦ୍ୟ ପ୍ୟାକେଟ୍ ନେଇଯିବି। ଚାଇନା ଟାଉନର ଅଧିକାଂଶ ରେଷ୍ଟୋରାଁ ଓ ଦୋକାନ ଗୁଡିକରେ ଭଙ୍ଗା ଭଙ୍ଗା ଇଂରାଜୀ କହି କାମ ଚଳେଇ ଦିଅନ୍ତି। ଭାବିଲେ ଆଶ୍ଚର୍ଯ୍ୟ ଲାଗେ ଭାଷା ବିହୁନେ ପରସ୍ପରକୁ ବୁଝିବା ଏତେ ସହଜ। କେବଳ ଆଗ୍ରହ ଓ ଈଷତ୍ ଆନ୍ତରିକତା ହିଁ ଯଥେଷ୍ଟ। ଖାଦ୍ୟ ପ୍ୟାକେଟ୍ ଧରି ମୁଁ ସମୁଦ୍ର କୂଳ 'ଫିସରମ୍ୟାନ୍ ରାଫ' ଆଡକୁ ମୁହାଁଇଲି। ମୋବାଇଲ୍ ଫୋନ୍ ଯୋଗେ ରାସ୍ତା ନିରୂପଣ କରୁଥାଏଁ ସୁତରାଂ ହଜିବାର ସମ୍ଭାବନା ନାହିଁ। ତଥାପି ଏଠାରେ ଆପଣ ଯଦି ସ୍ଥାନୀୟ ଲୋକଙ୍କୁ ଠିକଣା ପଚାରିଲେ ସେମାନେ ଠିକଣା ତ ବତେଇ ଦେବେ ତା'ଛଡା ସମ୍ଭ୍ରମରେ ପଦେ ଦୁଇପଦ କଥା ବି ହେବେ। ବଚନେ ଦରିଦ୍ରତାର ସାନ ଫ୍ରାନସିସ୍କୋ ସହରରେ ପ୍ରଶ୍ନ ଉଠେନାହିଁ।

ଫିସରମ୍ୟାନ ରାଫ୍

୧୮୪୮ ମସିହା କାଲିଫର୍ଣ୍ଣିଆରେ ଗୋଲ୍ଡ ରସ୍ ସମୟ। ସେତେବେଳେ ସୁନା ଖଣିରେ କାମ କରିବାକୁ ଲୋକେ ଆମେରିକାର ବିଭିନ୍ନ ପ୍ରାନ୍ତରରୁ ପହଞ୍ଚି ସାନ୍ ଫ୍ରାନସିସକୋ ରେ ଜନ ସଂଖ୍ୟା ବୃଦ୍ଧିର ମୁଖ୍ୟ କାରଣ ବନିଗଲେ। ଏହାର ସୁଯୋଗ ନେଇ ଇଟାଲିଆନ୍ ଇମିଗ୍ରାଣ୍ଟ୍ ମତ୍ସ୍ୟଜୀବୀ ସମୂହ ସମୁଦ୍ର ଦେଇ ସାନ୍ ଫ୍ରାନସିସକୋ

କ୍ରମ ବର୍ଦ୍ଧିଷ୍ଣୁ ଜନସଂଖ୍ୟାକୁ ମାଛ ବିକି ଲାଭବାନ ହେଲେ। ସମୟର ଢେଉ ଅନେକ କିଛି ପୋଛି ନେଇଚି ଅନେକ ନୂଆ ଅଜାଡି ଦେଇଚି; କିନ୍ତୁ ଯେ ଜାଗାର ନାମଟି ବଦଳିନାହିଁ ଆଉ ଏଠା ରେସ୍ତୋରାଁରୁ ରଶୁଣ ଓ ବଟର ଦିଆ ସିଝା କଙ୍କଡା ଓ କାଗଜ କପରେ ଚିଙ୍ଗୁଡି କକଟେଲ୍ ବିକ୍ରି ମଧ୍ୟ ପୁରୁଣା ଦିନପରି ଲୋକଙ୍କର ଖୁବ୍ ପସନ୍ଦ।

ପର୍ଯ୍ୟାଟକଙ୍କ ମୁଖ୍ୟ ଆକର୍ଷଣ ଫିସରମ୍ୟାନ୍ ରାଫ୍ (ଲସବ୍ୱଷରକ୍ୱଙ୍କବଭ ଡଷବଦ୍ୱଲ); ପିଅର ୩୯, ସମୁଦ୍ର କୂଳରେ ରେସ୍ତୋରାଁ, ସୋଭିନିୟର୍ ଦୋକାନ, ମହମ ମ୍ୟୁଜିୟମ୍, ଗିରାଡେଲି ଚକୋଲେଟ୍ କମ୍ପାନୀ (ଆମେରିକାର ସବୁଠାରୁ ପୁରୁଣା ଚକଲେଟ କମ୍ପାନୀ ମଧ୍ୟରେ ଗିରାଡେଲି ହେଉଛି ତୃତୀୟ), ଆଦି ଦ୍ୱାରା ପରିପୂର୍ଣ୍ଣ ଏକ ଚମତ୍କାର ଜାଗା ଅଟେ। ବର୍ଷର ପ୍ରତ୍ୟକଟି ଦିନ ଏଠି ଉତ୍ସବ ମୁଖର। ରାସ୍ତା କଡରେ ଏକ ମୈଦାନରେ କଳାକାରମାନେ ନିଆରା କଳା ପ୍ରଦର୍ଶନ ପେଷା ଆପଣେଇ ଦେଖଣାହାରୀଙ୍କ ଠୁଁ କିଛି କିଛି ପଇସା ଓ ଅଜସ୍ର କରତାଳି ଯୋଗାଡ କରି ନିଅନ୍ତି। ପ୍ରକୃତରେ ସେସବୁ ବିଦ୍ୟାରେ ସେମାନେ ଖୁବ୍ ନିପୁଣ। ଆଜି ଜଣେ ସାରା ଦେହରେ ବାର୍ନିସ୍ ବୋଳି ଧାତୁ ତିଆରି ଏକ ରୋବଟ୍ ପରି ଆଚରଣ କରୁଥାଏ। ତା' ସହ ପିଲାଙ୍କୁ ନେଇ ଫଟୋ ଉଠାଇବାକୁ ଅଭିଭାବକଙ୍କର କି ଆନନ୍ଦ। କିଛି ଦୂରରେ ଜଣେ ଟିଣ ଡବା, ପ୍ଲାଷ୍ଟିକ୍ର ମଗ୍, ଆଦି ଉପକରଣରେ ସୁନ୍ଦର ବାଦ୍ୟ ସୃଷ୍ଟି କରି ଚାଲିଛି। ତା' ଡବାରେ ପଇସା ପକାଇ ଦେଉଛନ୍ତି କିଛି ମୁଗ୍ଧ ଲୋକ। ସେଇ ମୁହୂର୍ତ୍ତରେ ମୋର ମନେହେଲା ସତରେ ଯେ ପୃଥିବୀ ଗୋଟେ ରଙ୍ଗ ମଞ୍ଚ। ଦଳେ କଳାକାର ଆଉ ଦଳେ ଦେଖଣାହାରୀ। ଆକାଶ ଆଡୁ ଲମ୍ବି ଆସିଛି ଅଦୃଶ୍ୟ ସୂତା। ସେମାନଙ୍କ ହାତ, ଗୋଡ, ହସ, କାନ୍ଦ ସେ ସୂତାର ନିୟନ୍ତ୍ରଣରେ।

ଅପେକ୍ଷାକୃତ ନିରୋଳା ଜାଗା ଦେଖି ସମୁଦ୍ର ଆଡକୁ ମୁହଁ କରି ଗୋଟିଏ କାଠ ବେଞ୍ଚରେ ମୁଁ ବସିଗଲି। ଅଦୂରରେ ସମୁଦ୍ର ମଧ୍ୟରେ ଦିଶୁଥାଏ କ୍ଷୁଦ୍ର ଦ୍ୱୀପଟିଏ- ମାତ୍ର ବାଇଶି ଏକରର ଆଲକାଟ୍ରାଜ ଦ୍ୱୀପ ଏବଂ ଆଲାକାଟ୍ରାଜ୍ ଜେଲର ଜୀର୍ଣ୍ଣ କୋଠା। ଏକଦା ଆଲକାଟ୍ରାସ ଦ୍ୱୀପକୁ କଳାପାଣି ଭାବରେ ବ୍ୟବହାର କରାଯାଉଥିଲା। କୁଖ୍ୟାତ ଡ୍ରଗ୍ସ ଡିଲର, ଡକାୟତ ଙ୍କ ଲାଗି ସେଠାରେ ନିର୍ମାଣ କରା ହୋଇଥିଲା ହାଇ ସିକ୍ୟୁରିଟି ଜେଲ୍। କଳା ପାଣି ନାଁଟି ଶୁଣିଲେ କାହାଣୀ ପରି ଲାଗୁଛି ମାତ୍ର ଏହା ଏକଦମ ସତ। ସମୁଦ୍ର କୁଳରୁ ମାତ୍ର ୨ କିଲୋମିଟର ଦୂରତାରେ ଥାଇ ମଧ୍ୟ ଏହାର ଚାରିପାଖରେ ଗଭୀର ସମୁଦ୍ର ଓ ପ୍ରବଳ ଓସନ୍ କରେଣ୍ଟ୍ ଯୋଗୁଁ ଏଠାରୁ ଚେଷ୍ଟା କରି ମଧ୍ୟ କେହି ଖସିଯାଇ ପାରି ନଥିଲେ। ଅବଶ୍ୟ ତିନିଜଣ କଏଦୀ ଅନେକ ଦିନର ଯୋଜନା ଏବଂ ଚତୁର କାର୍ଯ୍ୟ ସମ୍ପାଦନା ଦ୍ୱାରା ଖସି ପାରିଥିଲେ। ସୁରକ୍ଷାରେ ତୃଟି ଏବଂ ଚଳାଇବାରେ

ଅଧିକା ଖର୍ଚ୍ଚ ହେତୁ ଜେଲଟି ୧୯୬୩ ମସିହାରେ ବନ୍ଦ ହୋଇଗଲା। କଏଦୀଙ୍କର ଖସିଯିବା ସତ୍ୟ ଘଟଣା ଉପରେ ଆଧାରିତ ଇଂରାଜୀ ଚଳ ଚିତ୍ର- ଏସକେପ୍ ଫ୍ରମ୍ ଆଲକାଟ୍ରାଜ୍ ଅନେକ ଲୋକପ୍ରିୟତା ଅର୍ଜନ କରିଛି।

ମୋ ବେଞ୍ଚଠୁଁ କିଛି ଦୂରରେ ଗୋଟିଏ ଟିକେଟ ବୁଥ ଥିଲା। ସେଇଠୁ ପର୍ଯ୍ୟଟକଙ୍କୁ ଆଲକାଟ୍ରାଜ୍ ବୁଲାଇ ନେବାକୁ ଦିନ ତମାମ ଛୋଟ ଛୋଟ ଜାହାଜ ଜା' ଆସ କରେ। କିଛି ବର୍ଷ ତଳେ ଦେଖିଥିବା ଆଲକାଟ୍ରାଜ୍ ମୋ ସ୍ମୃତି ପଟରେ ଭାସି ଉଠିଲା। ଜେଲର କ୍ଷୁଦ୍ର କୋଠରୀ ଗୁଡିକରେ ସେ ଦିନର ଲୁହା ବେଡ, ଜୀର୍ଣ୍ଣ ଗଦି, ତକିଆ, ଆଉ କାନ୍ଥରେ କଏଦି ମାନଙ୍କର ନଖ ରାମ୍ପୁଡା ଦାଗ ସହ ଆଲକାଟ୍ରାଜ୍ ଜେଲ୍ ଏକ ଐତିହାସିକ ମନୁମେଣ୍ଟ୍ ଭାବରେ ସୁରକ୍ଷିତ।

ଯା ମଧ୍ୟରେ ମୁଁ ଖାଇବା ଶେଷ କଲି ଓ ବଳକା ବ୍ୟାଗରେ ରଖିଦେଲି। ସୂର୍ଯ୍ୟ ମୁଣ୍ଡ ଉପରେ କିନ୍ତୁ କାଲୁଆ ପବନ ଯୋଗୁଁ ଖରା ଭଲ ଲାଗୁଥାଏ। ପର୍ଯ୍ୟାଟକଙ୍କ ଭିଡ ଧୀରେ ଧୀରେ ଜମି ଆସିଲାଣି। ଏତିକିବେଳେ କାନରେ ପଡିଲା ଆଠ ଦଶ ବର୍ଷର ଜାପାନିଜ୍ ପିଲାଟିଏ ତା' ବାପାଙ୍କୁ କାଣ୍ଡି ଷ୍ଟୋର ଆଡକୁ ହାତ ଦେଖାଇ ଅଝଟ କରୁଛି। ପୃଥିବୀର ସବୁ ବାପାଙ୍କ ଭଳି ଚକୋଲେଟ ପାଇଁ ପ୍ରତିଶ୍ରୁତି ଦେଇ ଭୁଲିଯାଉଥିବେ ବାପା ଜଣଙ୍କ ବୋଧହୁଏ। ଏଠାର ଚକୋଲେଟ୍ ଓ କାଣ୍ଡି ଦୋକାନ ଗୁଡିକରେ ଆମ ଦେଶରେ ଚାଉଳ, ଡାଲି ରଖିଲା ପରି ବଡ ବଡ ଅଖା ବସ୍ତା ଓ କାଠ ବାରେଲ୍ ଗୁଡିକରେ ପ୍ରଦର୍ଶନ ଦେଖିଲା ଭଳି। "ଜେଲି ବେଲି" ନାମରେ ୧୦୦ ବର୍ଷର ଏକ କମ୍ପାନୀ ଶିମ୍ବ ମଞ୍ଜି ଆକାରର କାଣ୍ଡି ଗୁଡିକରେ ପୃଥିବୀର ଏମିତି କୌଣସି ସ୍ୱାଦ ନାହିଁ ଯାହା ସେମାନେ ତାଙ୍କ ଜେଲି ବେଲିରେ ଭର୍ତ୍ତି କରି ନାହାନ୍ତି। ବିଭିନ୍ନ କିସମର ଫଳ, ପରିବା, ପପକର୍ଣ୍ଣ, ଭାବିଲି କେଉଁ ଦିନ ରସଗୋଲା କି ଦହିବରା ସ୍ୱାଦର ଜେଲି ବେଲି ଉପଲବ୍ଧ ହେବ, ଅସମ୍ଭବ ନୁହେଁ।

ମୋ ଫୋନ୍ ରିଂ ହେଲା। ଦୀପକ୍ ଅଫିସରୁ ବାହାରି ଆସିଲେଣି ବୋଲି ଜଣାଇ ଦେଲେ। ପୃଥିବୀରେ ଯେ କୌଣସି କସ୍ମୋପଲିଟାନ୍ ସହର ଭଳି ସାନ୍ ଫ୍ରାନସିସକୋରେ ମଧ୍ୟ ପାର୍କିଙ୍ଗ୍ ସମସ୍ୟା ବିଷମ। ତେଣୁ ପିଅର୍ ୩୯ -ରାସ୍ତା କଡରେ ହିଁ କାରକୁ ଅଟକାଇ ଦେଲେ ମୁଁ ଚଢିଯିବି ବୋଲି ଜଣାଇଦେଲି। ଅଧ ଘଣ୍ଟାରେ ଦୀପକ ପହଞ୍ଚିଲେ। ଫେରନ୍ତା ରାସ୍ତାରେ ଯଦିଓ ଟ୍ରାଫିକ୍ ଜାମ୍ ପ୍ରବଳ ଥିଲା କିନ୍ତୁ ବାଟ ସାରା ଏଣୁତେଣୁ ଗପରେ ସମୟ କଟିଗଲା।

ଘରେ ପହଞ୍ଚି ଡିନର ବନେଇବାକୁ ପଡିଲା ନାହିଁ। ମୋ ବ୍ୟାଗରେ ବଳକା ଫ୍ରାଏଡ୍ ରାଇସ୍ ଆଉ ଦୀପକଙ୍କ ଅଫିସ୍ ରୁ ପୋର୍ଟୋବେଲୋ ଜାତୀୟ ଛତୁରେ ଚିଜ୍ ଓ

ବ୍ରୋକଲି ଷ୍ଟପିଙ୍ଗ୍ ସହ ଭେଜିଟେବୁଲ୍ ସ୍ପାଗେଟି। ସେଦିନ ଆଖି ନିଦରେ ଭାରି ହେଲା ଯାଏଁ ଭାବୁଥିଲି, ଚାଇନା ଟାଉନ, ଫିସରମ୍ୟାନ୍ ରାଫର ଇଟାଲିଆନ ଇମିଗ୍ରାଣ୍ଟ, ଚକୋଲେଟ୍ ଲାଗି ଅଳି କରୁଥିବା ଜାପାନୀଜ୍ ପିଲାଟି, ସିଲିକନ୍ ଭ୍ୟାଲିର ପ୍ରବାସୀ ଭାରତୀୟ, ମାତୃଭୂମିଠୁଁ ଦୂରରେ ଜୀବନ ସହ ବୁଝାମଣାର ପାଦ ଚିହ୍ନ ଏଠି ସବୁଆଡେ। ଟିକିଏ ନିରିକ୍ଷଣ କଲେ କେତେ ସ୍ପଷ୍ଟ।

■

ଲେକ୍ ତାହୋ ଯେଉଁଠି ପ୍ରକୃତି ଗୀତଗାଏ

କୋଭିଡ ମହାମାରୀର କଟକଣାକୁ ପ୍ରାୟ ଏକ ବର୍ଷ ବିତିଯାଇଥାଏ, ଶୁଣିବାକୁ ପାଇଲୁଁ, ଲେକ ତାହୋ ସହର ପର୍ଯ୍ୟଟକଙ୍କୁ ସ୍ୱାଗତ କଲାଣି। ହୋଟେଲ୍ ଓ ରେସ୍ତୋରାଁ ଗୁଡିକ ଖୋଲି ଗଲାଣି। ତେବେ ମୁହଁରେ ମାସ୍କ ଜରୁରି! ମନରେ ଉତ୍କଣ୍ଠା, ଯଥେଷ୍ଟ ଶୀତ ବସ୍ତ୍ର, ଏବଂ ସ୍ନୋରେ ଚାଲିବା ଲାଗି ଉପଯୁକ୍ତ ବୁଟ୍ ଆଦି ନେଇ- ତିନି ଦିନ ଲାଗି ମୁଁ ପ୍ୟାକିଙ୍ଗ୍ କଲି।

ଲେକ୍ ତାହୋର ସ୍ୱଚ୍ଛ ନୀଳ ଜଳ ରାଶି, ଦିଗନ୍ତ ବ୍ୟାପି ପାଇନ୍ ଅରଣ୍ୟ ଆଉ ପ୍ରଦୁଷଣ ମୁକ୍ତ ପବନର ବାସ୍ନା ଯେ ସାଧାରଣ ମଣିଷର ଚେତନାକୁ କାହିଁ କେତେ ଉଚ୍ଚ ସ୍ତରକୁ ନେଇଯାଏ ତାହା ବୁଝିହୁଏ ସେଠାରେ ବିଚରଣ କରୁଥିବା ଲୋକଙ୍କ ମୁହଁରେ ନିରୋଳା ପ୍ରଶାନ୍ତି ଦେଖିଲେ। ତୁଷାର ଋତୁରେ ମନେହେବ ସତେ ଯେମିତି ସହରଟି ଶୁଭ୍ର ପାଶମିନା ଶାଲ୍ ଟିଏ ଘୋଡାଇ ହୋଇ ତାହୋ ହ୍ରଦ କୂଳରେ ଗ୍ରୀଷ୍ମ ଋତୁକୁ ଅପେକ୍ଷା କରି ବସି ରହିଛି। ଆମେରିକାନ୍ ଲେଖକ ମାର୍କ୍ ଟ୍ୱାଇନ୍ କହିଥିଲେ, "ଲେକ୍ ତାହୋର ଜଳ ଏଠାର ପବନଠୁଁ ବି ନିର୍ମଳ ଯେଉଁ ପବନକୁ ପରୀମାନେ ନିଃଶ୍ୱାସରେ ନିଅନ୍ତି।" ଉକ୍ତିଟିର ମର୍ମ ସେଠାରେ ପହଞ୍ଚି ସେଇ ନିର୍ମଳ ଶୀତଳ ପବନକୁ ଆକଣ୍ଠ ପାନ କଲା ପରେ ହିଁ ବୁଝିଥିଲି। ତେବେ ଏହି ହ୍ରଦର ଜଳକୁ ପାନ କରୁଥିବା ସହରବାସୀ ଓ ପଶୁ ପକ୍ଷୀ କେତେ ଭାଗ୍ୟବାନ୍ ସତରେ।

ସମୁଦ୍ର ପତ୍ତନଠୁଁ ପ୍ରାୟ ଛବିଶ ଶହ ଫୁଟ୍ ଉଚ୍ଚରେ କାଲିଫର୍ଣ୍ଣିଆ ଓ ନେଭାଡା ରାଜ୍ୟର ସୀମା ରେଖାକୁ ଦୁଇ ଭାଗ କରି ହ୍ରଦଟି ଆମେ ରହୁଥିବା ଫ୍ରିମଣ୍ଟ୍ ସହରରୁ ଦୁଇଶହ ମାଇଲ୍ ଅର୍ଥାତ୍ ଗାଡିରେ ଗଲେ ପ୍ରାୟ ଚାରି ଘଣ୍ଟାର ରାସ୍ତା। ସପ୍ତାହେ ପୂର୍ବରୁ ହୋଟେଲ୍ ରିଜର୍ଭ କରିଦେଲୁ। ବର୍ଷ ବ୍ୟାପି ହୋଟେଲ୍ ଗୁଡିକରେ "ନୋ-ଭାକାନ୍ସି"

ପଛର ମୂଳ କାରଣଟି ହେଉଚି, କୋଭେଡ ନିୟମ ଯୋଗୁଁ କିଛି ଲୋକ ଘରୁ ହିଁ ଅଫିସ୍ କାମ କରୁ ଥିଲେ। ଏବଂ ସେହି ଭାଗ୍ୟବାନ୍ ଲୋକେ ପର୍ଯ୍ୟାଟନ ସ୍ଥଳୀଗୁଡିକୁ ନିଜର ଅଫିସ୍ ବନେଇ ଥିଲେ, କାରଣ, ସେମାନଙ୍କ ପରିବାର ଛୁଟି ମନାଇ ପାରିବେ।

ଘରଠୁଁ ପ୍ରାୟ ଦୁଇ ଘଣ୍ଟା ଛୋଟ ବଡ ସହର, କଳ କାରଖାନା ଆଦି ଅତିକ୍ରମ କଲା ପରେ ପ୍ରକୃତିର ଶାଢୀରେ ଅଙ୍କା ବଙ୍କା ଚିତ୍ରିତ ରାସ୍ତାଟିରେ କାର ଆମର ଛୁଟିଥିଲା। ମାଇଲ୍ ମାଇଲ୍ ଧରି ପାହାଡ ଉପତ୍ୟାକା, ପାଇନ୍ ଜଙ୍ଗଲ, ତୁଷାରବୃତ ପାହାଡ ଆଉ ରାସ୍ତା ସମାନ୍ତରାଳ ରେ ଝରଣାର କୁଳୁକୁଳୁ ଦେଇ ପଥଟିରେ ଗଲା ବେଳେ ମନେହେଉଥାଏ ସତେକି ପ୍ରକୃତି ତୁମ ପାଖରେ ବସି ପଡି ଗୁଣୁ ଗୁଣୁ ଗୀତ ଗାଉଛି। ଘାଟି ରାସ୍ତା ଧାରରେ ଠାଏ ଠାଏ ଗାଡି ରଖି ପର୍ବତ ବଳୟିତ ଉପତ୍ୟାକାକୁ ଦେଖିବାର ବନ୍ଦୋବସ୍ତ ଥାଏ। ଅତ୍ୟାଧିକ ତୁଷାରପାତ ସମୟରେ ଗାଡିଗୁଡିକ ଟାୟାରରେ ଚେନ ଲଗାଇବା ବାଧ୍ୟତାମୂଳକ। ପାଗ ଅନୁକୂଳ ଥିବାରୁ ଆମକୁ ଚେନ୍ ଲଗାଇବାକୁ ପଡିନଥିଲା।

ଦୁଇ ତିନୋଟି ଜାଗାରେ କାର ପାର୍କ କରି ଆମେ ଫଟୋ ଉଠାଇଲୁ। ସେଠାରେ ଅଟକିଥିବା ବିଶେଷକରି ଅଭିଭାବକଙ୍କ ସହ ଆସିଥିବା ଟିନ୍ ଏଜ୍ ପିଲାଙ୍କ ମୁହଁରେ ଗାମ୍ଭୀର୍ଯ୍ୟ ଦେଖିଲେ ଲାଗୁଥାଏ ଯେମିତି ସେମାନଙ୍କୁ ବାଧ୍ୟ କରାହୋଇଛି ଏଠାକୁ ଆସିବାଲାଗି। ନହେଲେ ସାଙ୍ଗ ସାଥୀଙ୍କ ମହଲରେ ଭିଡିଓ ଗେମ୍ କିମ୍ବା ସେପରି କିଛି ଅଧିକା ସୁଖ ଦେଉଥିବା ଉପାଦାନ ସହ ଜଡିତ ଥାଆନ୍ତେ।

ସାନ ପିଲାଙ୍କ କଥା ଅଲଗା। ତୁଷାର ଦେଖିବାର ଅଭିଜ୍ଞତାକୁ ମସ୍ତିଷ୍କ ପେଡିରେ ସାଉଣ୍ଟୁଥାନ୍ତି। ତୁଷାରର ପେଣ୍ଡୁ ବନାଇ ନିଜ ନିଜ ମଧ୍ୟରେ ଫୋପାଡି ଖେଳ ଆରମ୍ଭ କରି ଦେଇ ଥାଆନ୍ତି (ବୟସ୍କମାନେ ବି ସେ ଶିଶୁ ସୁଲଭ ଚପଳତାରୁ ବାଦ ପଡି ନଥାନ୍ତି)। ପାଦ ପୋତି ହୋଇପଡୁଥାଏ ଫୁଟେ ଲେଖାଁ ତୁଷାରରେ ଯେଉଁଠୁ ସେମାନେ ବାହାରିବାକୁ ନାରାଜ।

ସେଦିନ ଆମ ହୋଟେଲରେ ପହଞ୍ଚିଲା ବେଳକୁ ଅପରାହ୍ନ ତିନିଟା। ରୁମ୍ ରେ ପହଞ୍ଚି ଦୀପକ କହିଲେ, ମୁଁ ଟିକିଏ ବିଶ୍ରାମ ନେବି, ଡ୍ରାଇଭିଂ ଯୋଗୁଁ କ୍ଲାନ୍ତ। ହୋଟେଲଠୁଁ ପାଦରେ ଚାଲିଗଲେ ଦୁଇ ମିନିଟ୍ ଦୂରତାରେ କାଶିନୋ ଆଡେ ମୁଁ ଏକା ବାହାରିଗଲି। କାଲିଫର୍ଣ୍ଣିଆର ନିୟମ ହେଲା କ୍ୟାଶିନୋ ସବୁ ନେଟିଭ ଇଣ୍ଡିଆନ୍ (ଆମେରିକାର ଆଦିମ ଅଧିବାସୀ) ମାନଙ୍କ ଜମିରେ ହିଁ ରହିବ। କ୍ୟାଶିନୋରୁ ଲାଭର ଗୋଟିଏ ଅଂଶ ନେଟିଭ ଇଣ୍ଡିଆନ ଜନଜାତିକୁ ଦିଆ ହୁଏ।

କିନ୍ତୁ ନେଭାଡା ରାଜ୍ୟରେ ସେ ନିୟମ ନାହିଁ। ନେଭାଡାର “ଲସ୍ ଭେଗାସ”

ସହର ତାହାର ଶହ ଶହ କ୍ୟାଶିନୋ ଯୋଗୁଁ ସିନ୍ ସିଟି ବା ପାପର ସହର ଭାବରେ ବିଖ୍ୟାତ। ନେଭାଡା ରାଜ୍ୟର ଅନ୍ୟତମ ସହର "ରେନୋ" ବି କାଶିନୋ ଇଣ୍ଡଷ୍ଟ୍ରୀରୁ ବେଶ ଲାଭବାନ। ସେଇ କାରଣରୁ "ଲେକ ତାହୋ"ର କ୍ୟାଶିନୋ ଗୁଡିକ କାଲିଫର୍ଣ୍ଣିଆ ସୀମାରେଖା ଆର ପାଖେ ନେଭାଡା ଷ୍ଟେଟ୍ ଲାଇନ୍ ରେ ଅବସ୍ଥିତ।

କ୍ୟାଶିନୋର ଅତ୍ୟାଧୁନିକ ସମ୍ଭ୍ରାନ୍ତ କୋଠାର ଉପହାର ଓ ଅଳଙ୍କାର ଦୋକାନ ଗୁଡିକରେ ହୀରା, ମୋତି, ପଥର ଖଞ୍ଜା ବ୍ରେସଲେଟ୍, ହାର ଆଦି ଶୋ-କେସ୍ ର ସ୍ୱତନ୍ତ୍ର ଆଲୋକ ସଜ୍ଜାରେ ଝଲ ମଲ୍ କରୁଥାଏ। ଏଠାକୁ ଆସୁଥିବା କିଛି ଲୋକଙ୍କ ପାଣି ପରି ଉଡେଇ ଦେଉଥିବା ଡଲାରରୁ କ୍ୟାଶିନୋ ସଂସ୍ଥା ତିଷ୍ଠି ରହିଛି। ତେଣୁ "ଅତିଥି ଦେବୋ ଭବ" ଏହି ଉକ୍ତିରେ କ୍ୟାଶିନୋ ସଂସ୍ଥା ଗୁଡିକ ତିବ୍ର ଭାବରେ ବିଶ୍ୱାସ ରଖନ୍ତି। ସ୍ଲଟ୍ ମେସିନ୍ ରୁ ଲୋକଟିଏ ଉଠିଗଲା ମାତ୍ରେ ମେସିନକୁ ଜିବାଣୁ ମୁକ୍ତ କରିବା ଲାଗି କର୍ମୀ ଜଣେ ପୋଛି ପରିଷ୍କାର କରିଦେଉଥାଏ। ଓ୍ୱେଟର୍ ମାନେ ଚାହା, କଫି, କକଟେଲ୍ ଧରି ଘୁରି ବୁଲୁଥାନ୍ତି। ସେସବୁ କ୍ୟାଶିନୋ ହାଉସ୍ ତରଫରୁ କଂପ୍ଲିମେଣ୍ଟାରି ପରିବେଷଣ କରାଯାଏ।

ତହିଁ ଆର ଦିନ ସକାଳୁ ଝରକା କାଚ ଦେଇ ବାହାରକୁ ଅନାଇଲି। ରାସ୍ତାକଡର ତୁଷାର ଗଦା ଉପରେ ସୂର୍ଯ୍ୟ କିରଣ ପଡି ସଜ ଟଗର ଫୁଲର ଶୁଭ୍ରତା ନେଇ ଝଟକୁଥାଏ। ସକାଳ ସାତଟାରେ ଆମ ହୋଟେଲ୍ ରେ କମ୍ପ୍ଲିମେଣ୍ଟରି ବ୍ରେକଫାଷ୍ଟ୍ ରାସ୍ତା ଆରପାଖରେ ଏକ ବିଲଡିଙ୍ଗ୍ ରୁ ଆଣିବାକୁ ପଡିବ। ମାସ୍କ୍ ଓ ଓଭର କୋଟ୍ ର ଉଷୁମ ଭିତରେ ମୁଁ ବାହାରିଗଲି ରାସ୍ତାକୁ। ପବନ ଏତେ ସତେଜ ଥିଲା ଯେ ମୁଁ ଫୁଲର ବାସ୍ନା ପରି ଆଘ୍ରାଣ କରିନେଲି। ଆମ ଦୁହିଙ୍କ ପାଇଁ, ବେଗଲ୍, ଅରେଞ୍ଜ୍ ଜୁସ, ଦୀପକଙ୍କ ଲାଗି କଫି ନେଇ ଆସିଲା ବେଳକୁ ସେ ଶୋଇଥାଆନ୍ତି। ରୁମର ମାଇକ୍ରୋୱେଭ୍ ରେ ମୁଁ ମୋ ପାଇଁ ଚାହା ବନେଇଲି।

ସେଦିନ ଆମେ ବାହାରିଗଲୁ "ହେଭେନଲି" ଆଡକୁ। ଅଦୂରରେ ସ୍ନୋ ସ୍କି ପାଇଁ ଲୋକପ୍ରିୟ ପାହାଡଟିଏ। ସ୍କି ପ୍ରେମୀ ସ୍କି ର ମଜା ନେଲାବେଳେ ସେମାନଙ୍କ ଉଲ୍ଲାସ ପରିବେଶକୁ ଉତ୍ସବ ମୁଖର କରିଥାଏ। ଆମେ ଦୁହେଁ ସ୍କି କରୁନା ତେବେ ହାଇକିଂ ରେ ଯାଉଁ। ସେଦିନ କିନ୍ତୁ ଗୋଟିଏ ରେଷ୍ଟୋରାଁର ପୋର୍ଟିକୋରେ ନିଆଁ ପାଖରେ ବସି କାଚ କାନ୍ଥଦେଇ ବାହାରକୁ ଚାହିଁଥାଏ, ଦୀପକ ଖାଦ୍ୟ ଅର୍ଡର୍ କଲେ। ଆଲୁମିନିୟମ ଫଏଲ୍ ରେ ଗୁଡାହୋଇ ଛୋଟ ପେଣ୍ଡୁ ପରି ଗୋଟିଏ ପଦାର୍ଥ ଅନେକଙ୍କ ପ୍ଲେଟ୍ ରେ ଦୃଶ୍ୟହେଉଥାଏ। ଓ୍ୱେଟର୍ ପହଞ୍ଚି ସେହି ଦୃଶ୍ୟଟିକୁ ଆମ ଟେବୁଲ୍ ରେ ରଖିଦେଇ କହିଲା-ଏଞ୍ଜୋୟେ। ଆଲୁମିନିୟମ୍ ଫଏଲ୍ ଖୋଲିଲି, ବାମ୍ପ ବାହାରୁଥିବା ସେଇ

ଚିଜଟି ହେଉଛି, ବେକଡ୍ ପଟାଟୋରେ ଚିଜ୍ ଓ ବ୍ରକଲି ଷ୍ଟପିଙ୍ଗ୍। ଓଡିଆଙ୍କ ପ୍ରସିଦ୍ଧ ଆଳୁ ପୋଡା।

।ଦୈନନ୍ଦିନ ଜୀବନରେ, ଦୋକାନ ଯିବା, ବନ୍ଧୁ ପରିଜନଙ୍କ ଭେଟ ଇତ୍ୟାଦି ଯାହା ସବୁ ଆମେ ନିଶ୍ୱାସ ପ୍ରଶ୍ୱାସ ପରି ଗ୍ରହଣ କରିନେଇଥିଲୁ କିଏ ଭାବିଥିଲା ଦିନେ ତାହା ଆମ ହାତରୁ ଖସିଯିବ ବୋଲି, କଣ୍ଟା ଚାମୁଚରେ ଟିକିଏ ଟିକିଏ ଆଳୁ ମୋ ପାଟିରେ ମିଳାଇ ଗଲା ବେଳେ ଏହି ଭାବନାଟି ମୋ ମନରେ ଆସୁଥାଏ। ବର୍ଷଟିଏ ଗୃହବନ୍ଦୀ ପରେ ସାମାନ୍ୟ ଗଛ ଲତା, ମାଟି, ଆକାଶ ବି ମନରେ କିପରି ଶିହରଣ ଭରିଦେଉଥାଏ ତାହା ଏଠାରେ ଉପସ୍ଥିତ ଲୋକଙ୍କ ମୁହଁ ଦେଖିଲେ ବୁଝି ହେବ। ସତେକି ପ୍ରିୟତମାକୁ ଭେଟୁଛନ୍ତି ଅନେକ ଦିନର ବ୍ୟବଧାନ ପରେ। ସଭିଏଁ ନିଜ ନିଜ ଢଙ୍ଗରେ ବିହ୍ୱଳ।

ଲେକ ତାହୋ:

ପୃଥିବୀର ସବୁଠାରୁ ବିଶାଳ ସ୍ୱଚ୍ଛ ଜଳର ହ୍ରଦ ହେଉଛି –ଲେକ ତାହୋ। ସ୍ୱଚ୍ଛତା ମାପିଲେ ଏହାର ଜଳ ୯୯.୯୯୪% ସ୍ୱଚ୍ଛ ଯାହା ବଜାରରେ ଉପଲବ୍ଧ ଡିସଟିଲ୍ଡ ୱାଟର୍ ବଟଲ୍ ର ପିଇବା ପାଣି ସହ ପ୍ରାୟ ସମାନ। ଏହି ହ୍ରଦର ପାଣି ତଳେ ଯଦି ଗୋଟିଏ ଧଳା ଗୋଲାକାର ଟେବୁଲ୍ ରଖାଯାଏ ତାହା ଅଶି ଫୁଟ ତଳୁ ମଧ୍ୟ ସ୍ପଷ୍ଟ ଦିଶିବ। ଏଥିରୁ ଅନୁମାନ କରିହେବ ଲେକ୍ ତାହୋର ଜଳ କେତେ ପରିମାଣରେ ନିର୍ମଳ। ଗୋଟିଏ, ଦୁଇଟି ହୋଟେଲକୁ ଛାଡିଦେଲେ ହ୍ରଦ ନିକଟରେ ପରିବେଶ ଅକ୍ଷୁର୍ଣ୍ଣ ରହିଛି। ପରିବେଶ ଅକ୍ଷୁର୍ଣ୍ଣ ରଖିବାର ବାର୍ତ୍ତା ଏଠାରେ ଘରେ ଘରେ ଅଭିଭାବକ ମାନେ ସେମାନଙ୍କର ଉତ୍ତର ପୁରୁଷକୁ ହସ୍ତାନ୍ତର କରିଥା'ନ୍ତି। ଛୋଟ ପିଲାଟିଏ ମଧ୍ୟ କାଗଜ ନାପକିନ୍ ଧରି ଡଷ୍ଟ ବିନ୍ ଖୋଜିବ। ନହେଲେ ଏଇ ହ୍ରଦ କୂଳରେ ଅବର୍ଜନାର ସ୍ତୁପ ଦେଖିବାକୁ ମିଳିନଥାନ୍ତା କି ?

ଦ୍ୱିତୀୟ ଦିନ ଆମେ ଡ୍ରାଇଭ୍ ରେ ବାହାରିଲୁ। ଲେକ୍ ତାହୋକୁ ଘେରି ରହିଥିବା ରାସ୍ତାଟିଏ, ଉଭୟ ପାର୍ଶ୍ୱରେ ପାଇନ୍ ଅରଣ୍ୟ ଦେଇ କାର ଆମର ଛୁଟି ଯାଉଥାଏ। ସହରର ଏତେ ନିକଟରେ ଅରଣ୍ୟର ସହାବସ୍ଥାନ ଦେଖିଲେ ଲାଗୁ ଥାଏ ସତେ ଯେମିତି ଅରଣ୍ୟ ଓ ସହର ମଧ୍ୟରେ ଏକ ଅଦୃଶ୍ୟ ବୁଝାମଣା ହୋଇଛି। ଅରଣ୍ୟ କୋଳରେ ଥିବା ସୁନ୍ଦର ଘରଗୁଡିକୁ ପ୍ରହରୀ ପରି ଜଗିଛନ୍ତି ଗଛମାନେ ଏବଂ ଛୋଟ ସହରଟି ଭିତରେ ଆକାଶ ଆଡକୁ ଲମ୍ବିଯାଇଥିବା ବିଶାଳ ପାଇନ୍ ଗଛମାନଙ୍କ ଉପସ୍ଥିତି ଦେଖି ମନେ ହେଉଥାଏ ସତେକି ସେମାନେ ସହର ବୁଲି ବାହାରିଛନ୍ତି।

ସେଦିନ ଡ୍ରଇଭ ରେ ଅନେକ ସମୟ ଅତିବାହିତ କରି ହୋଟେଲକୁ ପ୍ରତ୍ୟାବର୍ତ୍ତନ

କଲା ବେଳକୁ ସନ୍ଧ୍ୟା ପ୍ରାୟ। ଅଦୂରରେ ଘର ଗୁଡିକ ଚିମିନିରୁ ଧୂଆଁ ଉଠୁଥାଏ। ସହରବାସୀ ରାତ୍ରି ଭୋଜନ ପାଇଁ ପ୍ରସ୍ତୁତ ହେଲେଣି। କେତେଗୁଡିଏ କ୍ୟାଶିନୋ ସାରା ରାତି ଖୋଲା ରହେ। ରାତି ବେଶୀ ହେଲେ ଯେ କ୍ୟାଶିନୋରୁ ସେ କ୍ୟାଶିନୋ ଘୂରି ବୁଲୁଥିବା କେତୋଟି ନିରାଶ ଜୁଆଡି ଆଉ ମଦ୍ୟପଙ୍କୁ ଭେଟିବା ଅସମ୍ଭବ ନୁହେଁ। ସେଦିନ ହୋଟେଲ୍ ରୁମରେ ମନ ପସନ୍ଦ ସିନେମାଟିଏ ଦେଖି ଆମେ ନିଦ୍ରାଗଲୁ।

ସୋମବାର ଦିନ, ଦୀପକ ହୋଟେଲ ରୁମରୁ ଅଫିସ୍ କମ କରିବା ଆରମ୍ଭ କଲେ। ମୁଁ ସ୍ଥିର କଲି ଦିନ ତମାମ ଆଖପାଖରେ ବୁଲି ମୋ କ୍ୟାମେରା ଲେନ୍ସ ରେ ସହରକୁ କଏଦ କରିବି। ସୋମବାର ହେତୁରୁ ଅନେକ ପର୍ଯ୍ୟାଟକ ଲେଉଟି ଯାଇଥାନ୍ତି। ଦୋକାନ, ରେସ୍ତୋରାଁ ଆଦିରୁ ପୂର୍ବରାତ୍ରିର ଗହଳ ଚହଳ ନିଆଁରେ ପାଣି ପକାଇଲା ପରି ଥଣ୍ଡା ପଡି ଯାଇଥାଏ। ଧାଡି ହୋଇ ଥିବା କ୍ୟାଶିନୋ ସାମ୍ନାରେ ଅନିର୍ଦ୍ଧିଷ୍ଟ ଭାବରେ ବୁଲି ବୁଲି ମୁଁ ସୁନ୍ଦର କଳାକୃତି ସବୁ ଦେଖିବାକୁ ଲାଗିଲି।

ଆମେରିକାନ ତଥା ବିଶ୍ୱବାସୀଙ୍କ ହୃଦୟ ଜୟ କରିଥିବା ସତୁରି ଦଶକର ରକ୍ ଆଣ୍ଡ୍ ରୋଲ୍ କିଙ୍ଗ୍ "ଏଲଭିସ୍ ପ୍ରେସଲି" ଙ୍କ ସ୍ମୃତିରେ ହାର୍ଡ ରକ୍ କ୍ୟାଶିନୋ ଆଗରେ ଟିଣ ଦ୍ୱାରା ପ୍ରସ୍ତୁତ ପଚିଶ ଫୁଟର ଗିଟାର୍ ବେଶ ଆକର୍ଷଣୀୟ। ତା'ପାଖକୁ ହାରାଶ୍ କ୍ୟାଶିନୋ ଦ୍ୱାର ମୁହଁରେ ବାର ଫୁଟର ବ୍ରୋଞ୍ଜ୍ ନିର୍ମିତ ଅଶ୍ୱାରହୀ ଏତେ ଜୀବନ୍ତ ଦିଶୁଥାଏ ଯେ ମନେ ହେଉଥାଏ ନିମିଷକ ମଧ୍ୟରେ ସେଇ ସ୍ୱାସ୍ଥ୍ୟବାନ୍ ଘୋଡାଟି ରାସ୍ତାକୁ ଓହ୍ଲାଇଯିବ। ଭାବିଲି ଯଦି ରାସ୍ତାରେ ଜାନ ବାହାନ ଗୁଡିକ ଘୋଡା ପାଲଟି ଯାଆନ୍ତେ ତେବେ ମୋଟର ଇଞ୍ଜିନ୍ ର କର୍କଶ ବଦଳରେ ଘୋଡା ଟାପୁର ଜୀବନ୍ତ ଧ୍ୱନି ଶୁଣିବାକୁ ମିଳନ୍ତା। ଭଲ ଲାଗନ୍ତା କିନ୍ତୁ।

ପର ଦିନ ଭୋରୁ ଆମେ ସହର ଛାଡିଲୁ। ପାହାଡ ମଧ୍ୟ ଦେଇ ରାସ୍ତାଟିରେ ଆମେ ତଳକୁ ଖସୁଥାଉ। ପଛରେ ଛାଡିଆସୁଥାଉ ପାହାଡ, ପାଇନ୍ ଜଙ୍ଗଲ, ଦିଗବଳୟରେ ହ୍ରଦ, ସବୁ ନିର୍ଜନ ନିରବ, ମୋର କିନ୍ତୁ ମନେହେଉଥାଏ ସତେ ଯେମିତି ସେମାନେ ନିଜ ନିଜ ଭିତରେ ବେଶ କଥାବାର୍ତ୍ତାରେ ମଜ୍ଜି ରହିଛନ୍ତି। ପବନରେ ମଧ୍ୟେ ମଧ୍ୟେ ପାଇନ୍ ଗଛର ପତ୍ରରେ ଜମିଥିବା ତୁଷାର ଝରିବାର ଶବ୍ଦ, ଝରଣାର କୁଳୁ କୁଳୁ, ଅଜଣା ପକ୍ଷୀଙ୍କ କାକଳି, ଆଃ...ଟିକିଏ କାନ ଡେରିଲେ ସେମାନେ ତୁମକୁ କେବଳ ମଧୁର ସଙ୍ଗୀତ ହିଁ ଶୁଣାଇବେ।

BLACK EAGLE BOOKS

www.blackeaglebooks.org
info@blackeaglebooks.org

Black Eagle Books, an independent publisher, was founded as a nonprofit organization in April, 2019. It is our mission to connect and engage the Indian diaspora and the world at large with the best of works of world literature published on a collaborative platform, with special emphasis on foregrounding Contemporary Classics and New Writing.